BASTEI
LÜBBE
TASCHENBUCH

**Weitere Titel der Autorin:**

Perfect Passion – Stürmisch
Perfect Passion – Verführerisch
Perfect Passion – Sündig
Perfect Passion – Feurig
Perfect Passion – Fesselnd
Perfect Passion – Berauschend

Perfect Touch – Ungestüm
Perfect Touch – Intensiv
Perfect Touch – Ergeben
Perfect Touch – Untrennbar
Perfect Touch – Vereinigt

Perfect – Für immer verführt (enthält die Kurzromane Perfect Passion – Verführt und Perfect Touch – Für immer)

Wild Games – In einer heißen Nacht
Wild Games – Mit einem einzigen Kuss
Wild Games – In deinen starken Armen

**Über die Autorin:**

Jessica Clare lebt mit ihrem Mann in Texas. Ihre freie Zeit verbringt sie mit Schreiben, Lesen, Schreiben, Videospielen und noch mehr Schreiben. Sie veröffentlicht Bücher in den unterschiedlichsten Genres unter drei verschiedenen Namen. Als Jessica Clare schreibt sie erotische Liebesgeschichten. Ihre Serie *Perfect Passion* erschien auf den Bestseller-Listen der *New York Times*, der *USA Today* und des *Spiegel*.
Mehr Information unter: www.jillmyles.com

JESSICA CLARE

Aus dem amerikanischen Englisch von
Angela Koonen

BASTEI
LÜBBE
TASCHENBUCH

BASTEI LÜBBE TASCHENBUCH
Band 17757

Dieser Titel ist auch als E-Book erschienen

MIX
Papier aus verantwortungsvollen Quellen
FSC www.fsc.org
FSC® C083411

Vollständige Taschenbuchausgabe

Deutsche Erstausgabe


Titelillustration: © www.buersosued.de
Umschlaggestaltung: www.buerosued.de
Satz: Dörlemann Satz, Lemförde
Gesetzt aus der Garamond
Druck und Verarbeitung: CPI books GmbH, Leck – Germany
ISBN 978-3-404-17757-1

5 4 3 2 1

Sie finden uns im Internet unter www.luebbe.de
Bitte beachten Sie auch: www.lesejury.de

# 1

*»Diesmal wird alles anders.«* – Brody Short beim Vorabinterview

Als ich bei der Gepäckausgabe ankam, entdeckte ich sofort den gelangweilt blickenden Mann mit dem Pappschild, auf das der Name Candice Thornton gekritzelt war.

Offensichtlich war er alles andere als begeistert darüber, dass man ihn geschickt hatte, mich abzuholen.

Ich griff mir meine Reisetasche vom Gepäckband und ging zu ihm. »Hi. Sind Sie vom Sender?«

Seine Aufmerksamkeit richtete sich auf mich. »Sie sind Candice?«

»Ja. Kandis. Sie haben meinen Namen falsch geschrieben, aber er wird gleich ausgesprochen.« Ich lächelte ihn zaghaft an.

Zu meiner Überraschung verdrehte er die Augen. »Regen Sie sich nicht künstlich auf. Sie sind es, okay?«

»Äh, ja.« Was für ein Blödmann.

»Dann kommen Sie. Wir haben einen engen Zeitplan.« Er klemmte sich das Pappschild unter den Arm und schrieb mit flinkem Daumen eine SMS, während er zum Ausgang des Flughafens lief. Er achtete nicht mal darauf, ob ich ihm folgte.

Ich blickte mich noch mal zu den vielen Reisenden um, trabte dann jedoch hinter ihm her. »Könnten Sie sich bitte als Mitarbeiter des Senders ausweisen? Ich will nicht zu einem fremden Mann ins Auto steigen, verstehen Sie?«

Seufzend zückte er einen Dienstausweis. JTV NETWORKS. JIMMY NELSON, Assistent, House Guests, stand darauf. »Können wir jetzt endlich? Wir müssen in den nächsten fünf Minuten vom Flughafen weg sein. Die anderen Kandidaten landen im Halbstundentakt, und Ihr Flieger hatte Verspätung. Wenn wir also nicht bald von hier wegkommen, werden Sie disqualifiziert.«

»Oh.« Ich hängte mir schleunigst meine Tasche um. »Nein, ich will bei der Sendung mitmachen. Also los.« Jetzt hatte ich es so eilig, dass ich ihn sogar überholte.

Er nahm mir die Tasche ab, bevor wir in den schwarzen Wagen einstiegen, der am Bordstein wartete. Mit einem Fahrer – wie schick! Jimmy stieg vorne ein, sodass ich nach hinten musste. Ich glitt auf die Rückbank, zog die Tür zu, und wir fuhren los.

Nach einem Moment hörte Jimmy auf zu schreiben und drehte sich zu mir um. »Also. Mactor?«

Ich runzelte die Stirn. »Wie bitte?«

»Sind Sie eine Mactor?«

»Ich … weiß nicht, was das ist.«

»Wir bekommen für die Sendung drei Arten Leute: Superfans, Mactors und abgebrannte Tussen. Superfans sind die Leute, die praktisch für die Show leben und nonstop belangloses Zeug daraus zitieren. Da Sie mich noch nicht gefragt haben, ob ich Jordache aus dem letzten Jahr persönlich begegnet bin, sind Sie wohl kein Superfan.

Bleibt also nur Mactor oder abgebrannte Tusse, die so dringend Geld braucht, dass sie bereit ist, sich im Fernsehen zum Affen zu machen.« Er schaute auf meine Brüste.

Verärgert verschränkte ich die Arme. Ich hatte mir vorgenommen, mich sexy und quirlig zu geben, um in dem Spiel weiterzukommen, aber das war eindeutig schon jetzt nach hinten losgegangen. Wie gut, dass Jimmy nur ein Assistent war. »Und ein Mactor ist?«

»Ein Model/Actor. Von denen bekommen wir eine Menge. Sie wissen schon, die Leute, die alles für ihre 15 Minuten Ruhm tun würden.«

»Ich bin Zumba-Trainerin«, erklärte ich.

Jimmy blickte zum Fahrer und nickte. »Mactor.«

Gut, dass Jimmy nur Assistent war. Wäre er einer der Kandidaten gewesen, hätte ich ihn umbringen müssen, weil er so ein Blödmann war.

Während der Fahrt schaute ich aus dem Fenster. Der Flughafen von Charlotte war anders, als ich erwartet hatte. Und überhaupt war ich überrascht, dass ich nach Charlotte hatte fliegen müssen, aber mir war ein entsprechendes Ticket zugeschickt worden. Ich hatte angenommen, die vorherigen Sendungen wären in Los Angeles gedreht worden. »Wieso sind wir in North Carolina?« Ich konnte meine Neugier nicht mehr zügeln.

»Es gibt ein neues Konzept«, sagte Jimmy. »Bei dieser Staffel geht es um die Location. Die Produzenten wollen sehen, ob ein anderer Drehort den Absturz der Einschaltquoten aufhalten kann.«

»Oh.« Von einem Absturz der Einschaltquoten hatte ich nichts gewusst. *House Guests* lief jeden Sommer zuverlässig wie eine Uhr. Jeder sah sich das an. Ich hätte ihn gern mehr gefragt, aber er war schon wieder auf sein Handy konzentriert, und die Fahrt wäre allemal friedlicher, wenn er den Mund hielt.

Daher schaute ich aus dem Fenster und ließ die Bäume längs des Highways an mir vorbeisausen.

»Wir sind da.« Jimmy riss mich aus dem Schlaf.

Ich richtete mich auf und wischte mir über den Mund, für den Fall, dass ich gesabbert hatte. Während der endlosen Fahrt über den Highway hatte ich mich gegen das Seitenfenster gelehnt und war wohl eingenickt. Als Jimmy ausstieg und mir die Tür öffnete, unterdrückte ich ein Gähnen, griff nach meiner Tasche und murmelte: »Danke.«

»Folgen Sie mir, Candy.«

»Kandis«, korrigierte ich. »Es schreibt sich K-a-n-d-i-s.«

»Meinetwegen. Kommen Sie einfach mit.«

Das tat ich, und schon nach ein paar Schritten wurde ich immer langsamer, weil ich die Umgebung in mich aufnahm.

Wir standen auf einem frisch asphaltierten Parkplatz inmitten einer grünen Hügellandschaft. Hohe Bäume schirmten uns von der Straße ab. Am Rand des Parkplatzes standen mobile Toiletten aufgereiht, gegenüber entdeckte ich eine Reihe weißer Zelte. Überall waren Leute zu sehen, die meisten mit Headset und einem Klemmbrett oder iPad ausgerüstet, vor allem bei den Zelten, wo ein reges Hin und Her herrschte. In einiger Entfernung waren eine Tribüne und eine Tonbühne aufgebaut. Dort sollten sicherlich die ausgeschiedenen Kandidaten interviewt werden.

Auf einer grasbewachsenen Anhöhe im Zentrum des ganzen Treibens stand ein Haus, genauer gesagt ein scheußliches graues Ungetüm, das aussah, als stünde es bereits seit guten hundert Jahren leer. Aber das konnte gar nicht sein, da hier *House Guests* gedreht wurde. Also hatte man es eigens so präpariert.

Oder etwa nicht?

»Das ist das Haus?«, fragte ich Jimmy und betrachtete es entsetzt.

»Hmhm«, antwortete er gelangweilt.

»Das sieht nicht gerade attraktiv aus.« Ging es bei *House Guests* nicht um Leute, die sich nur unterbrochen von ein paar Wettkämpfen den ganzen Sommer im Bikini am Pool rekelten und flirteten? Das Haus schien mir nicht dazu zu passen.

»Wie gesagt, wir haben diesen Sommer ein neues Konzept.«

*Was für eines soll das sein?*, wunderte ich mich. Gothic-Fieber? Ich starrte auf den schäbigen viktorianischen Kasten. Er war riesig, hatte drei Stockwerke und einen achteckigen Turm. Sämtliche Fensterläden waren geschlossen. Es gab eine große Veranda auf dem Vordach, aber da standen lauter Kameras und Filmausrüstung. Die war eindeutig nicht zum Entspannen vorgesehen. Natürlich würden überall im Haus Kameras angebracht sein, das gehörte zum Konzept der Sendung.

Jimmy ging zu einem Tisch und nahm sich ein Klemmbrett, während ich argwöhnisch hinter ihm hertrottete. »Nur kurz zur Information: Sie betreten das Haus heute Abend. Zuvor werden wir Ihr Gepäck durchsuchen, um sicherzustellen, dass Sie nichts reinschmuggeln.«

»Reinschmuggeln?«

»Handys, Essen, Drogen«, erklärte er gelangweilt. Unterwegs hatte er sich einen Kaugummi in den Mund gesteckt und kaute geräuschvoll. »Wenn Sie sauber sind, gehen Sie danach zur ärztlichen Untersuchung.« Er deutete auf eines der Zelte weiter hinten auf der weiten Rasenfläche. »Wenn die Ärzte Sie für gesund erklären, schicken wir Sie zum Vorabinterview. Anschließend stecken wir Sie bis zum Abend allein in eine Kabine. Sie kommen erst raus, wenn es losgeht. Bis dahin bin ich für Sie verantwortlich.« Er hielt mir einen breitkrempigen Strohhut und eine Augenbinde mit dem Logo der Sendung hin. »Sie müssen die Augenbinde tragen, bis ich Ihnen sage, dass Sie sie abnehmen dürfen.«

»Damit ich die anderen Kandidaten noch nicht sehe?«

»Nein, damit wir Blinde Kuh spielen können.« Er klang sarkastisch.

Ich riss ihm die Binde aus der Hand. »Sie sind nicht sehr nett.«

»Leute wie Sie habe ich ständig um mich, Püppchen. Und ich werde nicht fürs Nettsein bezahlt.«

Was für ein blöder Wichser.

»Hier ist Ihre Verzichtserklärung. Die müssen Sie ausfüllen. Danach geht's zur ärztlichen Untersuchung. Irgendwelche Fragen?«

»Eigentlich nicht.« Ich nahm das Klemmbrett entgegen. Der Packen Papier, der unter dem Bügel klemmte, war so dick, dass ich mich erst mal hinsetzte, um den Vertragstext genau zu lesen.

Ich wusste, wie *House Guests* ablief. Bisher hatte ich jede Staffel gesehen. Zwölf Kandidaten zogen zu Beginn des Sommers in ein Haus ein, um bei spielerischen Wettkämpfen gegeneinander anzutreten. Sie stimmten selbst ab, wer ausscheiden musste, und so reduzierte sich die Gruppe, bis nur noch zwei Kandidaten übrig blieben. Dann entschied die Jury, die aus den fünf zuletzt ausgeschiedenen Kandidaten bestand, wer die Million gewann.

Die Million, die ich dringend brauchte.

»Hallo, Kandis«, sagte jemand hinter dem Venezianischen Spiegel. »Du wirst jetzt zum ersten Mal für die Sendung interviewt, stell dich also bitte kurz vor. Wir sind nicht live, du brauchst nicht nervös zu sein. Entspann dich, und erzähl uns, was wir deiner Meinung nach über dich wissen sollten.«

Ich blickte mein Spiegelbild an. Zu mir selbst zu sprechen war ein komisches Gefühl. Wenigstens sahen meine Haare und mein Make-up gut aus, trotz des überstandenen Stresstests. Nach der ganzen Prozedur war ich müde, aber auch aufgedreht. Ich hatte ärztliche Untersuchungen durchlaufen, mehr Papierkram ausgefüllt, als man für einen Hauskredit brauchte, Soundchecks, eine psychologische Beurteilung und schließlich die Maske hinter mich gebracht. Ich hatte mir das Kleid angezogen, das ich eigens für das Vorstellungsvideo eingepackt hatte. Die Maskenbildner hatten mich stark geschminkt, meine langen braunen Haare zu duftigen Locken frisiert und mir sogar die Brauen gezupft. Dann hatte man mir ein enges gelbes ärmelloses Etuikleid gegeben, da mein eigenes fürs Fernsehen angeblich zu aufdringlich war. Mein Kandidatenfoto war schon aufgenommen worden, und jetzt saß ich beim Vorabinterview, zurechtgemacht und bereit für den Auftritt.

Damit war ich dem Haus und der Million einen Schritt näher gekommen.

Folglich lächelte ich in die Kamera. »Ich heiße Kandis Thornton. Ich bin dreiundzwanzig Jahre alt und Zumba-Trainerin. Viele Leute wissen nicht, was Zumba ist. Das ist ein Tanz-Workout, das sehr viel Spaß macht. Da ich am Tag sechs bis sieben Kurse unterrichte, bin ich wirklich fit. Deshalb werde ich den anderen wahrscheinlich erzählen, ich sei Studentin, damit sie nicht sofort eine ernstzunehmende Gegnerin in mir sehen.« Ich konnte mir ein Grinsen nicht verkneifen. »Ich habe vor, sehr viel zu lügen. Manche Leute kommen hierher, weil sie berühmt sein oder von allen gemocht werden wollen. Darauf verzichte ich. Ich will das Geld.«

Ich wartete auf eine Reaktion, aber von der anderen Seite des Spiegels kam nur Schweigen. Unsicher rieb ich mir den Arm und überlegte, was ich noch sagen könnte. »Es wirkt ein bisschen gierig, wenn man sagt, dass es einem nur um die Million geht, aber es ist wahr. Meine Mutter …« Ich seufzte schwer. Wie viel sollte ich hier verraten? Schließlich würde das alles ausgestrahlt werden. »Meine Mutter ist spielsüchtig, und vor ein paar Wochen habe ich entdeckt, dass sie eine zweite Hypothek auf das Haus aufgenommen hat. Nicht nur das, sie ist auch mit den Zahlungen im Rückstand. Wenn wir also nicht irgendwie Geld auftreiben, wird sie das Haus verlieren. Und da sie nur mich hat, hieße das, sie zieht bei mir ein.« Ich lächelte verspannt. »Ich liebe meine Mom, aber ich bin nicht bereit, mir eine Wohnung mit ihr zu teilen. Und als Zumba-Trainerin verdient man nicht allzu viel Geld, ich könnte sie also nicht mit durchschleppen.«

Ich hatte meiner Mutter Geld gegeben, und sie hatte es verspielt, aber das erwähnte ich nicht. Und diesmal? Diesmal wollte ich ihren Kredit ablösen, damit sie, wenn sie ihr Gehalt verspielte, wenigstens ein Dach über dem Kopf hatte.

Ich wollte mir durch die Haare fahren, blieb aber mit den Fingern in den sprayverklebten Locken hängen, was fürchterlich ziepte. Wenn ich nervös war, fummelte ich gern an meinen Haaren herum, und im Augenblick war ich mächtig nervös.

Gefilmt zu werden und zu wissen, dass meine Bekenntnisse für ein Millionenpublikum gesendet würden, störte mich komischerweise überhaupt nicht. Aber der Gedanke, dass meine Mutter vielleicht gerade im Casino saß und ihre Ersparnisse verschleuderte, schnürte mir den Atem ab und machte mir Magenschmerzen.

»Darum bin ich also hier. Ich weiß, bei der Show kommt es darauf an, zu intrigieren und anderen in den Rücken zu fallen, um ins Finale zu kommen, und genau das habe ich vor. Wenn ich flirten muss, dann flirte ich. Wenn ich lügen muss, dann lüge ich. Ich werde alles tun, um ins Finale zu gelangen. Und ich sage es gleich: In Wirklichkeit bin ich nicht so. Das tue ich nur, um meiner Mom aus der Klemme zu helfen und uns beide weiterzubringen. Und ich entschuldige mich im Voraus.«

»Was für ein Mensch bist du, Kandis? Beschreibe dich.«

Ein wenig erschrocken setzte ich mich auf, als die Stimme durch den Spiegel kam. Da hörte also doch jemand zu. »Nun ja«, begann ich nachdenklich. »Ich habe keine Übung im Flirten. Daran muss ich noch arbeiten. Sei darauf gefasst, mich bei vielen ungeschickten, plumpen Flirtversuchen zu erleben«, sagte ich mit einem schiefen Lächeln in die Kamera. »Ich bin sehr ehrgeizig. Eigentlich zu ehrgeizig. Das ist wahrscheinlich mein größter Fehler. Ich würde gern sagen, ich bin lässig, aber das wäre gelogen. Ich würde auch gern sagen, ich bin ein guter Mensch, aber meistens stelle ich fest, dass die Leute das nur von sich behaupten, um sich selbst davon zu überzeugen. Allerdings bin ich ehrlich ... also noch mal: Ich werde bei dem Wettbewerb viel lügen. Sei darauf gefasst.«

»Was tust du in deiner Freizeit?«

Darauf grinste ich. »Ich tanze wahnsinnig gern.« Zur Illustration wackelte ich auf meinem Stuhl mit den Hüften und schwenkte die Arme über dem Kopf. Dann nahm ich sie verlegen herunter. »Tanzen ist mein Ding. Deshalb bin ich Zumba-Trainerin geworden. Den ganzen Tag tanzen und sich fit halten? Ja, bitte. Es hilft mir außerdem, nicht aus dem Leim zu gehen, denn ich stopfe mich auch gern mit Essen voll.«

Die Stimme aus dem Spiegel klang plötzlich hohl. »Hast du vor irgendetwas Angst?«

»Ich ekle mich vor Insekten«, erzählte ich sofort. »Schlangen machen mir nichts aus. Höhenangst habe ich nicht, Flugangst auch nicht. Öffentlich aufzutreten macht mich nicht nervös. Aber bei Insekten kriege ich eine Scheißangst.«

Sofort nahm die Stimme des Interviewers einen tadelnden Ton an. »Zur Erinnerung, Kandis, du wirst den ganzen Sommer über gefilmt werden. Bitte denk daran, keine Kraftausdrücke zu benutzen, das ist schlecht für den Sender, und wir müssen sie mit einem Pfeifton übertönen, was den Fluss der Unterhaltung stört.«

»Entschuldigung«, sagte ich kleinlaut. »Ich rede immer, wie mir der Schnabel gewachsen ist. Ich werde mich bemühen.«

Mit gefalteten Händen saß ich in der Einzelkabine und hörte mir Vivaldis Vier Jahreszeiten an. Die Augenbinde juckte, aber ich sollte nicht daran herumzupfen, hatte man mir gesagt, weil ich sonst nervös erscheinen würde. Offenbar wurden wir schon vor der Sendung immer wieder mal gefilmt und mussten so ruhig wie möglich sein. Also saß ich auf dem harten Stuhl unter den heißen Lampen, hörte klassische Musik und gab mir Mühe, still zu sitzen.

Leider kehrten meine Gedanken bei dem langen Alleinsein zu meiner Mutter zurück.

Zu meiner Mutter, die in Casinos ein Vermögen verspielte, das sie nicht hatte, die ihre Kreditkarten bis zum Anschlag mit Lebensmitteleinkäufen und den übrigen Rechnungen belastete, damit sie ihr Gehalt beim Roulette ausgeben konnte, die sich bei der Arbeit krankmeldete, um spielen zu gehen, die überzeugt war, kurz vor dem »großen Durchbruch« zu stehen und nur am Ball bleiben zu müssen.

Und die geweint hatte wie ein Baby, als sie sich von mir schon wieder hundert Dollar hatte leihen müssen, um ihren Kühlschrank zu füllen. Natürlich war ich weich geworden und hatte ihr das Geld gegeben …

Und sie war sofort zum Casino gefahren.

Ich war ratlos. Ich hatte ein paar Verwandte – Cousins, Tanten, Onkel – überredet, sich einzuschalten, aber die hatten ihr nur Vorwürfe gemacht, und sie hatte fluchtartig das Haus verlassen. Ich hatte ihr behutsam nahegelegt, in eine Suchtklinik zu gehen oder sich Medikamente verschreiben zu lassen. Ich hatte Ratgeber zum Umgang mit Suchtkranken gelesen. Unterdessen verbrauchte meine Mutter meine Ersparnisse, weil ich nicht so herzlos war, sie im Stich zu lassen. Inzwischen kaufte ich sogar Lebensmittel für sie ein, weil ich ihr schlichtweg nicht traute, das Geld, das ich ihr gab, tatsächlich dafür auszugeben. Wenn es nach ihr ginge, würde sie sich nur Instant-Nudelsuppen kaufen und den Rest des Geldes behalten, um ihn in den nächsten Spielautomaten zu stecken.

Das stresste mich. Finanziell wurde es für mich allmählich eng, und mit meinem Freund hatte ich Schluss gemacht, nachdem er wütend geworden war, weil ich mehr Zeit dafür aufwandte, meiner Mutter zu helfen, als mit ihm zusammen zu sein. Außerdem war es wirklich schwer gewesen, in Stimmung zu kommen, wenn ich krank vor Sorge war, und das hatte ihm auch nicht gefallen.

Als ich die Werbung für das *House-Guests*-Casting sah, erschien mir das wie der Lottogewinn, auf den meine Mutter immer hoffte. Ich setzte mich an meinen Laptop und nahm ein Video von mir auf, in dem ich gelobte, für den Sieg zu lügen, zu intrigieren und zu betrügen.

Im Grunde rechnete ich nicht mit einem Anruf des Senders. Und dennoch saß ich nun Wochen später zappelig in der Kabine und wartete darauf, hinaustreten zu dürfen und die anderen elf Gäste kennenzulernen, mit denen ich den Sommer über zusammenwohnen würde.

Als hätte jemand meine Gedanken gelesen, schaltete sich eine Stimme in meine beruhigenden Streicherklänge. »Liebe Bewohner, bitte nehmt eure Augenbinden und Kopfhörer ab. Wenn es in eurer Kabine klingelt, dürft ihr herauskommen und das Haus betreten. Dort stehen Stühle bereit, die mit eurem Namen gekennzeichnet sind. Begebt euch bitte zu eurem Stuhl und setzt euch.«

Nachdem ich Kopfhörer und Augenbinde abgenommen hatte, stand ich auf und musste an mich halten, um nicht auf den Absätzen zu wippen. Ich trug High Heels, was ich sonst nie tat, weil man sich damit die Füße verdarb und ich mit denen mein Geld verdiente. Auf den Absätzen wippen wäre also nicht ganz ungefährlich gewesen. Also stand ich still und wartete.

Kurz darauf klingelte es, und ich öffnete die Kabinentür.

Die Kabinen standen unter dem Vordach des schaurigen Hauses, ich brauchte also nicht weit zu laufen. Mitarbeiter standen bereit, um mich zur Tür zu begleiten. Daraus schloss ich, dass ich noch nicht gefilmt wurde. Aber sobald ich den Fuß über die Schwelle setzte, würde alles, was ich tat, von einer Kamera festgehalten werden.

Als ich an der großen Flügeltür ankam, streckte ein Assistent den Arm zur Seite und bat mich, zu warten. Nach einem Augenblick legte er den Kopf schräg und lauschte auf die Stimme in seinem Headset. Dann nickte er und gab die Tür frei.

Ich holte tief Luft. Das war meine Chance, meine Mutter zu retten – und meine geistige Gesundheit. Dafür brauchte ich mich nur an die Spitze zu kämpfen und die Jury von mir zu überzeugen.

Ich drückte auf die Klinke und trat ein.

Ich blieb mit dem Absatz an einem der Kabel am Boden hängen und stolperte ins Haus. Fast wäre ich lang hingeschlagen, konnte mich aber noch abfangen und prallte gegen einen der Teilnehmer, die bereits ins Haus eingezogen waren.

Ein unvergesslicher Auftritt? Ja. Ein eleganter? Nicht ganz.

»Hast du dir wehgetan?« Ein Mann kam an meine Seite, während ich schwankend um mein Gleichgewicht rang. Er griff stützend um meine Taille.

»Bewohner! Nicht sprechen, bevor ihr dazu aufgefordert werdet. Bitte begebt euch auf eure Plätze.«

Ich warf dem Mann ein dankbares Lächeln zu. Er war eine Handbreit größer als ich, ungefähr in meinem Alter und hatte ein schmales Gesicht und dunkle, gefühlvolle Augen. Gar nicht mal übel, der Typ. »Am besten, du tust, was sie sagen.«

»Werde ich ... sobald ich sicher bin, dass du ohne meine Hilfe stehen kannst.« Er rührte sich nicht vom Fleck.

»Diese verflixten Schuhe«, murmelte ich, hob einen Fuß an und stützte mich auf meinen neuen Freund. Wie ich vermutet hatte, war der Absatz halb abgebrochen, er hing nur noch an einem Faden. Ich überlegte, den Schuh auszuziehen, doch er wurde ganz stylish mit etlichen Riemchen über dem Spann geschlossen, und es würde ein Weilchen dauern, die Schnallen aufzuhaken. Da man uns schon ungeduldig aufgefordert hatte, Platz zu nehmen, griff ich zur erstbesten Lösung und riss den Absatz ab, warf ihn beiseite und brach auch den anderen ab. »Wenigstens kann ich jetzt normal gehen.«

Kichernd ließ er mich los. »Also gut, gehen wir.«

Auf eigentümlich gebogenen Sohlen stakste ich zu den Stühlen, fand meinen in der vordersten Reihe und warf mich hinein. Ein paar Kandidaten saßen bereits still da. Der, den ich gerade kennengelernt hatte – der süße Typ –, zwinkerte mir von seinem Platz in der hintersten Reihe zu. Es waren drei Reihen und zwölf Stühle, also je vier nebeneinander. In der vordersten saß noch niemand außer mir.

Während die übrigen Kandidaten hereinkamen und Platz nahmen, rieb ich mir meinen inzwischen schmerzenden Knöchel. Diese blöden Schuhe. Das hat man davon, wenn man im Fernsehen sexy auftreten will. Jetzt stand ich da wie ein Tollpatsch. Ich öffnete die Riemchen, legte ein Bein hoch und gab mich beschäftigt, um meine Verlegenheit zu überspielen. Manche Leute werden rot, wenn sie nervös sind, ich dagegen zappelig.

Ich schnallte die Riemchen an beiden Schuhen auf und zog sie aus, dann hielt ich sie höflich in der Hand, bis mir jemand erlauben würde, zu einem Papierkorb zu gehen. Ich schlug die Beine übereinander und wippte mit dem Fuß, wobei ich einen kurzen Blick hinter mich warf. Die beiden hinteren Reihen waren voll besetzt, ich dagegen saß noch immer allein da. Drei Plätze waren noch leer. Ich spähte auf die Namensschilder neben mir.

Nur Anfangsbuchstaben: L. B. am anderen Ende, K. S. in der Mitte und B. S. neben mir.

Wo blieben die drei?

Die Lampen flackerten, und zum ersten Mal nahm ich den Raum in Augenschein. Er war … interessant. Von außen hatte das Haus sehr finster gewirkt, drinnen war es dagegen sehr hell – zweifellos, weil wir gefilmt wurden. Unter der Decke hatte man Scheinwerfer angebracht. Der Boden bestand aus Holzdielen, die Tapete hatte ein Muster in gedecktem Violett. Bilderrahmen in verschiedensten dunklen Farben hingen da, aber statt eines Gemäldes fassten sie Spiegel ein, hinter denen sich garantiert eine Kamera befand. Die Fenster waren mit altmodischen Gardinen verhängt, da wir von der Außenwelt isoliert sein sollten. Es gab einen großen Kamin mit einem breiten Sims, eine Standuhr und mehrere viktorianische Sofas mit zierlichen Holzfüßen. Am anderen Ende des großen Raumes konnte ich, wenn ich den Hals reckte, einen langen Esstisch mit antiken Stühlen sehen. Ein Paradies für Gothic-Fans.

An der Wand gegenüber unseren Stuhlreihen hing ein immenser Bildschirm, der im Moment noch ausgeschaltet war. Von dort würde die Moderatorin zu uns sprechen. Noch einmal schaute ich neugierig auf die leeren Plätze neben mir und wechselte einen achselzuckenden Blick mit meinem neuen Freund. Er wusste also auch nicht, was los war. Na wenigstens war ich damit nicht allein.

Das *House-Guests*-Logo erschien auf dem Bildschirm und dann eine blonde Frau mit einer voluminösen Frisur, die uns anstrahlte.

»Hallo, Kandidaten! Ich bin Becky Bradley und werde während dieser Staffel von *House Guests* eure Hausmutter sein! Herzlich willkommen bei der Show!«

Wir klatschten höflich. Jemand hinter mir pfiff.

Becky lächelte unbeeindruckt weiter. »In ein paar Minuten werden wir die Türen abschließen, und die diesjährige Staffel von *House Guests* beginnt. Eure erste Woche im Haus habt ihr noch frei. Gleich jedoch werdet ihr im Kampf um die Macht gegeneinander antreten. Wer die Macht erringt, bekommt ein Zimmer für sich und darf zwei Mitspieler nominieren, von denen einer am Ende der Woche ausziehen muss. Einer nach dem anderen werdet ihr rausgewählt, bis nur noch zwei von euch übrig sind. Diese beiden werden am Ende des Sommers gegeneinander antreten, um eine Million Dollar zu gewinnen. Seid ihr aufgeregt?«

Alle jubelten, einschließlich mir. Bei der Vorstellung, am Ende des Sommers um eine Million reicher zu sein, war es schwer, ruhig zu bleiben.

»Aber bevor es losgeht, muss ich euch warnen. Bei jeder Staffel gibt es viele überraschende Wendungen.« Becky lächelte kokett. »Diesmal ist es nicht anders.«

Das war mir bekannt. Jeder *House-Guests*-Zuschauer wusste, dass die Spielleitung eine Vorliebe für spontane Regeländerungen hatte. Das war ein Muss, damit die Sendung spannend blieb.

»Wir beginnen diesmal mit drei Überraschungen, und die erste kommt jetzt durch diese Tür. Viel Glück, Bewohner!«

Auf dem Bildschirm erschien wieder das Logo der Sendung. Ich schaute zu den drei leeren Stühlen. Ganz offensichtlich würden jetzt die noch fehlenden Kandidaten erscheinen.

Und tatsächlich sprangen die Türflügel auf, und drei Personen kamen herein, jeder mit einem gelben Umschlag in der Hand.

Mir fiel die Kinnlade herunter.

Ich hatte nicht erwartet, dass es Prominente sein würden. Oder vielmehr *diese* Prominenten.

Der Erste, der durch die Tür kam, war ein heißer Rocker, dem die dunklen Haare über ein Auge fielen. Arme und Hals waren tätowiert, und er hatte allerhand Piercings. Ich erkannte ihn sofort. Es war Liam Brogan von Finding Threnody, meiner Lieblingsband. Sie hatten sich erst letzten Monat getrennt. Oh mein Gott. Ich fächelte mir Luft zu. Liam Brogan hier? Er war absolut heiß. Er hatte auch an den *World Races* teilgenommen, die bis vor ein paar Wochen im Fernsehen gelaufen waren, und war dort mit einer niedlichen blonden Südstaatlerin namens Katy ins Bett gegangen.

Leider, leider hielt die ihn gerade an der Hand und zog mit ins Haus ein. Demnach waren sie noch zusammen. Das war okay, wirklich. Liam war heiß, aber er und die Blonde waren ein süßes Pärchen.

Katy lächelte nervös, trat dichter an Liam heran und schwenkte ihren gelben Umschlag mit der Nummer 2. Dann trat sie zur Seite, und die dritte Person hatte ihren Auftritt.

Alle stöhnten.

Es war Brodie Short. Ihn kannte ich ebenfalls von den *World Races.* Ja, er sah gut aus, war groß und blond und sonnengebräunt. Wirklich attraktiv. Doch bei den *World Races* hatte er bereits in der ersten Episode seine Schwester übel hängen lassen und sie gegen eine andere Kandidatin eingetauscht, Tesla Spooner (ebenfalls Mitglied von Finding Threnody), um mit ihr rummachen zu können. Darüber hinaus hatte er seine Konkurrenten getäuscht, wo es nur ging, um sich einen Vorteil zu verschaffen.

Kurz gesagt, mit Katy und Liam wurde uns ein prominentes Liebespaar vorgesetzt und mit Brodie ein Schurke. Die Zuschauer liebten Katy und Liam, Brodie dagegen war verhasst.

Ich wollte ihn auch nicht dabeihaben. Ich selbst wollte diesen Sommer die große Lügnerin und Betrügerin sein, um die anderen auszustechen. Da konnte ich keinen Konkurrenten gebrauchen. Daher zog ich die Brauen zusammen, als die drei ihre Plätze einnahmen. Der blonde, attraktive Brodie setzte sich neben mich und zeigte mir lächelnd seine weißen Zähne.

Ich quittierte das mit einem finsteren Blick und steinerner Miene.

Sobald Liam saß, wandte er sich den anderen zu und ließ Katys Hand los, um seinen Umschlag hochzuheben. »Was in denen steckt, sollen wir euch der Reihe nach vorlesen. Ich habe die Eins.« Mit einem leisen Lächeln nahm er Jubel und Applaus entgegen, dann brach er das Siegel und las vor. »Damit es diesen Sommer noch lustiger wird, haben wir einige Kandidaten aufgenommen, die ihr vielleicht aus einer anderen Spielshow kennt. Brodie, Liam und Katy werden mit euch um die Million spielen.«

Wir klatschten höflich, aber insgeheim schätzte ich die Konkurrenz ab, genau wie die anderen sicher auch. Ich warf einen Blick in die hintere Reihe, und mein Freund lächelte mich an, wirkte aber schon nicht mehr ganz so zuversichtlich. Mir war klar, was er dachte. Brodie war ein hinterlistiger Typ, und Katy und Liam hatten bereits eine Million gewonnen. Die brauchten nicht noch eine.

»Okay, dann lese ich jetzt meinen vor«, sagte Katy mit einem sanften, fast schüchtern klingenden Südstaatenakzent. Sie riss den Umschlag auf, überflog kurz den Text und las vor: »Liebe Bewohner, als Erstes werdet ihr bei einem Wettkampf darüber entscheiden, wer wo schlafen wird. Denn diesmal haben wir unsere Gäste im schaurigsten Spukhaus Amerikas untergebracht.«

Alle stöhnten.

Ich ließ den Fuß kreisen und dachte nach. Spukhaus?

Echt jetzt? Ich glaubte nicht an Geister. Andererseits wirkte das Haus ziemlich unheimlich. Das war also das neue Konzept, von dem Jimmy gesprochen hatte?

Katy las weiter. »Dieses Anwesen, eine ehemalige Plantage, heißt *The Magnolias.* Das Haus wurde 1796 erbaut, und seine Geschichte ist mehr als tragisch. Jede Familie, der es gehört hat, ist auf schreckliche Weise ums Leben gekommen. Ein Brand 1803, der Ausbruch der Masern 1840, Verluste im Bürgerkrieg. Nach dem Bürgerkrieg wechselte noch einmal der Besitzer, und von da an gab es grausige Gerüchte über rachsüchtige Geister und Spukerscheinungen.« Katy blickte von ihrer Karte auf und schaute Liam entsetzt an. Dann las sie weiter. »Wer den Kampf um die Macht gewinnt, wohnt im Zimmer der Macht, das ihr sehr luxuriös finden werdet. Außerdem gibt es noch das Spiegelzimmer und das Königinnenzimmer. Beide Räume haben ihren eigenen Charme. Wer Pech hat, muss ins Galgenzimmer im Dachgeschoss ziehen. Dort haben sich im vergangenen Jahrhundert nicht weniger als drei Menschen erhängt, und Gerüchten zufolge gehen dort noch ihre Geister um. Und da wir zurzeit noch mehr Kandidaten als Schlafzimmer haben, werden diese Woche zwei Paare ins Galgenzimmer ziehen. Das Pärchen mit dem schlechtesten Los muss hier unten auf den Sofas nächtigen.«

»Ich schlafe lieber auf dem Sofa als auf dem Dachboden«, murmelte jemand hinter mir.

Katy drehte ihre Karte um. »Mehr steht hier nicht.« Sie zog die Nase kraus. »Dann wohnen wir wohl in einem Spukhaus.«

Ja, ganz toll.

Katy stupste ihren Bruder an. »Brodie, was steht auf deiner Karte?«

Sichtlich gut gelaunt riss er seinen Umschlag auf. »Der Wettkampf um die Macht wird sofort ausgetragen. Sobald diese Karte verlesen wurde, werdet ihr euch alle in den Garten hinter dem Haus begeben, und das Spiel beginnt. Der Sieger wird nicht nur für eine Woche die Macht haben und das beste Zimmer bekommen, sondern er darf sich auch seinen Partner aussuchen. Ja, so ist es, in dieser Staffel bildet ihr Paare.« Er las den dramatischen Satz langsam vor, und ein Grinsen breitete sich in seinem Gesicht aus. »Der Kandidat, der die Macht hat, wird sich seinen Partner aussuchen, die anderen Paare führt der Zufall zusammen.« Brodie wandte sich mir zu und zwinkerte. »Vielleicht bin ich der Glückliche, der dich bekommt, hm?«

Igitt. Ich versetzte ihm mit einem meiner absatzlosen Schuhe einen Schlag gegen den Arm. »Damit wäre nur einer von uns glücklich.«

Brodie wackelte mit den Brauen, als wäre er überzeugt, dass ich seinem Charme noch verfallen würde, und riss seine Karte durch. »Mehr steht nicht drauf. Wollen wir in den Garten gehen?«

»Ja, los!« rief eine Frau hinter mir, und alle jubelten.

*House Guests* hatte offiziell begonnen.

# 2

*»Ob die anderen Gäste erfreut waren, mich zu sehen? Das ist, als würde man einen Rockstar nach einer wüsten Party fragen, ob er sich über seinen Kater freut.«* – Brodie Short am ersten Tag von *House Guests*

Der Garten von *The Magnolias* erinnerte mehr an einen Gefängnisfilm als an eine Spielshow. Er war hübsch, natürlich, ein paar Bäume am Rand sorgten für Atmosphäre, und in einer Ecke gab es sogar einen Pool. Vermutlich sollten wir trotz des Spukhaus-Mottos Bikinis tragen. Am anderen Ende des Gartens jedoch ragte eine sechs Meter hohe Mauer mit Stacheldraht und Kameras auf. Du lieber Himmel. Ich krümmte die nackten Zehen, als wir auf den Rasen traten, und stellte fest, dass es sich nicht um echtes, sondern um künstliches Gras handelte.

Der größte Teil des Gartens war abgesperrt und in Spielgelände umgewandelt worden. An einer Seite hatte man ein Stoppschild aufgestellt, an dem eine Karte baumelte, und auf der Rückseite stand: Lies mich zuerst. Als ich hinter den anderen herlief, bemerkte ich, dass Brodie zu dem Schild gesprintet war, und ich versuchte, nicht die Augen zu rollen. Streber. Stattdessen sah ich mich auf dem Spielgelände um.

Auf einer großen rötlichen Matte war für jeden Kandidaten eine Spielstation aufgebaut. Dort war jeweils ein großer Vampirkopf mit aufgerissenem Mund montiert, der aussah, als wartete er darauf, gefüttert zu werden. Außerdem gab es jeweils ein Podest, das in der Mitte eines kleinen Beckens voller Blut aufragte.

Süß. Das Horrorthema wurde wirklich voll ausgeschöpft.

Brodie räusperte sich demonstrativ und las vor. »Kandidaten! Macht euch auf eine Herausforderung gefasst. Eure erste Aufgabe als Hausgast wird es sein, einen sehr hungrigen Vampir zu füttern. Und womit ernährt man ihn? Natürlich mit Blut. Jeder begibt sich zu einer Station und wartet auf das Startsignal. Sobald das erklingt, holt ihr euch euren Hula-Hoop aus dem Blutbecken. Die Hula-Reifen sind so konstruiert, dass sie sich mit Blut füllen, wenn ihr sie eintaucht. Ihr müsst euren Reifen eintauchen und dann Hula tanzen. Dabei wird das Blut in den Rachen des Vampirs gespritzt. Unter dem Hals jedes Vampirs hängt ein Beutel. Wer seinen Beutel als Erster gefüllt hat, gewinnt die Macht für die kommende Woche und das Recht, seinen Partner zu wählen. Hat jeder die Regeln verstanden?«

Eine Frau meldete sich wie in der Schule. »Äh, ist das echtes Blut?« Ihre Stimme klang schrill und weinerlich.

Brodie warf ihr einen verschmitzten Blick zu, der wohl ein Flirtversuch sein sollte. »Das werden wir gleich herausfinden, oder?«

Ich widerstand dem Drang, ein lautes Würgegeräusch von mir zu geben. Wir waren erst seit fünf Minuten im

Haus, und der Kerl hatte schon mich und nun dieses Mädel angebaggert. Ziemlich aufdringlich.

»Meinst du, die wollen wirklich so viel echtes Blut in einer Fernsehshow haben?«, brummte jemand.

»Gehen wir doch schon mal zu den Stationen«, sagte Liam. Er nahm Katy bei der Hand, und sie bückten sich unter dem Absperrseil durch und betraten das Spielgelände. Wir Übrigen folgten ihnen.

Ich wählte die Station neben Katy und Liam und trat mit meinen nackten Füßen auf das Podest. Ich blickte in mein Blutbecken. Die rote Flüssigkeit war wohl eher gefärbter Maissirup. Irgendwo da drin lag ein Hula-Hoop-Reifen.

Jetzt hieß es auf das Startsignal warten. Ich stemmte die Hände in die Seiten meines engen Kleides und schätzte meine Mitspieler ab. Die sechs Männer waren Brodie und Liam, der nette Typ, der mich beim Stolpern abgefangen hatte, ein älterer Mann mit grauen Haaren und zwei weitere in meinem Alter. Die Frauengruppe bestand aus einer älteren mit wild abstehenden grauen Haaren, einer Soccer Mom mit einem jungenhaften Kurzhaarschnitt, einer umwerfenden Latina und einer groß gewachsenen jungen Frau mit langen, glatten roten Haaren, die ich von irgendwoher kannte. Auch ein Promi? Jedenfalls schien ich unter den Frauen die sportlichste zu sein. Ein paar der Männer allerdings waren echte Muskelpakete. Wenn Männer und Frauen getrennt antreten mussten, wäre ich den anderen Frauen körperlich überlegen.

Aus strategischen Gründen beschloss ich, das erst mal nicht zu zeigen. Ich würde mich zurückhalten, beim

Wettkampf einen mittleren Platz belegen, Leute unter die Lupe nehmen, abwarten, wie sich die Sache entwickelte, und dann meinen entscheidenden Zug machen.

Das Startsignal ertönte.

Ich legte los. Ich stieg von dem Podest und tauchte die Hände in das Blut, um nach dem Reifen zu tasten. Wie vermutet, war es dickflüssig und klebrig, und einige waren hörbar angewidert. Ich fand meinen Reifen und legte ihn mir um die Taille. Als ich daran entlangstrich, erspürte ich in regelmäßigen Abständen Löcher, aus denen es jetzt schon tropfte. Sobald ich den Reifen um mich drehte, würde das Blut aus den Löchern spritzen und hoffentlich im Vampirrachen landen.

Ich war immerhin Zumba-Trainerin, da wäre dies ein Kinderspiel. Ich könnte den Kampf um die Macht gewinnen, bekäme ein tolles Zimmer und würde eine Vorentscheidung treffen, wer am Ende der Woche auszog.

Und damit hätte ich vom ersten Tag an eine leuchtende Zielscheibe auf dem Rücken. Das lag nicht in meinem Interesse. Darum tat ich, als fummelte ich an meinem Reifen herum, setzte ihn langsam in Bewegung und ließ ihn gemächlich um die Taille kreisen. Klebrige Blutstropfen liefen an meinem Kleid hinunter. Das war der Trick dabei: Drehte man den Reifen langsam, tropfte das Blut senkrecht nach unten. Drehte man ihn schnell, spritzte das Blut in hohem Bogen, wie Liam neben mir eindrucksvoll demonstrierte, indem er dem Reifen mit seinen tätowierten Armen einen kraftvollen Schwung gab, um ihn gleich darauf wieder ins Becken fallen zu lassen.

Gut, dachte ich. Sollte er gewinnen. Ich wollte es ganz sicher nicht.

Minuten vergingen, und ich stellte mich weiter ungeschickt an. Mein Kleid und meine Beine waren schon ziemlich besudelt, und meine Haare klebten auch schon davon. Aber ich war nicht die Einzige, die litt – Katys Podest befand sich näher bei Liam als meines, und sie sah aus, als hätte sie im Blut gebadet. Noch hatte niemand gewonnen. Ich bückte mich und spähte nach dem Beutel in meinem nun blutbespritzten Vampirrachen. Er war nicht mal halb voll. Mensch, das war ein langer Wettkampf. Jemand sollte sich beeilen, damit wir alle duschen konnten.

Grimmig hob ich meinen Reifen wieder auf und mühte mich weiter ab, ohne auf das klebrige Zeug an meinen Händen zu achten. Ich spähte die Reihe entlang, um zu sehen, wie sich die anderen schlugen. Die Frau mit den wilden Haaren? Gab sich keine Mühe. Die Männer strengten sich mehr an als die Frauen. Liam führte, und Brodie und zwei andere lagen dichtauf. Ich blickte auf meinen Reifen und ließ ihn etwas schneller kreisen, damit niemand merkte, dass ich sie beobachtete.

Fünf Minuten später ertönte wieder das Signal. Ich wischte mir das rote Zeug aus dem Gesicht (inzwischen hatte ich es bestimmt schon an der Nase und den Ohren) und sah zu meinem Vampirbeutel. Nach wie vor halb voll. Liams Podest war nun von unten beleuchtet. Mit einem Jubelschrei ließ er seinen Reifen fallen und stieß die Faust in die Luft. Er hatte gewonnen.

Ich klatschte und ließ dabei den Reifen fallen, ehe ich

vom Podest stieg. Katy warf sich in Liams Arme. Lachend wirbelte er sie im Kreis herum, und sie gaben sich einen klebrigen Freudenkuss.

Ja, ich konnte mir denken, wen Liam sich als Partnerin aussuchen würde.

»Herzlichen Glückwunsch, Liam«, tönte Becky Bradleys Stimme aus einem der Lautsprecher. »Du hast diesen Sommer beim ersten Kampf um die Macht gesiegt!«

Wir applaudierten und warteten auf neue Anweisungen, wobei wir einander misstrauisch beäugten.

»Da du nun diese Woche die Macht hast, darfst du deine Partnerin wählen.«

»Ich nehme Katy«, rief er und ließ sie herunter. Strahlend drückte sie ihn an ihre Seite, und ihre weißen Zähne leuchteten im rot verschmierten Gesicht.

»Damit hat nun wirklich keiner gerechnet«, rief Brodie. Ich lachte wider Willen, worauf er mir sofort zuzwinkerte. Mein bisschen Wohlwollen löste sich in Luft auf. Igitt. Er war so arrogant.

»Nachdem das erste Paar feststeht, werden wir jetzt die übrigen Paare bilden. Liam, bitte geh mit Katy zum hinteren Ende des Spielgeländes. Dort findet ihr eine kleine Truhe und darin die Kette des Machthabers sowie den Schlüssel für das Zimmer der Macht. Das dürft ihr für eine Woche beziehen.«

Katy klatschte in die Hände. Liam löste sich von ihr und lief zu der Truhe, nahm den Schlüssel und die Kette heraus und hängte sie sich um den Hals.

»In der Truhe befinden sich außerdem fünf weitere Schlüssel und dazugehörige Schlösser. Die Männer suchen sich ein Schloss, die Frauen einen Schlüssel aus. Bei wem der Schlüssel ins Schloss passt, der ist bis auf Weiteres euer Partner. Ihr werdet mit eurem Partner zusammen ein Zimmer beziehen, mit ihm gemeinsam kämpfen und gemeinsam die Preise entgegennehmen. Wenn euer Partner nominiert wird, seid ihr ebenfalls nominiert. Liam, bitte nimm die Truhe, und lass reihum jeden etwas herausnehmen.«

Liam hob den Kasten auf den Arm, klappte den Deckel auf und ging zum ersten Podest – meinem. Ohne groß hinzusehen, zog ich einen Schlüssel heraus und sah zu, wie Liam die Runde machte.

Als alle Schlüssel und Schlösser verteilt waren, ließ Becky sich erneut vernehmen. »Nun sucht euren Partner. Oh, und ihr werdet bemerken, dass auf jedem Schloss ein Zimmername steht. Dort werdet ihr heute mit eurem Partner übernachten. Wenn auf dem Schloss kein Zimmername steht, schlaft ihr auf den Sofas. Viel Spaß, liebe Bewohner. Wir sprechen uns bald wieder.«

»Bis dann, Becky«, riefen wir im Chor.

Für einen Moment wurde es auf dem Spielgelände still, denn wir starrten einander an.

»Tja, ich habe eine gute und eine schlechte Nachricht«, sagte Brodie und hielt mit einer roten Hand sein Schloss hoch. »Die gute ist, dass eine mich zum Partner bekommt.«

*Wie kann das die gute Nachricht sein*, wollte ich erwidern, aber ich verkniff es mir. Er war jedenfalls der Letzte, mit dem ich in einem Team sein wollte.

»Und die schlechte Nachricht?«, rief jemand.

»Ich bekomme kein Zimmer, sondern die Sofas«, gab Brodie mit einer Grimasse bekannt.

Tja, ein Unglück kommt selten allein.

Das durchbrach jedoch die sonderbare Anspannung, und die Leute gingen von einem zum anderen und machten sich miteinander bekannt. Ich steuerte geradewegs auf meinen Freund mit dem umwerfenden Lächeln zu. Er kam mir bereits entgegen und fuhr sich dabei durch die dunklen, nun klebenden Haare. »Schade, dass du nicht gewonnen hast«, meinte er und hielt mir sein Schloss hin. »Ich heiße Jendan.«

»Kandis«, sagte ich lächelnd. »Und das ist okay. Man kann nicht immer gewinnen. Ich werde eben das nächste Mal gewinnen müssen. Jetzt drück die Daumen und bete, dass es klappt.« Ich steckte den Schlüssel in sein Schloss.

Er passte nicht.

Ich sah ihn enttäuscht an. »Leider nein.«

»Scheibenkleister. Ich hatte gehofft, dich zu bekommen.«

Er war echt süß. Ich schenkte ihm ein sexy Lächeln. »Ja, darauf hatte ich auch gehofft. Aber wir könnten trotzdem zusammenarbeiten.«

»Gute Idee.« Er lachte leise. »Wir unterhalten uns später.«

Ich nickte und schaute mich um, wer gerade frei war. Der ältere Mann stand in der Nähe, also hielt ich meinen Schlüssel hoch und ging auf ihn zu. »Noch ohne Partnerin?«

»Ja. Ich heiße übrigens Casper.«

Ich stellte mich vor und probierte den Schlüssel. Nein.

»Ich habe einfach kein Glück heute«, scherzte ich und sah mich nach einem anderen um.

Als mein Schlüssel wieder nicht passte, wurde ich nervös. Oh nein. Bitte nicht Brodie. Bitte nicht. So viel Pech konnte ich doch gar nicht haben. Wer die *World Races* gesehen hatte, wusste, dass Brodie ein Mistkerl ersten Ranges war. Alle würden gegen ihn intrigieren, damit er ausschied. Ich selbst wollte ihn ja jetzt schon los sein.

Ich drehte mich um und sah ihn allein da stehen. Er winkte mir frech grinsend mit seinem Schloss zu. »Wollen wir's mal miteinander versuchen, meine Schöne?«

Igitt. Er war wirklich plump. *Besser, ich bringe es gleich hinter mich*, dachte ich. Verkniffen lächelnd ging ich zu ihm. »Funktioniert das echt?«

»Was?«, fragte er.

»Deine schmierige Masche? Du baggerst alles an, was einen Rock trägt, und hoffst, dass eine darauf anspringt.« Ich hob auffordernd den Schlüssel hoch, damit er mir sein Schloss hinhielt.

»Sag du es mir«, erwiderte Brodie und grinste unbeeindruckt weiter. »Springst du drauf an?«

»Ich springe höchstens, um dir einen Tritt in den Allerwertesten zu verpassen«, sagte ich zuckersüß. Bei ihm konnte ich die Zunge nicht im Zaum halten. Es spielte keine Rolle, ob ich mir Brodie zum Feind machte. Er würde nicht lange genug dabei sein, als dass ich in die Verlegenheit kommen könnte, seine Hilfe zu brauchen.

Zu meinem Schrecken glitt der Schlüssel in sein Schloss und ließ sich mühelos herumdrehen.

»Na siehst du«, sagte er lässig. »Wir passen perfekt

zusammen.« Er griff um meine Schultern und zog mich an seine Seite, ungeachtet meiner starren Haltung und bestürzten Miene. »Schätze, das mit dem Tritt solltest du dir noch mal überlegen«, flüsterte er. »Außer du willst gleich als Erste ausscheiden, hm?«

So mies fing *House Guests* für mich an.

Nicht nur, dass der widerliche Brodie einer der Teilnehmer war, er war auch noch mein Partner, und wir mussten auf den Sofas übernachten.

Konnte es noch schlimmer kommen?

Nun ja, bei Brodie Short sollte man nichts ausschließen.

Der Waschraum war moderner als das übrige Haus, wie ich erleichtert feststellte. Die Kacheln blutrot, die Wände in einem hässlichen dunklen Violett gestrichen, die Armaturen schwarz. Es gab zwei Toilettenkabinen, die vom Boden bis zur Decke geschlossen waren, und zwei Duschkabinen, deren Türen jedoch nur von den Waden bis zur Schulter reichten.

Also wurde wohl auch im Waschraum gefilmt. Na toll.

Ich war nicht die Erste dort und musste warten, bis eine Dusche frei wurde. Ich nahm mir eines der schwarzen Handtücher und setzte mich zu den anderen auf den langen Waschtisch, solange Mickey und Casper duschten. Katy und Liam hatten sich gleich nach Ende des Spiels zurückgezogen, zweifellos, um sich Liams Zimmer anzusehen. Wahrscheinlich hatte er dort eine eigene Dusche.

Brodie und ich würden mit dem Waschraum vorliebnehmen müssen.

Beim Gedanken an ihn verdrehte ich die Augen und schlug die klebrigen Beine unter. Zuletzt hatte ich ihn vor ein paar Minuten mit Sunnie flirten sehen, als er ihr rote Spritzer aus dem Gesicht gewischt hatte, als wäre sie seine Partnerin. Mistkerl. Ausgerechnet den hatte ich abbekommen. Ich hasste es. Aber nun würde ich das Beste daraus machen müssen.

Jemand hüpfte auf den Waschtisch neben mir. Es war Jendan, und ich lächelte ihn an.

»Hey. Meinst du, für uns bleibt noch heißes Wasser übrig?«

Angewidert hob ich meine Hände und beäugte sie. »Ist mir egal, Hauptsache Wasser. Meine Finger kleben schon zusammen.«

Er lachte, dann beugte er sich zu mir und senkte die Stimme. »Wer ist dein Partner?«

»Brodie«, flüsterte ich. »Ich bin geliefert.«

Er riss die Augen auf. »Oh Mann. Du *bist* geliefert«, sagte er mitfühlend.

»Und wie!«

»Die anderen werden sich auf ihn einschießen. Auf Katy und Liam auch«, flüsterte er. »Sie sind schließlich schon bei einer anderen Spielshow reich geworden.«

*Brodie hat nicht gewonnen*, hätte ich einwenden können, aber Brodie war, na ja, eben Brodie. Keiner wollte ihn lange um sich haben. Darum nickte ich.

»Keine Sorge.« Er stupste mich mit der Schulter an. »Ich stehe hinter dir.«

»Danke.« Ich stupste ihn ebenfalls und bemerkte dabei, dass mein Kleid an meinen Oberschenkeln klebte. »Igitt, ist das eklig.«

»Stimmt«, pflichtete er bei. »Aber durch meine Arbeit bin ich es gewohnt, dreckig zu werden.«

»So?« Ich lächelte die ältere Frau höflich an, die sich gerade zu uns setzte und unser Gespräch zwangsläufig mitbekam. »Was machst du denn beruflich, Jendan?«

»Ich bin Stuntman.« Er klang stolz und nickte der Frau zu. »Wenn jemand in Flammen stehen oder aus einem brennenden Haus rennen soll, dann übernehme ich das.«

»Wow.« Ich war beeindruckt. »Ein toller Beruf. Warum nimmst du dann an einer Spielshow teil?« Jimmys Kategorien fielen mir ein: Superfans, Mactors und abgebrannte Tussen. Im Gegensatz zu Jayme und Mickey war Jendan bisher nicht durch Detailwissen über die bisherigen Staffeln aufgefallen. Als Stuntman fiel er vielleicht in die Mactor-Kategorie. Ich musterte ihn. Er sah gut aus.

»Aus demselben Grund wie du. Ich brauche das Geld. Man kann nicht sein Leben lang als Stuntman arbeiten.« Er wandte sich der älteren Frau zu und reichte ihr seine ungewaschene Hand. »Ich heiße übrigens Jendan.«

»Lenore.« Sie schüttelte ihm die Hand und lächelte, sodass man die Lücke zwischen ihren Schneidezähnen sah.

Abgebrannte Tusse, dachte ich sofort und bekam ein schlechtes Gewissen. »Was bist du von Beruf, Lenore?«

»Hellseherin.«

Ich lachte überrascht. »Ach wirklich?«

Sie fixierte mich mit einem scharfen Blick. »Du

glaubst mir nicht? Ich kann in deine Zukunft sehen. Gib mir deine Hand.«

Au weia. Mit einem argwöhnischen Blick zu Jendan überließ ich ihr meine Hand. Erst wurden wir in einem Spukhaus untergebracht, nun war auch noch eine der Teilnehmerinnen eine Hellseherin. Was käme als Nächstes?

Lenore strich mit den Fingerspitzen über meine Handfläche. »Du bist sehr sportlich und tanzt leidenschaftlich gern.«

Nervös lachend riss ich meine Hand weg. »Da liegst du falsch. Ich bin ein Trampel. Jendan kann dir erzählen, wie ich ins Haus gestolpert bin.« *Na, da verkaufe ich mich am ersten Tag ja schon toll.*

»Womit verdienst du dein Geld, Kandis?«, wollte Jendan wissen.

»Ich bin Studentin«, log ich.

»Bist du nicht«, widersprach Lenore.

Ich überlegte, wie es sich auswirken würde, wenn ich mich gleich am ersten Tag mit der Hellseherin anlegte, und beschloss, sie zu ignorieren. »Wie du meinst, Lenore.«

»Außerdem wirst du hier deine große Liebe finden«, behauptete sie. »Ich weiß so etwas.«

»Ich bin nicht hier, um mich zu verlieben«, protestierte ich, und das war die Wahrheit. Ich wollte abkassieren.

Lenore zuckte die Achseln und ging.

Jendan und ich wechselten einen Blick, wobei ich den Zeigefinger an meinem Ohr kreisen ließ, um einen fragwürdigen Geisteszustand anzudeuten. »Und da dachte ich, Brodie wäre der blödeste Partner, den man abbekommen kann. Jetzt bin ich mir da nicht mehr so sicher.«

Jendan kicherte. »Sie könnte den einen oder anderen Vogel haben. Apropos, wo ist dein Partner?«

»Flirtet irgendwo mit Sunnie. Keine Ahnung, ist mir auch egal. Ich spiele das Spiel hier ohnehin solo.«

»Musst du nicht.«

»Aha?« Das munterte mich auf. Jendan wirkte, als wäre er genauso auf den Sieg erpicht wie ich. Andere Kandidaten schienen bloß abhängen oder sich jemanden angeln zu wollen. Jendan dachte nüchtern und zielstrebig, das war ihm klar anzusehen. In der Hinsicht passten wir gut zusammen. »Was schlägst du vor?«

Leise lächelnd vergewisserte er sich, dass niemand zu uns herübersah. »Man braucht hier jemanden, auf den man sich verlassen kann. Du und ich gehen ins Finale. Geheime Allianz. Wir unterstützen uns bis zum Ende.«

»Das gefällt mir.«

»Wie gesagt, ich stehe hinter dir«, versprach er.

»Und ich hinter dir«, flüsterte ich. »Wen hast du als Partnerin bekommen?«

»Marla. Kurze Haare, um die dreißig.«

»Die Soccer Mom?«

»Genau die«, bestätigte er grinsend. »Sie ist nett. Ich fürchte nur, dass sie in den Wettkämpfen nicht so gut ist.«

»Das kannst du nicht wissen.« Ich schaute zu den Duschkabinen. Die waren immer noch besetzt. Angeblich brauchten nur Frauen lange beim Duschen. Wer das behauptete, hatte Mickey und Casper noch nicht erlebt.

»Achte auf Marla. Sie ist diejenige, die am meisten Stimmung gegen Katy, Liam und Brodie macht.«

»Ich werde auf sie Acht geben. Danke für die Warnung.«

Ich wollte die drei genauso gern loswerden wie jeder andere hier, aber da ich mit Brodie zusammen im Sattel saß, brauchte ich sie alle drei. Solange Katy und Liam im Spiel blieben, wären sie ein größeres Ziel als Brodie, weil sie schon mal Geld gewonnen hatten. Und ich wollte nicht als Erste ausscheiden.

»Kandis, komm bitte zum Interview«, sagte jemand über die Lautsprecheranlage. »Kandis, bitte in den Interviewraum.«

»Mann! Kann ich nicht mal vorher duschen?« Ich zog ein Gesicht und hüpfte vom Waschtisch. »Lass mir heißes Wasser übrig, Jendan.«

»Kann ich nicht versprechen«, rief er mir nach, während ich, das Handtuch unter den Arm geklemmt, mit schmutzigen nackten Füßen durchs Haus tappte.

Im Wohnzimmer gab es eine verschlossene Tür, über der eine rote Lampe brannte. Als sie verlosch, probierte ich die Klinke, die sich nun öffnen ließ. Neugierig trat ich ein. Vor mir lag ein langer, düsterer Flur und am Ende eine Tür mit der Aufschrift »Privat«.

Der Interviewraum. Ich klopfte an. Keine Antwort. Ich öffnete die Tür und sah einen bequemen Sessel vor einem halben Dutzend Kameras und einem Bildschirm mit dem *House-Guests*-Logo. Ich breitete das Handtuch über dem Sessel aus, damit ich ihn nicht fleckig machte, und setzte mich.

»Kandis, das ist der Interviewraum«, sagte die Stimme. »Er ist schalldicht. Du kannst also ganz unbekümmert deine geheimen Gedanken mitteilen und uns erzählen, was in dir vorgeht. Deine Mitspieler werden nichts davon zu sehen bekommen.«

Ich trommelte mit den Fingern auf der Lehne. »Verstanden.«

»Verrate uns doch, was dich gerade beschäftigt.«

Ich lächelte verkniffen in die Kamera. »Nachdem ich Brodie als Partner bekommen habe? Ich bin komplett geliefert.«

Eine Stunde später war mein Einzelinterview aufgezeichnet, ich hatte geduscht und mir eine dunkelblaue Yogahose und ein weißes Sweatshirt mit weitem Ausschnitt angezogen, der mir immer wieder über eine Schulter rutschte. Die nassen Haare hatte ich zu einem lockeren Knoten geschlungen und die dicke Make-up-Schicht abgeschrubbt.

Ich war gerade in der Küche, um mir eine Flasche Wasser zu holen, als jemand von hinten die Hände auf meine Schultern legte und begann, sie zu massieren.

Mit einem spitzen Schrei fuhr ich herum.

Da stand Mickey und lächelte mich verführerisch an – oder zumindest hielt er es für verführerisch. Er hatte rotblonde wellige Haare, große Ohren und ein breites, kantiges Kinn. Er sah ungewöhnlich und freundlich aus, aber ich hütete mich grundsätzlich vor Kerlen, die eine Frau hinterrücks anfassten.

»Habe ich dich erschreckt?« Seinem Ton nach war er darüber mehr amüsiert als besorgt.

»Allerdings«, gab ich zu und rieb mir die Schultern, um die Gänsehaut loszuwerden.

»Tut mir leid«, sagte er, es klang jedoch überhaupt nicht danach. »Ich wurde hergeschickt, um dich zu holen. Wir haben eine Hausversammlung im Wohnzimmer.«

»Schon? Ist was nicht in Ordnung?«

»Liam möchte, dass wir uns kennenlernen.« Er stieß mich neckend mit der Hüfte an. »Ich hab nichts dagegen, hier einige besser kennenzulernen.«

Igitt. Ein aufdringlicher Typ. Ich lächelte weiter, auch wenn es schwerfiel. »Dann lass uns gehen, okay?«

Er bot mir seinen Arm, damit ich mich unterhakte. Tja, zu dumm. Wenn ich ablehnte, war er vielleicht beleidigt, und das gleich am ersten Tag. Ich konnte es mir nicht leisten, jemanden zu verärgern. Nicht als Partnerin des testosterongesteuerten Brodie.

Daher setzte ich mich über meinen Widerwillen hinweg und schob die Hand in seine Armbeuge, mit dem innigen Wunsch, ganz woanders zu sein.

Als wir das Wohnzimmer betraten, waren die meisten bereits dort und hatten die drei Sofas zusammengestellt. Auf einem saß Brodie allein in einer Ecke. Marla, Jendan, Casper und Jayme hatten sich gemeinsam auf ein weiteres gequetscht, während Lenore und Fido sich den Zweisitzer teilten. Gegenüber saßen Liam und Katy auf der Kaminumrandung. Liam mit dem Rücken an die Steine gelehnt, die Arme um Katy geschlungen, die es sich zwischen seinen Beinen bequem gemacht hatte.

Ich setzte mich neben Brodie, da man den Platz offenbar für mich freigelassen hatte. Leider pflanzte sich Mickey auch noch neben mich, und zwar so dicht, dass sein Oberschenkel an meinem lag. Er ignorierte einfach, dass die andere Hälfte der Couch noch frei war.

Tja, eingeklemmt zwischen Brodie und Mickey auf einer Couch vor einem Millionenpublikum. Offenbar hatte ich gerade ganz mieses Karma. Vielleicht nahmen mir die *House-Guests*-Götter übel, dass ich beim ersten Wettkampf gemauert hatte. Ich atmete tief durch und behielt mein nichtssagendes Lächeln bei, entschlossen, das Beste aus allem zu machen.

»Sind wir vollzählig?«, fragte Liam.

»Sunnie kommt gleich«, antwortete Fido.

Und tatsächlich kam sie einen Augenblick später hereingeschwebt (anders kann man es wirklich nicht beschreiben), Frisur und Makeup waren makellos, und sie trug ein süßes rosa Trägerkleid. Sowie sie Brodie sah, quietschte sie und sauste auf ihn zu, um sich auf seinen Schoß zu werfen.

Irgendwas hatte mir definitiv mieses Karma eingebracht. Die Situation wurde immer schlimmer.

Mickey begann, mir den Nacken zu massieren.

Ich unterdrückte ein Wimmern und rückte schaudernd ab, sodass ich Brodie und Sunnie immer näher kam. Brodie legte sofort den Arm um meine Schultern. »Hände weg von meiner heißen Partnerin, Mickey. Lach dir selber eine an.«

»Du reißt ja alle an dich«, erwiderte der.

Sunnie kicherte auf Brodies Schoß.

Ich warf Jendan einen genervten Blick zu.

»Reiß dich zusammen, Brodie«, sagte Katy mit ihrem weichen Akzent. »Keiner will dir beim Baggern zusehen.«

»Bist du sicher?«, witzelte er, nahm aber den Arm von meinen Schultern, als kleines Zugeständnis an seine Schwester.

»Katy und ich haben diese Versammlung einberufen, damit wir uns besser kennenlernen«, begann Liam, Wange an Wange mit seiner Freundin. »Wir dachten, bei einer so großen Gruppe wäre es am besten, wenn wir die Vorstellerei gemeinsam erledigen.«

»Gute Idee«, sagte jemand.

Katy löste sich aus Liams Armen und stand auf. »Ich fange an, dann habe ich es hinter mir.« Sie lächelte uns so verlegen an, dass ich mich fragte, ob sie schüchtern war. Sie trug ein gelbes Trägerhemd und ausgefranste Denimshorts, und ihre nassen blonden Haare waren im Nacken zu zwei Knoten geschlungen. Sie sah wirklich süß aus und wie das blühende Leben. »Ich bin Katy Short und habe ein Unternehmen in Broken Arrow, Oklahoma, Katy's Short Cakes, das Kuchen und Cupcakes auf Bestellung fertigt.« Sie sah sich zu Liam um. »Das ist Liam. Ihr kennt uns beide vielleicht von den *World Races*. Dort sind wir uns zum ersten Mal begegnet und haben uns verliebt.«

Liams gepiercte Lippen verzogen sich zu einem Lächeln, und wie er Katy dabei anschaute, entzückte mich. Auch von den anderen kamen ein paar Ohs.

Katy nahm ihren Platz wieder ein, und nachdem sie sich zwischen seinen Beinen zurechtgerückt hatte, legte er den Arm wieder um sie.

Liam stand nicht auf, sondern hob nur grüßend die Hand. »Ich heiße Liam. Ich bin Gitarrist bei *Finding Threnody*. Oder war es zumindest, bis wir uns getrennt haben. Zurzeit spiele ich solo und bin gerade dabei, nach Broken Arrow umzuziehen.« Er stupste Katy an, die glücklich strahlte. »Und ich bin hier, um mit meiner Freundin zusammen zu sein.«

»Habt ihr euer Preisgeld schon ausgegeben?«, fragte Marla. Ihr Lächeln wirkte freundlich, ihr Blick jedoch scharf. Sie wollte nicht darüber hinwegsehen, dass die beiden schon reich waren.

»Vermutlich habt ihr die Sendung alle gesehen, hm?« Katy lächelte und tätschelte Liams Arm. »Meinen Anteil habe ich in meine Firma investiert. Nach Abzug der Steuer war es gar nicht mehr so viel. Aber wir sind hauptsächlich aus Spiellaune hier und um zusammen zu sein.«

»Natürlich«, sagte Marla freundlich, aber ich konnte praktisch zusehen, wie sich die Rädchen in ihrem Kopf drehten. Die beiden mochten ihr sympathisch sein, aber deshalb war sie noch lange nicht gewillt, nachsichtig zu sein. Ich blickte in die Gesichter der anderen. Einige schienen mächtig beeindruckt von den beiden Prominenten zu sein, aber die meisten waren weniger begeistert.

Katy und Liam würden sich sehr umsichtig verhalten müssen, um nicht als Erste auszuscheiden.

Und ich war an Brodie gekettet, der dieselben Verbindungen hatte wie die beiden, aber nicht halb so sympathisch war. Ich biss mir auf die Lippe, um nicht frustriert aufzuschreien, und dachte an meine Mutter. Was machte sie wohl gerade? Ich hatte einer Nachbarin Geld dagelassen, von dem sie ihr wöchentlich 150 Dollar für Lebensmittel geben sollte. Kaufte meine Mutter jetzt im Supermarkt Instant-Nudelsuppen und das billigste Mineralwasser auf, um mit dem übrigen Geld ins Spielcasino zu gehen? Ich presste mir die Fingernägel in die Handflächen und schwor mir, das Preisgeld zu gewinnen.

Ich brauchte es dringender als alle anderen. Mit einer Million Dollar könnte ich Moms Schulden ablösen und sie in eine schöne Entzugsklinik schicken. Eine, bei der sie sich nicht weigern würde. Und dann wären wir beide frei und könnten unser Leben leben, anstatt uns ständig Sorgen um Geld zu machen.

Sunnie rührte sich neben mir, und ich sah, dass Brodie im Begriff war, aufzustehen. Sunnie stolzierte zum anderen Ende unserer Couch und setzte sich neben Mickey.

Brodie trat einen Schritt vor, legte die Hände ineinander und setzte das freche Grinsen auf, das so typisch für ihn war, als wüsste er genau, was für ein Schurke er war, und erwartete, dass man ihn trotzdem liebte. »Also, Leute, ich bin Brodie und war auch bei den *World Races* dabei, habe aber *nicht* das Geld gewonnen.«

Sieh einer an, schon stellte er sich gegen seine Schwester. Ich blickte zu Katy, die verärgert die Lippen zusammenkniff. Trotzdem war ich froh, dass Brodie auf diese Tatsache hingewiesen hatte.

»Ich bin Model«, fuhr er fort.

Ich hatte wieder Jimmys gelangweilte Stimme im Ohr. Mist. Wir passten wirklich alle in seine Kategorien.

»Ich sollte eigentlich bei *Endurance Island* mitspielen«, fuhr Brodie fort, »musste meinen Platz aber für einen großen Star räumen.« Ein Chor von bedauernden Ohs erhob sich, worauf er eine beschwichtigende Geste machte. »So viel Mitgefühl ist unnötig, denn die Produzenten haben mir angeboten, stattdessen hier teilzunehmen, und jetzt werde ich meine Nächte auf einer gemütlichen Couch in einem Spukhaus verbringen, umgeben von vielen heißen Ladys … und meiner Schwester.«

Katy rollte die Augen.

Das löste Gekicher aus. Brodie setzte sich wieder und legte beiläufig den Arm um meine Taille. Weil ich seine Partnerin war? Oder weil ich eine der »heißen Ladys« war?

Auf jeden Fall war die Geste nicht echt, und ich konnte gespielte Sympathie nicht ausstehen. Vielleicht weil ich selbst vorhatte, allen den ganzen Sommer etwas vorzumachen. Vielleicht weil meine Mutter ihre Probleme hinter viel vorgetäuschter Fröhlichkeit versteckt hatte, bis es zu spät gewesen war, etwas zu unternehmen. Wie auch immer, ich konnte das nicht leiden.

Ich stand auf, legte die Hände an die Hüften und lächelte in die Runde. »Ich bin Kandis. Das spricht sich wie Candice, schreibt sich aber K-a-n-d-i-s. Ich bin dreiundzwanzig, Studentin, und ich will hier einen Sommer lang Spaß haben.« Ich zuckte die Achseln. »Das ist eigentlich alles. Im Grunde bin ich langweilig.«

»Sagst du«, grinste Brodie.

»Jemand mit solch einem Hintern kann nicht langweilig sein«, warf Mickey ein, der offenbar glaubte, Brodies Ton aufgreifen zu dürfen.

Im Zimmer wurde es totenstill.

»Nun, dann hätten wir das auch geklärt.« Damit setzte ich mich wieder. Lieber hätte ich Mickey angeschnauzt, aber ich musste diplomatisch sein. Es war nicht ratsam, gleich am ersten Tag jemandem den Kopf abzureißen.

»Du lässt die Finger von ihrem Hintern, Mickey«, sagte Brodie in gutmütigem Ton, und als er diesmal den Arm um meine Taille legte, war er mir willkommen.

Nach diesem unerquicklichen Wortwechsel ging die Vorstellungsrunde weiter. Jendan erzählte, er arbeite als Stuntman. Seine Partnerin Marla lebte, wie das Klischee es wollte, in einem Vorort von Philadelphia, hatte zwei Kinder und einen Mann, den sie schrecklich vermisste, so sagte sie. Mit Tränen in den Augen erzählte sie von ihrer Familie, und ich fühlte mich ein bisschen schuldig. Sie brauchte das Geld offenbar auch. Hellseherin Lenore kam aus Florida und erklärte uns, dass sie bei *House Guests* gewinnen werde, denn das habe sie im Traum gesehen.

Als Brodie leise schnaubend seine Verachtung ausdrückte, war ich ausnahmsweise mal ganz seiner Meinung.

Casper, der Älteste von uns, war Feuerwehrmann. Als seine Partnerin Sunnie sich vorstellte, fiel mir ein, woher ich sie kannte. Sie lebte in L. A., und ihr Vater war ein bekannter Plattenboss. Sie warf ihre roten Haare zurück und ließ sich wortreich darüber aus, dass sie diesen Sommer in vollen Zügen genießen und neue Leute kennenlernen wolle. Mactor, dachte ich. Oder wohl eher ein It-Girl, bekannt dafür, berühmt zu sein und mit den richtigen Leuten Party zu machen.

Als Nächster stellte sich Fido vor, ein kleiner, stämmiger Mann mit dicken Muskeln. Fido sei nicht sein wirklicher Name, erzählte er, aber so werde er seit seiner Kindheit gerufen, weil er tierlieb sei. Er sei Hundetrainer und wohne mit seiner Freundin zusammen. Schließlich stand Jayme auf. Sie sah hinreißend aus, weshalb ich sie als Model oder Schauspielerin einstufte, tatsächlich war sie jedoch Chefköchin in einem berühmten Restaurant in Chicago. Interessant.

Und der aufdringliche Mickey? Der war tatsächlich Masseur. »Wenn ihr Ladys eine Nackenmassage braucht, könnt ihr euch jederzeit an Mickey wenden.« Er bedachte uns alle mit einem schmierigen Lächeln.

Mich freiwillig von dem anfassen lassen? Igitt.

In Gedanken ging ich die Teams durch, während wir uns über das Haus und unsere Familien und Freunde unterhielten und laut überlegten, ob es an diesem Ort wirklich spukte. Ich schwieg und prägte mir ein, was ich sah und hörte. Casper und Sunnie stellten keine echte Gefahr dar. Ein Fünfzigjähriger und ein It-Girl? Kein Problem.

Jendan und Marla waren schon eine härtere Konkurrenz, aber Jendan war auf meiner Seite. Lenore und Mickey bildeten ein Team. Sofern Mickey keine Sportskanone war, würde Lenore sie beide zurückwerfen. Fido und Jayme stufte ich als starke Gegner ein. Ebenso Katy und Liam.

Es versprach spannend zu werden.

Wir aßen Sandwiches im Wohnzimmer und unterhielten uns. Nachdem es spät geworden war, zogen sich die Paare nach und nach in ihre Zimmer zurück. Katy und Liam waren die Ersten. Katy fielen immer wieder die

Augen zu, und sie schlief schon halb, als Liam uns eröffnete, dass sie nun ins Bett gehen würden. Die anderen protestierten – sie wollten das Zimmer der Macht sehen, aber Liam blieb standhaft und versprach, es am nächsten Morgen zur Besichtigung freizugeben. Er brachte seine Freundin nach oben, und Fido und Jayme verließen uns kurz danach ebenfalls. Dann setzte ein Massenexodus ein, sodass am Ende nur noch Brodie und ich im Wohnzimmer saßen. Ich gähnte, schaute zu der Standuhr, die nie schlug (wahrscheinlich wegen der versteckten Mikrofone). Es war ein Uhr.

»Für mich ist Schlafenszeit«, erklärte ich, ohne Brodie anzusehen. Ich stemmte meinen müden Körper aus der Couch und tappte barfuß zum Wäscheschrank. Darin lagen Decken und Kissen bereit, und ich nahm je zwei heraus. Kurz überlegte ich, mir den Pyjama anzuziehen, entschied mich aber dagegen, da auch nachts Kameras auf uns gerichtet waren. Es würde mich nicht umbringen, eine Woche lang in Yogahosen zu schlafen, und ich würde mich sicherer fühlen, vor allem mit einem Kerl wie Mickey im Haus.

Ich schloss die Schranktür, drehte mich um und stockte.

Hatte ich da gerade am anderen Ende des Flurs einen Schatten huschen sehen? Ich bekam eine Gänsehaut. Spukte es hier vielleicht doch? Der Flur war nicht hell erleuchtet wie das Wohnzimmer, und meine müden Augen spielten mir sicher nur einen Streich. Ja, so musste es sein.

Trotzdem rannte ich in Rekordzeit ins Wohnzimmer zurück.

Als ich dort ankam, hatte Brodie sich bereits auf dem längsten Sofa ausgestreckt. Er klopfte neben sich aufs Polster. »Komm her, lass uns schlafen.«

»Schwein.« Ich warf ihm ein Kissen an den Kopf und gleich noch eine Decke hinterher.

Er lachte unverdrossen. »Du denkst vielleicht, du hast ein undurchdringliches Pokerface aufgesetzt, Kandis, aber ich sehe dir an, dass du weder mich noch die anderen Kandidaten leiden kannst, außer vielleicht Jendan.«

Ich drehte mich zu meiner Couch um und schüttelte die Decke aus. »Das ist nicht wahr«, widersprach ich, musste mir aber eingestehen, dass er recht haben könnte. Katy und Liam wirkten nett, aber unzugänglich. Marla und Casper waren ganz okay. Jayme oder Fido konnte ich nicht einschätzen.

»So so.« Brodie kaufte es mir nicht ab.

Ich beachtete ihn nicht, sondern ging das Licht ausschalten. Misstrauisch sah ich mich um, als auch das *House-Guests*-Logo auf dem Bildschirm an der Wand gedimmt wurde, damit wir es beim Schlafen etwas dunkler hatten. Hinter mir befand sich ein Venezianischer Spiegel. Im Dunkeln wirkte er noch unheimlicher, und ich musste an den huschenden Schatten im Flur denken. Du meine Güte. Schon am ersten Abend sah ich Gespenster.

Hastig durchquerte ich das dunkle Zimmer und stieg auf meine Couch, um mich zum Schlafen zurechtzulegen. Ich schüttelte mein Kissen auf und beschloss, nicht daran zu denken. Immerhin schlief Brodie mir gegenüber. Wenn hier Geister umgingen, würden sie sich vielleicht zuerst auf ihn stürzen. Beruhigt schloss ich die Augen.

Etwas Schweres landete neben mir auf der Couch.

Entsetzt riss ich die Augen auf und erkannte Brodie an seinen Umrissen und den stacheligen Haaren. Er hatte sich tatsächlich zwischen mich und die Rückenlehne geworfen und klemmte mich unter der Decke fest. Ich ließ die Fäuste gegen seine Brust fliegen. »Geh runter von mir, du Mist…«

»Schsch«, zischte Brodie leise. »Ich will mit dir die Strategie durchsprechen.«

Überrascht hielt ich die Fäuste still. »Du willst … was?«

Er lachte lautlos. »Kandis, versteh mich nicht falsch. Du bist echt heiß, aber ich bin hier, um das Geld zu gewinnen.«

Ich stutzte. »Was soll dann die Flirterei mit Sunnie? Oder mit Jayme?«

»Eifersüchtig?«, neckte er. »Ganz im Ernst, das ist nur Taktik. Beide sind hübsch, aber diesmal muss ich an Geld kommen. Das letzte Mal habe ich mit dem Schwanz gespielt, und du siehst, wie weit es mich gebracht hat.«

»Du hast mit dem Schwanz gespielt …«

»Bildlich gesprochen«, versicherte er flüsternd. »Nicht wirklich. Soll heißen, ich habe beim Wettkampf mit dem Schwanz gedacht, und darum bin ich auf dem zweiten Platz gelandet. Meine Schwester ist ein Elefant im Porzellanladen, wenn sie sich gekränkt fühlt. Das hatte ich nicht bedacht, und das hat mich um den Sieg gebracht.«

»Daran warst du selbst schuld«, widersprach ich. »Wie ich mich erinnere, hast du viel mit einer Rocksängerin herumgeknutscht.«

»Ja«, seufzte er. »Sie war heiß. Aber auch richtig schlecht bei den entscheidenden Wettkampfaufgaben und ausgerechnet dann verkatert, wenn ich sie in Bestform brauchte. Diesmal wird es anders.«

Ich zog den Kopf ein Stück zurück, um im Dunklen sein Gesicht ausmachen zu können. »Ach nee.«

»Doch«, sagte Brodie, legte sich auf die Seite und winkelte den Arm an, um den Kopf aufzustützen. Jetzt war sein Gesicht nur eine Handbreit von meinem entfernt, und mir wurde mulmig, weil er so nah war. Verdammt. Musste er unbedingt so anziehend sein? Und musste er unbedingt ein unzuverlässiger Schürzenjäger sein?

»Bei dem Spiel kommt es darauf an, ein gutes Team zu bilden und dafür zu sorgen, dass man nicht rausgewählt wird. Das letzte Mal konnte ich mich vor dem Ausscheiden bewahren, indem ich hart gekämpft habe. Diesmal ist es anders.« Er rückte noch näher. »Ich habe schon mit Sunnie gesprochen, und sie wird sich mit uns verbünden. Katy und Liam werden für uns sein, weil Katy auf meiner Seite ist. Und ich bin ziemlich sicher, dass ich Jayme auch dazu bewegen kann. Wir haben darüber geredet, aber sie meinte, sie ist nicht bereit, sich am ersten Tag festzulegen. Marla hat dasselbe gesagt. Ich habe ihnen jeweils versprochen, mit uns unter die ersten vier zu kommen. Wir können entscheiden, wen wir nehmen wollen, wenn wir dem Finale näher kommen.«

Das ärgerte mich kolossal, und ich hätte ihm am liebsten eine Ohrfeige verpasst. Eine, die sich gewaschen hatte. »Willst du mich auf den Arm nehmen? Du bist schon einen Haufen Deals mit anderen eingegangen?«

Mein Ärger erstaunte ihn. »Na klar. Wir müssen uns ja nicht daran halten, wenn wir nicht wollen.«

»Warum triffst du überhaupt schon am ersten Tag solche Abmachungen?« Ich flüsterte so aufgebracht, man konnte es schon als Fauchen bezeichnen. »Was hast du dir dabei gedacht?«

»Ach komm schon.« Brodie wirkte allmählich so verärgert wie ich. »Willst du etwa behaupten, du bist keine Allianz mit Mr Stuntman eingegangen? Ich habe gesehen, wie ihr miteinander geflüstert und euch schöne Augen gemacht habt.«

»Erstens haben wir uns keine schönen Augen gemacht. Und zweitens ist er nur einer. Eine Person. Du hast mit allem geredet, was einen Rock anhat, um deine Schäfchen ins Trockne zu bringen.«

Und was hieß das für mich?

Er schnaubte und setzte sich auf. »Ich dachte, du willst dieses Spiel durchziehen.«

»Will ich. Ich bin auch hier, um zu gewinnen. Aber deine Strategie ist Murks, Brodie. Schon mal davon gehört, den Ball flach zu halten?«

»Das ist nicht nötig«, meinte er grinsend und kletterte von der Couch. Während er zu seiner hinüberging, drang seine Flüsterstimme zu mir. »Das muss man nur tun, wenn man nicht zuversichtlich ist, es an die Spitze zu schaffen. Ich dagegen weiß, dass ich … dass wir gewinnen.«

Ja, der kleine Lapsus entging mir nicht. Ich verkniff mir eine wütende Entgegnung, da ich das Verhältnis mit Brodie nicht noch schwieriger machen wollte, und ließ mich ins Kissen fallen.

Es war schaurig still im Haus, und meine Couch stand gegenüber dem unheimlichen Spiegel. Ich war todmüde, aber aufgedreht. So würde ich nicht einschlafen können. Brodie schien damit keine Probleme zu haben. Ich spähte zu ihm hinüber. Er lag so entspannt auf seinem Kissen, als hätte er keine Sorgen.

Neben meinem Kopf knarrte eine Bodendiele.

Ich schoss von meinem Kissen hoch. »Was war das?«

»Schlaf jetzt, Kandis«, murmelte Brodie.

»Ich habe etwas gehört.« Es knarrte noch einmal, noch unheimlicher. »Da. Hast du das gehört?«

»Das ist ein altes Haus«, sagte er mit geschlossenen Augen. »Die knarren und ächzen nun mal.«

»Ein altes Spukhaus«, präzisierte ich, legte mich aber wieder hin, nachdem ich ringsherum in die Dunkelheit gestarrt hatte. Wenigstens entdeckte ich keine Schatten. Jedenfalls keine unerwarteten Schatten. Ich fragte mich, wie die beiden Teams im Dachgeschoss zurechtkamen, in dem Galgenzimmer. Wenn ich mich schon furchtbar gruselte, wie mochte es dann erst den anderen gehen?

Als die Diele erneut knarrte, zog ich mir die Decke über den Kopf.

# 3

*»Kandis ist echt heiß, aber total paranoid. Beim kleinsten Geräusch macht sie sich in die Hose. Die halbe Nacht hab ich bei jedem Knacken im Haus gedacht, dass sie gleich zu mir ins Bett kriecht … und die andere Hälfte der Nacht war ich enttäuscht, weil sie es nicht getan hat. Ich bin schließlich auch nur ein Mensch.«* – Brodie Short am 3. Tag von *House Guests*

»Wie läuft die erste Woche für dich, Kandis?«

Es war der dritte Tag, und ich saß wieder im Sessel des Interviewraums. »Nun ja, mein Partner will jede der hier anwesenden Frauen ins Bett kriegen. Er hat sich mit dem halben Haus verbündet. Mickey versucht immer wieder, mich gegen meinen Willen zu massieren, und im Wohnzimmer spukt es. Davon abgesehen ist es toll.«

Keine Reaktion. Mir wurde unbehaglich.

Dann erklang doch die gewohnte Stimme. »Hast du auch Bündnisse geschmiedet?«

Ich schlug die Beine unter, um meine Nervosität nicht zu verraten. »Nun ja, da Brodie praktisch auch für mich mit allen gesprochen hat, bin ich ebenfalls mit dem halben Haus verbündet. Aber eigentlich habe ich nur mit ihm und Jendan über eine Strategie geredet. Mit Brodie, weil es unvermeidlich war, und mit Jendan, weil ich ihm vertraue. Er ist wie ein großer Bruder, wir unterstützen uns gegenseitig.«

»Gibt es romantische Gefühle?«

Ich überlegte. Jendan sah gut aus, war charmant und witzig. Aber ich empfand nichts für ihn. »Eigentlich nicht. Ich kann ihn gut leiden, ja, aber wir sind beide mit demselben Ziel hergekommen, nämlich sich ins Finale zu kämpfen. Unsere Freundschaft ist rein platonisch. Es ist fast wie eine geschäftliche Partnerschaft. Das ist alles.«

»Und mit Brodie ist es auch rein geschäftlich?«

Ich verschränkte die Arme und schnaubte. »Brodie kann meinetwegen zur Hölle fahren.«

»Bitte führ das näher aus.«

Mein Fuß zuckte unter meinem Hintern. Gut, dass ich darauf saß. »Die Sache ist die: Brodie weiß genau, wie süß und charmant er ist. Er denkt, damit erreicht er alles, was er will, und wenn ihn jemand nicht leiden kann, dann nimmt er ihn mit ein paar schönen Worten und gut getimtem Grinsen für sich ein. Er ist total manipulativ. Leider kommt er damit durch. Wir sind erst drei Tage hier, und die Frauen fressen ihm aus der Hand. Marla macht ihm jeden Morgen Frühstück. Lenore liebt ihn. Sunnie verbringt ihre ganze Zeit am Pool und quatscht mit ihm. Er hilft Jayme beim Kochen. Und versucht ständig mit mir zu flirten, wenn niemand dabei ist – nicht dass ich darauf reinfalle. Ich glaube, ich bin als Einzige immun gegen seinen Charme. Ich fürchte nur, dass er nicht hält, was er so großmäulig verspricht, und dann haben wir ein Problem.«

»Wie verträgt sich das mit deinen Plänen?«

Müde rieb ich mir das Gesicht. Seit meiner Ankunft hatte ich nicht viel Schlaf bekommen. Wegen der vielen nächtlichen Geräusche und der huschenden Schatten. Das Haus machte mich kribbelig, ein bisschen jedenfalls, und ich träumte schlecht. Das kam teils vom Stress, da war ich mir ziemlich sicher, aber nicht nur.

»Überhaupt nicht«, antwortete ich verärgert. »Mein Plan war es, mich erst mal bedeckt zu halten. Einen wichtigen Verbündeten zu finden und bei ihm zu bleiben. Im Mittelfeld mitzulaufen. Meine Kampfkraft zurückzuhalten, bis die Hälfte der Leute ausgeschieden ist. Danach, wenn die Chancen besser stehen, aggressiver zu spielen, zu dominieren. Brodie dagegen hält es offenbar für besser, Männer gegen Frauen zu spielen, beziehungsweise er und die Frauen gegen alle anderen Männer.« Ich schüttelte den Kopf. »Das war's dann mit meiner Zurückhaltung.«

»Danke, Kandis. Du kannst jetzt gehen.«

Ich machte für die Kamera das Victory-Zeichen und tappte aus dem Raum. Man hatte uns gebeten, im Haus Pantoffeln oder Socken zu tragen, damit das Klappern von Absätzen die Tonaufnahmen nicht störte. Sunnie hatte flauschige Latschen, einige andere Flipflops. Ich ging gern barfuß, das war ich vom Training gewohnt.

Als ich ins Wohnzimmer zurückkehrte, sah ich Brodie auf meiner Couch sitzen, wo er anscheinend auf mich wartete. Die anderen hielten sich wahrscheinlich draußen auf, sonnten sich am Pool oder qualmten in der Raucherecke. Brodie hatte eine Schachtel Kekse auf dem Schoß und kaute nachdenklich. Er blickte auf und bedeutete mir, mich zu ihm zu setzen.

Oh, schon wieder ein Strategiegespräch.

Ich schnappte mir die Kekse und setzte mich zu ihm. Die Schachtel sah ich zum ersten Mal. Gestern erst hatten wir alle aus Langeweile die Küchenschränke durchwühlt. »Woher hast du die?«

»Von Liam und Katy. Die haben einen Korb mit Leckereien in ihrem Zimmer.«

Ich nahm mir einen Keks und gab die Schachtel zurück. »Und, lass mich raten, da du dich mit ihnen verbündet hast, durftest du dir etwas aussuchen?«

»Ich habe nicht gefragt.« Er grinste. »Ich bin einfach hochgegangen und hab mir was genommen. Katy wird nicht allzu sauer sein.«

Am liebsten hätte ich ihm meinen Keks ins Gesicht geworfen. »Brodie Short. Wir müssen mit den Leuten den ganzen Sommer zusammenwohnen. Das ist erst der dritte Tag, und du riskierst Streit wegen ein paar Keksen.«

Er zuckte die Achseln. »Wie gesagt, das wird ihnen halbwegs egal sein. Katy mag selbstgebackene viel lieber. Sie kann das abgepackte Zeug nicht ausstehen.« Er stopfte sich noch einen Keks in den Mund und zwinkerte. »Hau rein.«

Nach kurzem Zögern biss ich geziert von meinem verbotenen Keks ab. »Schmeckt gut«, gab ich zu, obwohl ich noch sauer war. »Das macht es aber nicht richtig.«

»Entspann dich, Kandis. Du bist so verkrampft.«

»Was machst du im Wohnzimmer?« Ich ignorierte das »verkrampft« und biss noch einmal ab.

»Hab auf dich gewartet, damit wir reden können.«

»Echt? Worüber denn?«

Marla kam in Badeanzug und Handtuch vom Pool hereingeschlendert. Sowie sie uns beide bemerkte, zog Brodie mich auf seinen Schoß und tat, als ob er mich kitzelte.

Ich quiekte und versuchte, mich loszumachen, doch er hielt mich fest in den Armen und kitzelte mich in die empfindlichen Seiten. »Nicht! Lass das!«

Er lachte schallend und zog mich nur noch enger an sich, sodass ich quer über seinem Schoß lag. Seine blauen Augen leuchteten, als er mich angrinste. »Wenn du mich nett bittest ...«

»Du kannst mich mal!«

Er kitzelte mich von neuem. Kreischend wand ich mich in seinen Armen und konnte nicht aufhören zu lachen. »Gnade! Gnade! Ich geb auf!«

Lachend hörte Brodie auf, und ich rang nach Atem. Er beugte sich an mein Ohr. »Okay, sie ist weg.«

Ich stutzte. Das war nur Taktik gewesen? Wieso glühte ich am ganzen Körper und machte mir Gedanken wegen einer kleinen Kitzelei? Verlegen über meine körperliche Reaktion richtete ich mich auf. Teils war ich verärgert, teils ... durcheinander. Er wirkte auch ein bisschen beeinträchtigt. *Du wolltest bei dem Spiel flirten, Kandis, also flirte!* Ich zwang mich, auf seinem Schoß sitzen zu bleiben, und rang mein Verlegenheitsgefühl nieder. »Worüber wolltest du reden?«

»Ich habe mit Katy und Liam gesprochen«, flüsterte er. »Sie haben Angst, Staub aufzuwirbeln, weil ihnen klar ist, dass die anderen sie abschießen wollen. Wenn der Belohnungswettkampf am Ende der Woche kommt, werden sie den nominieren, der am schlechtesten abschneidet.«

Bei *House Guests* gab es jede Woche einen Wettkampf, bei dem wir irgendeine alberne Aufgabe erfüllen mussten und dafür einen genauso albernen Preis bekamen. Okay, manche Preise waren ziemlich gut, wie zum Beispiel Geld, aber oft gewann man auch nur Essen oder Hausprivilegien. Die Verlierer mussten mitunter einen Tag lang ein blödes Kostüm tragen. »Das heißt ... ihre Strategie ist keine Strategie?«

»So ziemlich. Sie wollen es machen wie bei den *World Races:* Wer den letzten Platz belegt, fliegt. Was hältst du davon?«

Ich wackelte mit den Zehen und dachte nach. Meine Sitzposition war reichlich unbequem, aber wenn ich mich jetzt bewegte, würde ich Brodies Körper nur noch deutlicher spüren, und ich konnte es mir nicht erlauben, abgelenkt zu sein. »Ich überlege, ob das klug oder dumm ist.«

»Ich halte es für dumm«, sagte er unverblümt. »Ich habe versucht zu argumentieren, aber Liam wollte davon nichts hören. Ich habe ihm gesagt, dass er den größten Konkurrenten ausscheiden lassen muss.«

»Und wer ist das?«

»Marla. Deshalb musste ich eben unbedingt verhindern, dass sie uns miteinander reden sieht.«

Ich schwieg und dachte nach. Marla hatte sich mit Jendan angefreundet, und ich hatte Jendans Unterstützung. Für mich wäre es von Vorteil, wenn sie nicht nominiert wurden. »Aber wenn sie den letzten Platz belegen, dann stehen sie doch auf der Nominierungsliste, richtig?«

»Ja, aber Liam und Katy müssten dafür sorgen. Sie handeln nicht strategisch. Wir sind hier nicht bei den *World Races.*« Er klang frustriert. »Sie müssen kühl kalkulieren, Mitgefühl ist fehl am Platz.«

»Mensch, vielleicht hätten wir uns doch nicht mit ihnen verbünden sollen, was?«, sagte ich sarkastisch.

Er setzte die Fingerspitzen an meine Seiten und drohte, mich zu kitzeln. »Ach komm. Glaubst du wirklich, man kauft es mir ab, wenn ich behaupte, nicht mit ihnen verbündet zu sein? Katy ist meine Schwester.«

»Ja, ich hab gesehen, wie viel ihr das beim letzten Mal gebracht hat.«

Er grinste. »Schwestern sind sehr versöhnliche Wesen.«

Jede Wette. Ich machte Anstalten, aufzustehen, und drückte seine Hände weg. Er ließ mich los. Ich stand auf und rückte meine Kleidung zurecht. »Also, danke für die Infos. Unser Ziel für den Belohnungswettkampf ist es also, nicht Letzte zu werden?«

Brodie nickte.

»Und ... wenn wir doch Letzte werden?«

Er grinste. »Dann überrede ich Liam und Katy, Marla und Jendan zu nominieren.«

»Verstehe.« Ich verschränkte nachdenklich die Arme.

»Ich weiß, du verstehst dich gut mit Jendan, aber renn nicht zu ihm und erzähl ihm davon, okay? Das muss unter uns bleiben.«

Ich legte die Hand aufs Herz und nickte.

Brodie stand auf und zog an seiner Jeans. »Jetzt gehe ich besser mal kalt duschen.«

Ich lachte und griff nach der Schachtel, um mir einen weiteren Keks zu nehmen. »Viel Spaß.«

»Ja, ganz bestimmt«, erwiderte er sarkastisch und ging hinaus.

Kaum dass er weg war, legte ich die Schachtel beiseite und rannte in den Garten. Ich musste Jendan warnen und ihm erzählen, was Liam und Katy vorhatten. Mir war egal, ob Marla weiter mitspielte oder ausschied, aber Jendan brauchte ich noch.

Er war nicht im Garten. Daher beschirmte ich mir heftig blinzelnd die Augen und lief wieder ins Haus, wie um mir eine Sonnenbrille zu holen. Nach eiliger Suche fand ich ihn im Fitnessraum, wo er auf einen Boxsack eindrosch.

Ich ging an ihm vorbei, nahm mir ein Paar kleine Hanteln und wartete ab, ob mir jemand gefolgt war. Da niemand kam, ging ich zu ihm. Neugierig hielt er inne. »Du weißt noch, dass wir uns gegenseitige Unterstützung versprochen haben?«, flüsterte ich.

Er hielt den Sack still und warf einen wachsamen Blick zur Tür. »Ja, weiß ich noch.«

Ich hob eine der Hanteln an. Sie waren zu leicht, aber solange es aussah, als tät ich etwas, würden wir nicht konspirativ wirken. »Ich habe erfahren, dass Liam und Katy die Nominierung nicht strategisch angehen. Sie nehmen das Team, das den letzten Platz belegt.«

Jendan sah mich groß an, dann runzelte er die Stirn. »Ha. Wirklich?«

»Ja. Außer Brodie und ich werden Letzte oder sie selbst. In dem Fall werden sie euch beide nominieren.«

Er riss die Augen auf. »Marla und mich? Warum das?«

Ich zog weiter die Hanteln an den Oberkörper. »Weil Marla jeden dazu anstiftet, die beiden abzuschießen, und sie davon erfahren haben.«

Er fluchte leise und wischte sich mit einer bandagierten Hand den Schweiß von der Stirn. »Wer hat es ihnen verraten?«

»Tja, da Brodie es mir erzählt hat, gehe ich davon aus, dass er von einer der Frauen eingeweiht wurde. Entweder Lenore, Jayme oder Sunnie.«

Jendan seufzte schwer und überlegte. »Also muss ich dafür sorgen, dass weder Marla und ich noch Liam, Katy, Brodie und du Letzte werden.«

»So sieht's aus«, sagte ich. »Meinst du, du schaffst das?«

»Keine Ahnung«, gab er zu. »Bei einer sportlichen Aufgabe sollte das klappen. Wenn es eine Denkaufgabe ist, wird's vielleicht schwieriger.«

»Wenn du nominiert wirst, werde ich die anderen nach Möglichkeit dazu bringen, Marla rauszuwählen. Ich denke, du bist so oder so sicher«, sagte ich beruhigend. »Ich muss bloß den richtigen Leuten einen Floh ins Ohr setzen, dass Marla es auf sie abgesehen hat, nicht du.«

»Und Brodie wird keinen Verdacht schöpfen?«

Ich zog die Brauen hoch. »Spielt das eine Rolle? Ich vertraue dir mehr als ihm.«

»Echt schade, dass wir nicht zusammen sind, hm?«

Ich nickte. »Wir würden ein gutes Team abgeben.«

»Und unsere Partner könnten sich gegenseitig behindern, anstatt uns ein Klotz am Bein zu sein.«

Ich kaute auf meiner Unterlippe. Brodie spielte ein offensichtliches Spiel, aber ein paar seiner Schachzüge waren überraschend clever. Vielleicht unterschätzte ich ihn. »Mach dir wegen Brodie keine Sorgen. Mit dem werde ich fertig.«

Jendan lachte. »Du wirfst die Haare zurück und lässt ihn vor dir kriechen?«

Meine Beine zuckten, und ich machte einen nervösen Hüpfer. »So ein Quatsch.« Zu meinem Entsetzen entfuhr mir ein albernes Kichern, sodass ich hastig die Hanteln zurück an ihren Platz brachte und aus dem Raum eilte.

Auf keinen Fall durfte Jendan merken, woran er mich damit erinnert hatte – an Brodies Erektion, als ich auf seinem Schoß gesessen hatte.

Schon gar nicht, dass es mir, wenn ich ehrlich war, gefallen hatte.

Und ein wenig war ich deshalb von mir selbst enttäuscht.

Sunnie, Marla und ich saßen in der Küche und aßen Sandwiches mit Erdnussbutter und Gelee. »Habt ihr auch von den sonderbaren Vorfällen gehört?«, fragte ich. »Brodie schaut mich an, als wäre ich verrückt, wenn ich sage, dass die Dielen knarren.«

Sunnie nickte mit großen Augen. »Casper und ich schlafen im Dachzimmer, und ich habe gestern Nacht immer wieder Schritte gehört, obwohl wir beide im Bett lagen. Er meinte, es wäre in der Etage unter uns, aber es klang, als käme es vom Fußende des Bettes.«

Ich schauderte. »Wirklich? Das ist echt unheimlich. Ich mag das Haus nicht.«

»Ich habe abgewaschen, als ich jemanden hinter mir hörte«, erzählte Marla. »Beim Umdrehen dachte ich, ich sehe einen Schatten, aber da war niemand.«

Dasselbe war mir im Flur passiert. »Komisch, dass du das sagst, denn …«

Über die Lautsprecheranlage kam ein Ton.

»Bewohner«, sagte die Stimme. »Bitte begebt euch in den Garten auf das Spielgelände zum Belohnungswettkampf.«

Sunnie klatschte in die Hände wie ein kleines Mädchen. »Oooh, jetzt wird es spannend!«

»Hoffentlich gibt es etwas Gutes zu gewinnen«, pflichtete ich bei. »Ein Batzen Geld wäre schön.« Geld wäre immer schön.

Marlas Augen leuchteten auf. »Das hoffe ich auch.«

Wir gingen in den Garten, wo auch die anderen sich nach und nach einfanden. Fünf Tische mit je zwei Stühlen dahinter waren dort aufgestellt. Katy und Liam standen am Rand des Geschehens, und Katy hatte die Spielanleitung in der Hand. Als wir vollzählig waren, las sie vor: »Liebe Bewohner. Es ist Zeit für den ersten Belohnungswettkampf dieser Staffel. Da Katy und Liam diese Woche die Macht haben, werden sie nicht daran teilnehmen. Die übrigen fünf Teams treten in einer blitzschnellen Raterunde zum Thema Horrorfilme gegeneinander an. Wer ist bereit dafür?«

Wir klatschten und jubelten. Insgeheim war ich alles andere als begeistert. Ein Horrorfilmquiz? Mit Horrorfilmen kannte ich mich nicht aus. Mit romantischen Komödien ja. Aber Horrorfilme? Nein.

»Bitte begebt euch zu den Stationen mit euren Namen!« Mit einer schwungvollen Armbewegung schickte sie uns zu den Tischen.

Ich setzte mich auf meinen Stuhl, Brodie auf seinen neben mich, und sofort beugte er sich zu mir. »Ich hoffe, du kennst dich mit dem Thema aus. Ich nämlich nicht.«

»Tja, nun, ich auch nicht.«

»Dann könnte es schwierig werden«, meinte er grinsend.

Oh Mist. Jendan war aufgeschmissen, wenn er jetzt auf mich hoffte. Ich blickte mit besorgter Miene die Reihe hinunter zu ihm. Er dagegen reckte die Daumen. Gut. Vielleicht wusste der Stuntman einiges über Horrorfilme.

»Heute spielen wir um …« Katy sah Liam fragend an. Er schlug einen Trommelwirbel auf dem Pult, hinter dem sie standen. »Geisterjägerausstattung!«

Wir stöhnten alle.

Brodie beugte sich wieder zu mir. »Nur unter uns: Mir soll's recht sein, wenn wir hierbei nicht gewinnen.«

»Dafür kann ich sorgen«, flüsterte ich zurück. Mit Absicht verlieren? Kein Problem. Nur auf dem letzten Platz durften wir nicht landen.

Als alle Punkte addiert waren, lagen Jendan und Marla auf dem ersten Platz. Jendan war offenbar ein großer Fan von Horror, denn er hatte jede Frage richtig beantwortet. Er und Marla jubelten, als hätten sie nicht bloß einen Korb mit Knoblauch und Weihwasser gewonnen. Brodie warf mir einen misstrauischen Blick zu, während sich die beiden begeistert um den Hals fielen, doch ich musterte bloß sehr interessiert meine Fingernägel.

Wir kamen auf den vorletzten Platz, mit einem mickrigen Punkt Vorsprung vor dem letzten Team, Lenore und Mickey. Ich atmete erleichtert auf. Sie würden ganz sicher ausscheiden. Das Votum dieser Woche würde niemanden überraschen.

Ohne auf Brodies bösen Blick zu achten, lief ich zu den Siegern und gratulierte ihnen. Ich umarmte sie beide. »Gut gemacht, ihr zwei. Herzlichen Glückwunsch.«

Marla klopfte Jendan mit mütterlicher Zuneigung auf die muskulöse Schulter. »Alles dank diesem kräftigen Jungen. Er hat eine Glanzleistung vollbracht.«

»Hat er«, pflichtete ich bei und spähte dabei in den Korb mit dem Billiggewinn. »Was ist das denn?«

Jendan hielt ein Bündel Grünzeug hoch. »Das ist Salbei. Damit kann man böse Geister vertreiben.« Er legte es hin und hob ein kleines Elektrogerät hoch. »Das ist ein EMF-Messgerät. Es zeigt die Aktivität aller Arten von Geistern an. Wir haben auch ein Aufnahmegerät bekommen, mit dem sich Geisterstimmen nachweisen lassen, und außerdem Nachtsichtbrillen.«

Jetzt war ich doch baff. »Dann ist das echte Geisterjägerausrüstung? Spukt es hier wirklich?« Mir wurde flau bei dem Gedanken.

Jendan zuckte die Achseln. »So oder so, es wird den Zuschauern gefallen, nicht wahr?«

Ich dachte an die nächtlichen Geräusche im Wohnzimmer, die mir das Einschlafen schwermachten. »Kann ich mir davon mal was ausborgen?«

»Na klar. Ich bin dir was schuldig.« Jendan grinste mich an, und Marla nickte. »Bedien dich.«

Ich überlegte kurz, dann nahm ich mir das kleine Aufnahmegerät. Das würde in vielerlei Hinsicht nützlich sein. »Danke.«

»Kann ich dich mal einen Moment sprechen?« Brodie stand neben mir und zog mich am Arm.

Ich lächelte Jendan und Marla noch mal an und ging mit Brodie. Dabei ließ ich das Gerät in der Tasche verschwinden, bevor jemandem auffiel, dass es in meinem Besitz war. »Klar. Was gibt's denn?«

Brodie zog mich zum Ende des Gartens. Unter der Magnolie baute er sich vor mir auf. »Hast du Jendan und Marla verraten, was Katy und Liam vorhaben?«

Da war ich wohl aufgeflogen. Ich verschränkte die Arme und entschied mich fürs Ausweichen. »Wie kommst du denn darauf?«

»Weil sie gejubelt haben, als hätten sie den Kampf um die Macht gewonnen, keinen Korb mit abgedrehtem Geisterjägerkrempel. Das war verdächtig.« In seinen Augen blitzte Ärger auf, den er schnell überspielte. »Du hast es verraten, stimmt's? Du bist zu deinem Freund gerannt und hast geplaudert.«

»Erstens ist er nicht mein Freund«, flüsterte ich und wurde nun auch wütend. »Und zweitens: Hältst du das wirklich für einen guten Zeitpunkt, das zu diskutieren? Vor allen anderen? Alle starren zu uns rüber. Jetzt wissen sie, dass etwas im Busch ist.« Ich rang mir ein verführerisches Lächeln ab und legte eine Hand an seine Brust, damit es aussah, als wäre das bloß eine sehr private Unterhaltung.

»Du hast meine Frage noch nicht beantwortet«, stellte Brodie fest, legte aber einen Arm um meine Taille und zog mich an sich.

Mein erster Impuls war es, ihn wegzustoßen, aber ich schlang die Arme um seinen Hals. »Du bist ein misstrauischer Kerl.«

»Ich bin misstrauisch, weil ich weiß, dass ich recht habe. Antworte mir: ja oder nein, Kandis. Damit ich weiß, wie ich mich verhalten muss.« Und zu meiner Überraschung strich er mit dem Mund ganz leicht über meinen. Dann flüsterte er: »Denn wenn du mich bescheißt, werde ich dir die Tour vermasseln.«

Der leichte, bedeutungslose Kuss ließ mich erstarren. Ich hatte gedacht, der kleine Flirt sollte nur unser ernstes Gespräch kaschieren, aber Brodie trieb die Dinge immer einen Schritt weiter. Als wüsste er nicht, wo die Grenzen lagen. Und nichts, was er tat, bedeutete ihm etwas.

Wieso jagte es mir dann ein Kribbeln durch den Körper?

*Weil er ein attraktiver Typ ist*, hielt ich mir tadelnd vor. Nicht mehr und nicht weniger.

»Ich habe ihn gewarnt«, gestand ich, und mein Atem ging schneller. Unsere Münder waren sich noch so nah, dass es mir kleine Schauer durch den ganzen Körper jagte. »Aber Jendan spielt nicht gegen mich. Von ihm haben wir nichts zu befürchten. Ich habe ihm nur gesagt, dass er nicht Letzter werden darf, mehr nicht.«

»Okay. Danke, dass du es mir gesagt hast.«

Und dann gab er mir einen Klaps auf den Hintern und ließ mich stehen.

Vor lauter Entrüstung stand ich einen Moment lang stocksteif da. Das hatte er mit Absicht getan, weil er wusste, dass ich jetzt nicht wütend werden durfte. Denn sonst würden wir wieder den Verdacht nähren, dass wir nicht zum Knutschen unter den Baum gegangen waren. Seine Raffinesse rang mir ein bewunderndes Lächeln ab.

Brodie wollte spielen, hm? Gut, dann würden wir spielen.

»Heute Abend wird die Nominierungszeremonie anders ablaufen«, begann Liam, als er vor den elf Kandidaten stand, die auf den Sofas im Wohnzimmer saßen. Er hielt eine Karte der Spielleitung in der Hand und las vor. »Im Verlauf der Staffel werdet ihr nominiert, und wer ausscheidet, muss noch am selben Abend das Haus verlassen. Da dies die erste Woche ist, wird jetzt ein Team nominiert, das endgültige Votum findet aber erst in ein paar Tagen statt.« Liam legte die Karte beiseite und blickte seine Partnerin an. »Sind wir bereit?«

Sie blies ihm einen Kuss zu. Die beiden waren so hinreißend, dass mir schlecht wurde. Wenn sie es bis ins Finale schafften, würde kein anderer eine Chance haben.

»Gut.« Liam strich sich die Haare aus der Stirn, und sein unsicheres Lächeln verriet mir, dass er sich im Rampenlicht äußerst unwohl fühlte. »Katy und ich haben lange darüber nachgedacht.« Er schaute zu seiner Freundin hinunter, die ihm ein kleines Lächeln schenkte, als teilten sie ein Geheimnis. Er zwinkerte ihr zu und wandte sich wieder an uns. »Am Ende haben wir beschlossen, so zu entscheiden, dass es für alle Beteiligten fair ist, und das Team zu wählen, das auf dem letzten Platz gelandet ist.«

Jendan stieß mich mit dem Knie an. Gute Entscheidung, sollte das wohl heißen.

Auf meiner anderen Seite stieß Brodie mich ebenfalls an. Ich fühlte mich wie ein Boxsack zwischen zwei Männern.

Liam klatschte in die Hände und atmete tief durch. »Also nominiere ich heute Abend das Team von Mickey und Lenore. Ich hoffe, ihr nehmt das nicht persönlich, denn irgendjemand muss schließlich ausscheiden.«

»Kein Problem«, sagte Mickey mit freundlicher Miene. Er ging zu den beiden Sesseln, die für das nominierte Paar reserviert waren.

Lenore nahm es weniger gelassen. Sie warf Liam einen wütenden Blick zu. »Das wird dich das Spiel kosten, junger Mann.«

Liam zog überrascht die Brauen hoch, aber es war Katy, die aufbrauste. Sie richtete sich zu voller Größe auf, was gerade mal eins fünfzig waren, stemmte die Hände in die Hüften und trat der älteren Frau entgegen. »Dann hast du unsere Stimme. Ich bin froh, dass wir so entschieden haben. Ich hoffe, du fährst als Erste nach Hause. Ich …«

»Katy«, murmelte Liam, legte einen Arm um ihre Schultern und bugsierte sie von Lenore weg. »Lass es gut sein, Schatz.«

»Das war wirklich unverschämt von ihr«, brummte Katy, fügte sich ihm aber und warf nur einen bösen Blick in Lenores Richtung.

Liam tätschelte ihr die Schulter und zog eine blaue Karte der Spielleitung hervor, um sie vorzulesen. »Das endgültige Votum wird übermorgen Abend stattfinden und live im Fernsehen übertragen. Bis dahin ist es den nominierten Kandidaten erlaubt, für sich zu werben und Stimmen für sich zu gewinnen.«

»Ja, viel Glück, Lenore«, warf Katy ein.

Liam besänftigte sie noch einmal schmunzelnd. Wir Übrigen lachten lautlos über den Zorn der kleinen Katy, mit dem sie ihren taff wirkenden Freund in Schutz nahm. »Wenn das Votum gefallen ist und der Kandidat aus dem Haus ausgezogen ist, werdet ihr euch auf den nächsten Kampf um die Macht und eine neue Überraschung vorbereiten. Seid bereit.« Er drehte die Karte um und zuckte die Achseln. »Das ist alles.«

»Eine neue Überraschung, hm?« Brodie rieb sich das Kinn. »Ich frage mich, was für eine.«

»Ganz sicher keine gute«, bemerkte Casper, und einige andere nickten.

»Jetzt aber genug davon«, rief Mickey und stand auf. Er klatschte in die Hände und strahlte uns an. »Wer will eine Massage von seinem Lieblingsmasseur, der eine Stimme braucht?«

Am Abend vor unserer ersten Livesendung lag ich noch lange nach Mitternacht wach.

Nicht etwa, weil ich in dem unheimlichen Haus Geräusche hörte. Nach jener ersten Nacht waren keine mehr aufgetreten. Auch nicht, weil ich wegen des Auftritts nervös war. Das war ich nicht. Sondern weil ich auf Brodies Atem lauschte. Als ich mir sicher war, dass er schlief, schlug ich die Decke zurück, schlüpfte von der Couch und lief auf Zehenspitzen in den Garten.

Als ich ein paar Minuten später ins Wohnzimmer zurückkehrte, lag Brodie auf meiner Couch und blickte mich erwartungsvoll an.

Schon wieder aufgeflogen. Verdammt. Er hatte sich nur schlafend gestellt.

»Was hast du gemacht, Schönste?«, flüsterte er.

»Geht dich nichts an. Wie hast du gemerkt, dass ich aufgestanden bin?«

»Du bist leicht durchschaubar. Wenn du aufgeregt bist, zappelst du herum und kannst nicht still sitzen. Und heute Abend hast du in einem fort gezappelt. Daher wusste ich, dass du was im Schilde führst.«

Seufzend ließ ich mich am anderen Ende der Couch auf Brodies ausgestreckten Beinen nieder. Wenn er nicht bereit war, aufzustehen, dann setzte ich mich eben kurzerhand auf ihn. »Das stimmt. Du hast mich ertappt. Ich führe nichts Gutes im Schilde.«

»Es ist mir egal, ob es gut oder schlecht ist, solange ich mich mit reindrängen kann.«

Ab und zu schätzte ich es, einen Partner mit fragwürdigem Anstand zu haben. Ich zeigte ihm, was ich in der Hand verborgen hatte – das Aufnahmegerät.

Er schnaubte leise. »Willst du auf Geisterjagd gehen?«

»Das hättest du wohl gern.« Ich hatte das Gerät gleich in der Nacht nach dem Wettkampf benutzt, aber als auf der achtstündigen Aufnahme nur Schnarchen zu hören war, beschloss ich, es für ruchlosere Zwecke einzusetzen. »Ich hatte es in einem der Blumentöpfe im Raucherbereich versteckt.«

Unsere Raucher waren Marla, Lenore, Sunnie, Fido und Casper. Jendan war fitnessbesessen und vermutlich der Gesündeste unter uns. Wahrscheinlich trank er auch keinen Tropfen Alkohol. Liam und Katy hatte ich auch noch nicht rauchen sehen. Brodie ebenfalls nicht. Raucher gingen natürlich oft hinaus, um eine zu qualmen, und dabei quatschten sie gern, und das hieß, die Nichtraucher bekamen von diesen Gesprächen nichts mit. Das war mir früh aufgefallen, und ich hatte schon überlegt, das Rauchen anzufangen, nur um dabei sein zu können. Aber ich konnte weder den Geschmack noch den Geruch ausstehen.

Das Aufnahmegerät war da eine gute Alternative.

Brodie setzte sich auf und bedachte mich mit einem anerkennenden Blick. »Du bist ein Genie. Ich könnte dich küssen.«

»Hast du schon«, erwiderte ich kess, konnte mir ein freudiges Lächeln aber nicht verkneifen.

»Ja, aber diesmal brauchst du nicht bloß so zu tun, als ob du es genießt«, neckte er.

Mit verstohlener Neugier sah ich ihn an. Glaubte er, dass ich seinen spontanen Kuss nicht genossen hatte? Er hatte mich damit überrascht, aber … es war kein schlechter Kuss gewesen. »Ich habe es nicht genossen, weil deine

Küsse nichts zu bedeuten haben, Brodie. Du verteilst sie wie Pralinen.«

Er kicherte. Mein Vorwurf schien ihn nicht zu kränken. »Also, bekomme ich die Aufnahme auch zu hören?«

»Solange du versprichst, mich nicht zu verraten.« Nicht mal Jendan wusste, was ich mit seinem Gerät anstellte. Ich dachte, ich könnte dadurch zu hinterlistig erscheinen, und behielt es lieber für mich.

Brodie legte die Hand aufs Herz. »Du bist meine Partnerin. Du kannst dich darauf verlassen, dass ich dir den Arsch rette, solange er an meinen gefesselt ist.«

Das war in Ordnung. Ich rutschte ein bisschen näher, schaltete das Gerät ein, und wir beugten uns über den Lautsprecher. Während der ersten paar Minuten war nichts zu hören, darum übersprang ich jeweils ein paar Minuten und probierte, ob Stimmen zu hören waren. Als schließlich jemand redete, spulte ich zurück, und wir belauschten eine Unterhaltung.

Stundenlang steckten wir über dem Gerät die Köpfe zusammen. So hoben wir einen Schatz an Informationen, von denen uns nur wenige überraschten.

Mickey baggerte jede Kandidatin an und versagte dabei jämmerlich. Wie zu erwarten.

Lenore war aufgebracht, weil sie nominiert worden war, und arbeitete mit Feuereifer daran, Katy und Liam loszuwerden. Auch das war zu erwarten gewesen. Allerdings war die Boshaftigkeit ihrer Wortwahl mitunter erschreckend – und in gewisser Weise lahm. Ich zählte nicht mehr mit, wie oft sie Liam als tätowierten Hooligan bezeichnete.

Casper, Sunnie und Fido schienen Verbündete zu sein, was mich beunruhigte. Sie trauten Brodie nicht, und mir logischerweise auch nicht, und sie hatten Marla auf ihre Seite gebracht. Marla versicherte ihnen, dass sie Jendans Stimme hatte und er sich ihnen anschließen werde. Sie wollten Liam und Katy schnellstmöglich loswerden. Nicht nur, weil die schon mal in einer Spielshow gewonnen hatten, sondern weil sie sich nicht gerade geschickt verhielten. Meistens blieben sie zusammen auf ihrem Zimmer und unterhielten sich nur miteinander und das auch noch leise. Brodie hatte mir gegenüber erwähnt, dass seine Schwester ein wenig in sich gekehrt sei, und Liam war scheinbar genauso. Das war an und für sich kein unangenehmer Charakterzug, aber bei einem Spiel wie *House Guests* war es praktisch die Garantie für frühes Ausscheiden.

Im Geiste zählte ich unsere Gegner, während wir Sunnie und Casper mit Marla Pläne schmieden hörten. Sunnie, Casper, Marla und Jendan, den sie auf ihre Seite gezogen hatten, plus Fido. Das machte fünf. Im Augenblick klang es ganz danach, als wollten sie alle für Lenore stimmen und dann Mickey überreden, mitzumachen. Er würde sich darauf einlassen, weil er wegen der Nominierung bestimmt auch wütend auf Katy und Liam war. Also insgesamt sechs. Sechs von elf Leuten hieß, wir waren in der Unterzahl.

Mist. Nach einer Woche im Haus war ich schon auf der Verliererseite.

Die Aufnahme ging zu Ende. Ich schaltete das Gerät aus und blickte Brodie besorgt an. »Was meinst du dazu?«

Er rieb sich über seine stacheligen Haare. »Dass wir

den Kampf um die Macht gewinnen müssen, sonst sind wir geliefert.«

Nervös ließ ich einen Fuß kreisen. »Das ist zum Kotzen. Wenn sie hinter Katy und Liam her sind, dann sind wir als Nächste dran.«

»Ich weiß«, sagte er grimmig. »Wir müssen einen von ihnen auf unsere Seite ziehen.«

»Ich dachte, ich hätte Jendan auf meiner Seite, aber nach allem, was Marla von sich gibt, bin ich mir nicht mehr sicher. Ich würde ja sagen, wir bearbeiten Lenore, aber sie hasst Katy und Liam.«

Er überlegte kurz. »Ich kann Sunnie wahrscheinlich umstimmen. Kannst du Jendan und Mickey übernehmen? Mickey kann dich gut leiden.«

Und ob. Die ganze Woche hatte er mir eine Massage aufdrängen wollen. Igitt. »Muss das sein?«

»Wenn du im Spiel bleiben willst, ja«, sagte Brodie.

Mist. »Und uns steht noch eine Überraschung bevor. Das kann wer weiß was sein.«

»Sie könnten sogar die Teams auflösen. Wenn sie das tun, wärst du wahrscheinlich nicht mehr gefährdet.«

Da war ich mir nicht so sicher. Offenbar war jeder Bündnisse eingegangen, außer mit mir. Ich tippte mit dem Fuß, trommelte mit den Fingern und dachte nach. »Es muss etwas geben, das wir unternehmen können.«

»Wir können die Macht gewinnen.« Brodie zuckte die Achseln. »Wenn nicht, müssen wir improvisieren. Aber ich sag's dir gleich: Wenn ich nominiert werde, kannst du nicht mehr auf mich zählen.«

»Als hätte ich etwas anderes erwartet.«

Ich saß mit übereinandergeschlagenen Beinen auf der Couch und wippte mit dem Fuß, während wir auf das Ende einer Werbepause warteten. Die beiden Nominierten saßen abseits auf zwei Sesseln. Lenore schien zu meditieren, und Mickey hatte gerade noch in der Nase gebohrt, was ziemlich sicher von einer Kamera aufgenommen worden war.

Brodie legte eine Hand auf mein Knie, um wortlos anzudeuten, dass meine Unruhe zu offensichtlich war. »Entschuldigung«, sagte ich leise in die Runde. »Im Fernsehen zu sein macht mich nervös.«

Das war gelogen. Schuld waren die bevorstehende Abstimmung und der anschließende Wettkampf. Darüber hinaus hatte uns die Spielleitung eine Überraschung angekündigt. Aber ich strich den Rock meines schlichten grünen Kleides glatt und versuchte mich zu beruhigen. Ich brauchte ein Pokerface. Ganz dringend.

Das *House-Guests*-Logo verschwand vom Bildschirm, und kurz darauf erschien Becky Bradley mit breitem Lächeln und aufgedonnerter Frisur. »Liebe Bewohner, das Ergebnis der Abstimmung liegt jetzt vor. Mit elf zu eins Stimmen scheidest du aus, Lenore. Bitte nimm dein Gepäck und verlass das Haus durch die Vordertür.«

Wir klatschten höflich, aber mir war ein bisschen flau im Magen. Zehn Stimmen für Lenore. Ich hatte für sie gestimmt, weil ich vermutet hatte, dass alle anderen auch so entscheiden würden. Und so war es auch gekommen. Das hieß, sie hatten sich entweder abgesprochen oder ihnen ging die Hellseherin genauso auf die Nerven wie mir. Schwer zu sagen. Langsam wurde ich paranoid.

Einer nach dem anderen verabschiedeten wir Lenore mit einer Umarmung, wobei sie Brodie, Katy und Liam ausließ. Mich jedoch nicht. Dass sie Brodie mit Katy und Liam in einen Topf warf, war kein gutes Zeichen. Das hieß, sie betrachteten ihn als einen von ihnen. Noch wurde ich wahrscheinlich als neutral gesehen, aber das konnte sich schnell ändern, immerhin war ich Brodies Partnerin.

Aber falls es so kam, würde das meine Strategie zunichtemachen.

Wir winkten Lenore zum Abschied, dann rannten alle in den Waschraum, um sich umzuziehen. Man hatte uns eine halbe Stunde vor Beginn der Sendung über die Sprechanlage instruiert: Nach Bekanntgabe des Votums hatten wir ein Zeitfenster von zehn Minuten, in dem der ausgeschiedene Kandidat interviewt wurde und die Werbepause lief. In der Zeit mussten wir in die Kleidung für den darauffolgenden Wettkampf wechseln. Ich tauschte mein Kleid gegen Sport-BH, Trägerhemd, Yogahose und Sneakers und wurde gerade noch rechtzeitig zum Klingeln fertig.

»Liebe Bewohner, bitte begebt euch auf das Spielgelände, wo der Kampf um die Macht stattfinden wird.«

Wir liefen einer nach dem anderen durch die Hintertür nach draußen. Bestürzt sah ich, dass das Gelände verändert worden war. Man hatte den mit einem Seil abgesperrten Teil mit Erde aufgeschüttet, sodass er nun etwa einen halben Meter höher als der Rest des Gartens war. Vor uns erstreckte sich ein Friedhof samt Grabsteinen. Auf jedem Grabstein standen zwei Namen. Es befremdete mich, auf einem »Brodie & Kandis« zu lesen.

Die Gräber waren offen, und über jedem hing ein Flaschenzug und daran ein großer Sack.

Liam ging zu dem vordersten, an dem die Karte mit der Spielanweisung hing. »Da ich nicht mit teilnehmen darf, habe ich die Aufsicht.« Er las vor: »Die Aufgabe heißt Rückkehr aus dem Grab. Jedes Team wird sich in seinen Sarg legen. Wenn das Startsignal ertönt, werde ich an einem Flaschenzug ziehen, und euer Sarg wird beerdigt. Ihr sollt euch dann so schnell es geht ausgraben und die Klingel über eurem Grab drücken. Das Team, das als erstes klingelt, gewinnt die Macht für die kommende Woche. Als Gewinner der vorigen Woche dürfen Katy und Liam nicht an dem Wettkampf teilnehmen.«

Ich schnappte aufgeregt nach Luft. »Wir werden lebendig begraben?«

»Das macht nichts«, versicherte Brodie mir. »Die Sendung wird im nationalen Fernsehen übertragen. Da passiert nichts.«

Ich verschränkte die Arme vor der Brust, weil ich sonst am ganzen Leib zu zittern begonnen hätte. Begraben … lebendig … Das gefiel mir nicht. Kein bisschen.

»Kandidaten«, sagte Becky über Lautsprecher, »ihr habt dreißig Sekunden Zeit, um euch in den Sarg zu legen und den Deckel zu schließen. Los.«

Deckel schließen?

Ehe ich protestieren konnte, packte Brodie mich am Arm und zog mich mit zu unserem Grab. Wie betäubt folgte ich ihm und stieg hinein. Natürlich war der Sarg stilecht mit rotem Satin ausgeschlagen. »Oh Gott, das ist gruselig.«

»Leg dich einfach hin«, sagte Brodie, »den Rest erledige ich.«

Ich gehorchte, und er legte sich ebenfalls sofort hinein und begrub mich dabei beinahe unter sich. Ich jaulte auf, aber der Laut wurde von seiner Brust über meinem Mund verschluckt. Der Sargdeckel knallte zu, und wir waren von Dunkelheit umgeben.

»Oh mein Gott«, hauchte ich panisch. »Oh mein Gott, oh mein Gott. Wir sind lebendig begraben.«

»Ganz ruhig, Kandis, das ist nur ein Spiel«, sagte Brodie dicht an meinem Ohr mit tiefer, beruhigender Stimme und strich mir über den Kopf. »Das ist kein echter Sarg. Der Deckel besteht aus Schokolade, außerdem ist eine Sprechanlage und eine Belüftung eingebaut. Wir können nicht ersticken. Das ist nur ein Spiel.«

Ich atmete nicht mehr ganz so hastig und flach. »Es ist aber total dunkel. Das mag ich nicht.«

»Stell dir einfach vor, wir spielen Sieben Minuten im Himmel.« Er lag mit dem ganzen Gewicht auf mir, ein Knie zwischen meine Beine gequetscht. Der Sarg war nicht für zwei gemacht, sodass es darin extrem kuschlig war, oder extrem unangenehm, je nachdem, was man bevorzugte.

Ich lachte hysterisch. »Sieben Minuten im Himmel? Mit dir?«

»Ich bin eine gute Wahl.« Er klang ein wenig gekränkt, weil mich die Vorstellung amüsierte. »Was ist daran so komisch?«

»Du küsst nur, wenn es dir einen Vorteil bringt«, erklärte ich atemlos.

»Alle Kandidaten sind jetzt begraben«, sagte Becky Bradley durch den kleinen Lautsprecher neben meinem Ohr. »Beim Startsignal fangt ihr an, euch auszugraben.«

»Du irrst dich«, widersprach Brodie.

Ich war kaum imstande, mich auf einen Gedanken zu konzentrieren. Wieso kam das Startsignal nicht? Hatten wir es vielleicht überhört? Wieso redete Brodie immer weiter? »Womit?«

»Ich würde dich auch küssen, wenn wir nicht in dieser Show wären«, erklärte er, und ich hätte schwören können, dass seine Zunge gegen mein Ohr schnellte.

Ich kam nicht mehr dazu, seine Behauptung infrage zu stellen, denn das Startsignal ertönte, und zwar so laut, dass ich erschrocken aufschrie.

»Komm«, sagte er und zog an mir. »Hilf mir, den Sargdeckel aufzubrechen.«

Zitternd hob ich eine Hand und strich an dem Deckel entlang. Er fühlte sich kalt und glatt an und ein bisschen ... ölig? War das wirklich Schokolade? Beim Hineinsteigen hatte ich auf nichts geachtet, da ich nur daran dachte, gleich lebendig begraben zu sein. Ich kratzte am Deckel und bekam etwas unter die Fingernägel.

Brodie atmete schwer und schnell, was mich von meiner Angst ablenkte. Er stemmte sich mit dem Rücken dagegen und ächzte. »Das Zeug ist dick«, informierte er mich. »Los. Auf drei.«

Ich nickte, aber einen Moment später fiel mir ein, dass er das nicht sehen konnte. »Okay.«

»Eins, zwei, drei!«

Er stieß mit dem Rücken, ich trat mit den Füßen. Der

Deckel bewegte sich, fiel aber schwer wieder herab, und ich wimmerte, weil Erde durch die Sargkanten hereinrieselte. Hatten die wirklich Erde auf uns geschüttet? Das versetzte mich von Neuem in Panik, und ich fing an zu hyperventilieren.

»Ich will hier raus.« Meine Stimme klang schrill. »Ich muss hier raus.« Wieder trat ich gegen den Deckel.

»Ich weiß. Ich tue, was ich kann. Los, noch mal auf drei.«

»Nein. Sofort. Ich krieg keine Luft mehr.«

»Doch, kriegst du«, versicherte Brodie. »Hier ist genug Luft. Flipp mir jetzt nicht aus, Kandis. Wir müssen die Macht gewinnen, wir brauchen das Sicherheitsnetz. Hörst du? Ich will das Geld.«

»Geld«, hauchte ich. Ich brauchte das Geld. Ich musste meine Mom retten. Panisch werden war jetzt nicht drin. »Auf drei«, hechelte ich mit geballten Fäusten.

»Braves Mädchen«, ächzte Brodie. »Noch mal. Eins, zwei, drei!«

Diesmal knackte es laut, und Bruchstücke des Deckels fielen mir ins Gesicht. Ich spuckte und prustete, als Erde nachrutschte, die ich prompt in den Mund bekam. Angewidert spuckte ich sie aus, dann fing ich an zu lachen.

Die »Erde« schmeckte süß. Man hatte uns unter Kekskrümeln begraben. Ein Schokoladensarg und Kekskrümel. Ich war völlig umsonst ausgeflippt.

Brodie stemmte sich über mir hoch, und ich trat gegen die untere Hälfte des Deckels, während ich nachrutschende Kekskrümel von meinem Gesicht wischte. Einen Moment später packte mich jemand an der Hand und zog mich hoch. Es war Brodie, über und über mit Krümeln bedeckt. Mit zusammengezogenen Brauen blickte er an mir vorbei.

Als ich mich umdrehte, sah ich Sunnie und Casper, die sich jubelnd umarmten. Das Licht auf ihrem Grabstein leuchtete bereits.

Mist. Wir waren bloß Zweite.

»Sunnie und Casper, ihr habt die Macht für die kommende Woche errungen«, rief Becky, während ringsherum die Kekskrümelerde wogte und Schokoladensargdeckel splitterten. Gerade erhoben sich Jendan und Marla aus ihrem Grab, und aus den anderen tauchten Hände auf.

Heftig blinzelnd wischte ich mir Krümel aus den Augen. Sofort kam mir Brodie zu Hilfe, indem er mir über Stirn und Haare strich. »Jetzt sind wir geliefert«, sagte er. »Es sei denn, ich kann Sunnie bequatschen. Halte dich bereit.«

Ich nickte.

»Liebe Kandidaten, kehrt nun bitte ins Wohnzimmer zurück«, sagte eine Stimme aus dem Lautsprecher, diesmal nicht Becky. »Nach drei Minuten Werbepause seid ihr wieder auf Sendung, also säubert euch, so gut es geht.«

»Äh, sollten wir den anderen nicht aus dem Grab helfen?«, meinte Sunnie. Fido und Jayme kämpften sich noch durch die Kekskrümel, und Mickeys Hände waren wieder verschwunden.

»Da hast du recht.« Brodie lachte und bot mir eine Hand. Wir stiegen aus unserem Grab und liefen zu

Mickeys, während Marla und Jendan Fido und Jayme halfen.

Gemeinsam zogen wir Mickey ins Freie. Als er meine Hand ein bisschen länger festhielt als nötig, lächelte ich ihn süß an, anstatt sie abzuschütteln. Ein wenig Grapscherei konnte ich über mich ergehen lassen ... für eine begrenzte Zeit.

Katy reichte uns Handtücher, sodass wir uns auf dem Weg zum Wohnzimmer abwischen konnten. Einer nach dem anderen ließen wir uns auf den Sofas nieder. Mickey setzte sich neben mich, und Sunnie und Casper wurden durch die Lautsprecher angewiesen, als Sieger des Wettkampfs in den zwei Sesseln Platz zu nehmen. Sie hatten die Kette des Machthabers verliehen bekommen, die Casper nun um den Hals trug.

Der Bildschirm schaltete sich ein, und eine professionell lächelnde Becky erschien. »Liebe Bewohner, ich hatte euch schon gewarnt, dass es diese Woche eine Überraschung geben wird, und jetzt verrate ich euch, worin sie besteht. Seid ihr bereit?«

Nervös sah ich mich in der Runde um. Alle wirkten gleichermaßen verunsichert.

Becky fuhr fort. »Damit ihr eine Ahnung bekommt, wie turbulent das Spiel noch werden wird, gibt es diese Woche gleich zu Beginn eine ... spontane Abstimmung, wer als Nächstes ausziehen soll. Niemand ist nominiert. Jedes Team gibt gemeinsam eine Stimme ab und nennt ein Team, das nicht mehr dabei sein soll. Haben das alle verstanden?«

Oh Mist. Ein Teamvotum? Ohne vorherige Nominierung? Wenn sich alle auf Brodie einschossen, war das Spiel auch für mich vorbei.

Das war gar nicht gut.

»Großartig«, sagte Becky. »Sunnie und Casper, da ihr diese Woche die Macht innehabt, werdet ihr als Erste eure Stimme abgeben. Ihr begebt euch dazu bitte in den Interviewraum.«

Sie gehorchten. Ich blickte Brodie angespannt an, doch er musterte unsere Mitkandidaten.

»Brodie und Kandis, geht bitte in die Wahlkabine.«

Wir sprangen auf. Im Gehen fasste ich Brodies Hand und überlegte fieberhaft.

Marla und Jendan würden ganz sicher für Katy und Liam stimmen. Die anderen höchstwahrscheinlich auch. Aber was, wenn ein oder zwei Teams für Brodie und mich stimmten? Wir mussten ein Unentschieden unbedingt verhindern.

In der Wahlkabine beugte ich mich dicht zu Brodie. »Ich denke, wir sollten für Katy und Liam stimmen«, flüsterte ich. »Das ist für uns das Sicherste.«

Zu meiner Überraschung grinste Brodie mich an. »Du nimmst mir die Worte aus dem Mund.«

»Wirklich?« So einfach war das? Brodie war bereit, seine Schwester nach Hause zu schicken? Du lieber Himmel.

»Katy wird es mir nicht übel nehmen«, meinte er. »Sie weiß, dass es bloß ein Spiel ist.«

Dann war Katy lockerer, als ich dachte, denn ich an ihrer Stelle würde es ihm sehr übel nehmen. Doch wenn es hieß, sie oder ich, dann gab es für mich kein Zögern.

»Kandis und Brodie«, hörten wir Becky durch den Lautsprecher sagen. »Habt ihr euch geeinigt?«

»Ja«, sagte Brodie und sah mich an.

Ich nickte. »Wir stimmen für Katy und Liam.«

Die Abstimmung ging fünf zu eins aus. Katy und Liam würden also ausziehen. Ein Team hatte für Marla und Jendan gestimmt, höchstwahrscheinlich Katy und Liam.

Die beiden wirkten keineswegs überrascht und nahmen es ganz gut auf. Liam schüttelte den Männern die Hand, Katy umarmte alle gequält lächelnd.

Als sie zu mir kam, flüsterte sie mir ins Ohr: »Du darfst Brodie nicht trauen.«

»Werde ich nicht«, flüsterte ich zurück. »Es tut mir leid, dass ich für euch gestimmt habe.«

»Das ist okay.« Sie lächelte. »Ich habe gar nichts dagegen, nach Hause zu fahren. So kann ich den Sommer allein mit Liam verbringen. Hüte du dich vor meinem Bruder. Er ist hinterhältig.«

Ich nickte, und sie wandte sich zum Gehen.

An einem einzigen Abend war die Gruppe um drei Kandidaten geschrumpft. Neun waren noch übrig, und jetzt hieß es: Brodie und ich gegen die anderen.

Das würde nicht leicht werden.

# 4

*»Allmählich kommt mir der Verdacht, dass Kandis mich nicht ernst nimmt. Was soll ich nur tun, damit sie mich auch als Mann wahrnimmt?«* – Brodie Short am 8. Tag

»Ich glaube, die Sofas wären mir jetzt lieber«, beklagte ich mich bei Brodie, während ich mein Kissen aufschüttelte und mich aufs Bett sinken ließ.

Wenn ich auf dem Rücken lag, hatte ich leider eine prima Aussicht auf die Henkersschlingen, die vom Dachbalken baumelten. Galgenzimmer! Da hatte jemand einen echt fiesen Humor.

In der zweiten Woche wurden nur noch neun Gäste auf vier Schlafzimmer und ein Wohnzimmer verteilt. Mickey nächtigte jetzt auf den Sofas, Sunnie und Casper im Zimmer der Machthaber, und Brodie und mir hatte man das Dachzimmer zugelost, das »liebevoll« als Galgenzimmer bezeichnet wurde.

»An dem Bett ist nichts auszusetzen«, murmelte Brodie schläfrig.

»Du meinst, abgesehen davon, dass es hier spukt?«

Seufzend drehte er sich auf die Seite und sah mich an. »Du glaubst das nicht wirklich, oder, Kandis? Wir sind seit einer Woche hier, und niemand hat einen Geist gesehen.«

»Das nicht«, räumte ich mit einem Blick hoch zu den Schlingen über meinem Kopf ein. »Aber ich denke an die Schatten neulich nachts und die komischen Geräusche. Und Sunnie sagt, als sie hier oben schlief, hat es in ihrem Kopfkissen geflüstert. Ich will so was nicht hören müssen.«

Brodie rieb sich das Gesicht. »Also spukt es nur im Kopfkissen, nicht im Zimmer.«

»Das ist nicht lustig.«

»Kandis, warum machst du dir nicht lieber über Wichtigeres Gedanken? Zum Beispiel, wie wir länger im Spiel bleiben? Du weißt, Sunnie und Casper werden uns nominieren, wenn wir sie nicht irgendwie umstimmen.«

»Ja.« Nachdenklich steckte ich die Decke unter mir fest. Leider mussten wir uns nicht nur das einzige Bett, sondern auch die Decke teilen. Ich trug eine lange Pyjamahose und ein T-Shirt, Brodie dagegen nur seine Unterhose … ein Detail, das ich leider nicht ignorieren konnte, sosehr ich mich auch bemühte.

Brodie wollte öffentliche Aufmerksamkeit. Wenn er in Unterhosen schlief, dann nur, um den Zuschauern zu zeigen, wie attraktiv er war, nicht etwa meinetwegen.

»Ich kann Sunnie im Lauf der Woche bearbeiten«, sagte er leise. »Aber du musst das auch tun. Freunde dich mit ihr an. Mach ihr die Haare oder die Fingernägel oder was ihr Mädels sonst so miteinander tut. Sie ist leicht zu beeinflussen. Casper wird auch versuchen, sie auf seine Seite zu ziehen, und er will uns beide rauswählen.«

Ich nickte. »Ich lasse mir etwas einfallen.« Nach kurzem Nachdenken sagte ich: »Wir sollten etwas finden, womit wir Stimmung gegen Mickey machen können.«

»Ja, aber der verbündet sich mit jedem, der ihm verspricht, ihn im Spiel zu behalten. Er ist kein leichtes Ziel.«

Nicht so wie wir. Ich dachte weiter nach und trommelte mit den Fingern auf der Bettdecke.

Brodie legte die Hand darüber. »Lass das.«

»Entschuldigung.«

»Schlaf jetzt. Ernsthaft. Ich kann nicht denken, wenn ich nicht ausgeschlafen bin. Also wenn du nicht mit mir herummachen willst, dann schlaf.«

Ich schnaubte und zog mir die Decke bis unters Kinn. »Bin schon dabei.«

»Dachte ich mir.« Er klang belustigt. »Sag Bescheid, wenn du es dir anders überlegst.«

»Wird nicht passieren.«

Die Zeit vergeht unheimlich langsam, wenn man einer Abstimmung entgegenbangt. Obwohl niemand sich mir gegenüber geäußert hatte, konnte ich allein an Jaymes und Sunnies Verhalten sehen, dass Brodie und ich zum Abschuss freigegeben waren. Vor allem scharwenzelten sie um meinen attraktiven Partner herum und sahen ihn ab und zu traurig an, als wäre er schon weg. Und natürlich stresste mich das. Und wenn ich gestresst war, ging ich trainieren.

Ich verbrachte jeden Tag Stunden mit Zumba-Workouts und dachte mir neue Trainingseinheiten aus. Da wir wegen der Tonaufnahmen keine Musik abspielen durften, summte ich mir die Songs vor und choreografierte aus dem Gedächtnis. Das war prima, da wir jede Menge freie Zeit hatten und viele Stunden nach Lust und Laune verbringen konnten.

Ich versuchte auch, viel Zeit mit Sunnie zu verbringen. Während der ersten Woche hatte das It-Girl sich mit der Chefköchin angefreundet, und man sah sie selten getrennt. Darum kam ich mir vor, als rangelte ich um ihre Aufmerksamkeit. Die beiden kannten nur ein Gesprächsthema. Bewundernd hörte Jayme zu, wenn Sunnie von Prominenten, mit denen sie schon abgehangen hatte, erzählte. Ich dagegen sagte zwar einige Male »Mensch, Sunnie, du hast wirklich schon berühmte Filmstars getroffen?«, aber ich kam mir unendlich dämlich dabei vor. Immerhin: Wenn ich wissen wollte, welcher Promi aus der Regenbogenpresse gerade in der Entzugsklinik war, brauchte ich nur Sunnie zu fragen. Auch wenn wir nichts gemein hatten, gab ich mir doch die größte Mühe.

Die Abende waren das Beste. Alle versammelten sich zum Essen, redeten und lachten miteinander, und meistens spielten wir etwas. Wir hatten praktisch jeden Abend Party. Erst wenn es Zeit war, schlafen zu gehen, fühlte ich mich an gewisse Horrorfilme erinnert.

Im Gegensatz zu Sunnie hatte es in meinem Kopfkissen noch nicht geflüstert. Dafür hörte ich nachts Schritte, und einmal weckte ich Brodie auf, weil ich wissen wollte, ob er sie auch hörte. Er brummte aber bloß etwas und drehte sich auf die andere Seite. Ich überlegte, das Aufnahmegerät wieder einzusetzen, doch das erfüllte im Blumentopf im Raucherbereich einen wichtigeren Zweck.

Laut der Aufzeichnungen drehten sich die Gespräche dort immer um dasselbe: Casper wollte, dass wir als Nächste ausschieden. Sunnie mochte Brodie und wollte ihn im Spiel lassen. Jendan wollte mich im Haus behalten. Marla war unschlüssig. Mickey richtete sich nach dem, der ihm versprach, nicht für ihn zu stimmen. Fido wollte uns rauswählen.

Wir waren das perfekte Ziel. Zumindest Brodie. Ich war der Kollateralschaden. Und um den scherte sich bekanntlich niemand.

Darum tat ich mein Bestes, mich unverzichtbar zu machen. Also lackierte ich Sunnie die Nägel und hörte mir ihre Hollywoodgeschichten an. Ich staunte über Caspers Erlebnisse in brennenden Wohnhäusern. Ich half Jayme, die Küche zu putzen, wenn sie kochte. Ich lauschte Marlas Anekdoten über ihre Kinder. Ich ließ mir sogar von Mickey den Nacken massieren.

Ein Mal.

Beim Belohnungswettkampf mussten wir mit der Armbrust auf Vampirfledermäuse schießen, die über den Himmel sausten. Ich schoss absichtlich daneben und schleimte mich anschließend bei Fido ein, der gewonnen hatte. Ich schwärmte so lange, was für ein toller Schütze er doch sei, bis ich mich vor mir selbst ekelte.

Und wann immer ich die Arschkriecherei nicht mehr ertragen konnte, zog ich mich in den Fitnessraum zurück und trainierte, arbeitete meine Frustration auf dem Stepper ab oder bei einem besonders auslaugenden Tanzworkout.

Ich stand gerade vornüber gebeugt, den Hintern in die Luft gereckt, um mich zu dehnen, als Mickey hereinkam. Hastig richtete ich mich auf. »Hey, Mickey.« Ich strich mir ein paar schweißfeuchte Strähnen aus dem Gesicht. »Wie geht's?«

»Nach diesem hinreißenden Anblick besser.«

Sein freundliches Lächeln machte das Kompliment nicht weniger unangenehm. Igitt. Ich zwang mich, weiter zu lächeln, obwohl ich eigentlich zurückweichen wollte. Ich stand vor der Spiegelwand, hob einen Arm über den Kopf und beugte mich zur Seite. »Sag Bescheid, wenn ich dir im Weg bin.«

»Ich komme schon klar.« Er stellte sich neben mich und ahmte meine Bewegungen nach.

Okay, das war schräg. Ich dehnte den anderen Arm, beugte mich bis zu den Zehen und schaute rasch zu Mickey hinüber.

Tja, er dehnte zwar auch die Arme, aber sein Blick klebte an meinem Hintern.

Oh Gott.

Ich richtete mich auf und ging zur Hantelbank.

»Soll ich dich sichern?«, fragte Mickey und kam sofort zu mir.

»Nein, danke, geht schon.« Ich nahm mein Handtuch, um das Weite zu suchen, obwohl ich mich gerade erst aufgewärmt hatte. »Ich lass es für heute mal gut sein.«

»Tut dir was weh?«

*Nein, du Widerling.* »So ungefähr.«

»Ich kann dir den Schmerz wegmassieren, weißt du. Ich habe Zauberhände.« Er rieb sie vor meinen Augen und grinste, als sollte ich jetzt beeindruckt sein.

»Alles gut. Danke.«

»Nein, wirklich. Du wirst dich danach besser fühlen.« So schnell konnte ich gar nicht wegtreten, wie er mir in den Nacken fasste und zu reiben anfing. »Siehst du? Gefällt dir das?«

Allmählich kriegte ich das Grausen. Ich drehte mich weg und drückte mein Handtuch an mich. »Wie gesagt, alles gut.«

»Du kannst jederzeit zu mir kommen, Kandis, wenn du eine kleine Wohltat brauchst.« Seine Stimme wurde rauchig. »Ich kann dich massieren, wo immer du willst. Ich kann alle Verspannungen aus deinen Muskeln lösen, sie werden wunderbar locker und weich. Obwohl du manches vielleicht lieber hart hast?«

Und dabei wackelte er mit den Brauen.

*Echt jetzt? Wirklich?*

»Wie gesagt, alles gut.« Kopfschüttelnd lief ich zur Tür, riss sie auf und prallte gegen Brodie. Keuchend taumelte ich rückwärts.

Brodie lächelte und griff nach mir. »Warum so eilig?«

»Schon gut«, sagte ich und huschte an ihm vorbei. »Ich … muss los.«

Sein Lächeln erlosch. »Alles in Ordnung?«

Ich nickte. »Ich wollte nur weg.« Ich rannte aus der Tür und den Flur hinunter, während Brodie den Fitnessraum betrat.

Dabei hörte ich ihn ausrufen: »Junge, wovon hast du hier einen Ständer gekriegt?«

Ich rannte in den Waschraum zum Duschen. Dort war ich sowohl vor Mickey als auch vor unangenehmen Fragen sicher. Die Duschen waren unter den Bewohnern eine Tabuzone. Wir wussten, wir wurden dort gefilmt, aber gewährten einander genügend Privatsphäre, damit sich jeder in Ruhe waschen und abtrocknen konnte. Sowie die Tür meiner Kabine hinter mir zugefallen war, zog ich mich aus, warf meine fast noch frischen Sportsachen in die Ecke und drehte das Wasser auf.

Mickey war so aufdringlich geworden, dass ich mich beschmutzt fühlte. Manche Typen verstanden partout kein Nein und subtile Signale schon gar nicht. Mickey schien überhaupt keine Signale aufzufangen, und die Aussicht, noch wochenlang mit ihm im selben Haus wohnen zu müssen, war schrecklich. Ich schrubbte mir das Gesicht und wünschte, ich könnte alle Erinnerungen an die Begegnung damit auslöschen. Hoffentlich dachte Brodie nicht, ich hätte Mickey angemacht. Allein bei der Vorstellung wollte ich würgen.

»Ich komme rein«, rief Brodie und schreckte mich aus meinen Gedanken auf.

»Was?«, stotterte ich und wischte mir das Wasser aus den Augen. »Du kannst nicht rein! Hier bin ich schon! Und …«

Ich stockte, da Brodie meinen Protesten zum Trotz die Kabine betrat und sich zu mir unter die Brause stellte. Er hatte seine kurze Trainingshose noch an, doch während ich hinsah, zog er sie aus und trat sie in die Ecke.

Also, Brodie war kein gehemmter Typ.

Ich verschränkte die Arme vor der Brust und kniff die Beine überkreuz zusammen, damit er meine intimen Körperstellen nicht sah. »Raus hier«, fauchte ich.

»Bleib mal locker«, erwiderte er. »Du siehst mich nackt und ich dich. Das ist im Augenblick aber auch gar nicht wichtig. Wir müssen reden, und die Dusche ist so ziemlich der einzige Ort, wo wir das ganz ungestört tun können.«

»Worüber denn?« Ich neigte den Kopf zur Seite, damit mir das Wasser nicht übers Gesicht lief.

Brodie beugte sich heran und flüsterte direkt an meinem Ohr: »Mickey. Hat er dich belästigt?«

»Du meinst, ungefähr so wie du jetzt?«, zischte ich.

»Sei nicht albern, Kandis. Ich gucke nicht mal hin.« Sein Blick blieb auf mein Gesicht geheftet. »Okay? Ich will nur wissen, wie es dir geht. Du bist aufgewühlt aus dem Fitnessraum gestürmt, und Mickey hatte einen Ständer. Er hat dich von Anfang an begrapscht.«

Ich schwieg lange. So nackt mit Brodie in der Dusche zu stehen, während er mir geradewegs ins Gesicht blickte, fühlte sich irgendwie komisch an.

»Na komm. Ich habe eine Schwester«, sagte er leise. »Ich weiß, dass manche Typen kein Nein verstehen, und Mickey ist so einer. Ich versuche nur, meine Partnerin zu beschützen. Er hat kein Recht, dich zu belästigen.«

»Er wollte sich an mich ranmachen«, gab ich zu. »Hat mir wieder in den Nacken gegriffen, um mich zu massieren. Und mir auf den Hintern gestarrt.« Ich zuckte mit den Schultern und wandte den Blick ab. »Das Übliche.«

»Ja, aber diesmal hat er dich bedrängt, als ihr allein in einem Raum wart, und danach hatte er einen Ständer. Das ist in meinen Augen nicht in Ordnung.« Als ich ihn wieder ansah, schüttelte er den Kopf. »Du kannst ihn getrost mir überlassen. Ich regle das.«

»Was willst du tun?«

»Mach dir keine Gedanken und überlass das mir. Er wird dich nicht wieder belästigen.« Damit verließ er die Duschkabine und schloss die Tür hinter sich.

Also, das war ... eigenartig. Auf Zehenspitzen tappte ich zur Tür und spähte hinaus. Ich betrachtete Brodies nackten Hintern, während er durch den Waschraum ging und sich ein Handtuch nahm.

Er hatte nicht ein Mal auf meinen Körper geschaut. Seltsam.

»Sunnie und ich haben in dieser Woche die Macht«, begann Casper, während der nächsten Liveepisode. »Und es ist jetzt Zeit zu entscheiden, wer ausscheiden soll.«

Wir saßen auf den Sofas und warteten auf die Nominierung. Ich kaute am Daumennagel, und mein Fuß wippte mit Höchstgeschwindigkeit. Wenn ich es doch schon hinter mir hätte. Wenn unser Team nominiert wurde, hatte ich gute Chancen, im Spiel zu bleiben. Sie würden wahrscheinlich eher Brodie rauswählen als mich, oder? Theoretisch war ich also sicher. Trotzdem ... ich hatte ein ungutes Gefühl. Und ich merkte, dass es mir lieber wäre, wenn wir beide weiter im Spiel blieben. Ich traute ihm zwar nicht, aber ich mochte ihn.

Es war schwer, ihn nicht zu mögen. Vielleicht weil er einfach davon auszugehen schien, dass alle ihn mochten. Dass man ihm alles verzieh. Er war einnehmend und lustig, plauderte und flirtete gern und war immer für eine Runde Karten oder Schach zu haben, um die Langeweile zu vertreiben.

Ich sah zu ihm, doch er lächelte Sunnie an, die kicherte und ihre langen roten Haare zurückwarf. Ich zog die Brauen zusammen. Sunnie würde nicht für Brodie stimmen. Sie war ihm die ganze Woche nicht von der Seite gewichen. In der ersten Woche hatten sie schon unerträglich offen miteinander geflirtet, aber diese Woche konnte ich um keine Ecke biegen, ohne sie dahinter zusammen flüstern, lachen oder gemeinsam schwimmen zu sehen.

Nicht dass ich darauf geachtet hätte. Nicht dass mich das groß störte. Nicht dass ich dachte, er sollte seine Zeit mit *mir* verbringen, seiner Partnerin. Oh nein.

»Sunnie und ich haben uns die Sache nicht leicht gemacht«, sagte Casper mit ernstem Gesicht. Offenbar genoss er es, uns auf die Folter zu spannen. »Aber wir denken, dass wir die richtige Entscheidung getroffen haben.«

Ich schloss die Augen und wartete, dass er endlich die Katze aus dem Sack ließ.

»Wir nominieren … Mickey.«

Ich riss die Augen auf und sah meinen Partner überrascht an. Der wirkte ganz gelassen. Im Grunde sogar ein wenig … selbstgefällig? Hatte er das eingefädelt?

Verwirrt beobachtete ich, wie Mickey mit düsterer Miene zum Nominierungssessel ging.

»Mickey, da du allein ein Team bildest, braucht nicht

mehr abgestimmt zu werden«, verkündete Becky äußerst freundlich vom Bildschirm. »Du scheidest hiermit aus. Bitte verlass das Haus.«

Wir standen alle auf und murmelten Abschiedsfloskeln, während Mickey seine Tasche nahm und zur Tür ging. Ich wich seiner Umarmung aus und winkte nur freundlich. Sowie die Tür hinter ihm zugefallen war, drehte ich mich zu Brodie um. »Wie hast du das geschafft?«, flüsterte ich.

»Wir reden später«, sagte er und wirkte sehr zufrieden.

Ha.

»Liebe Kandidaten, ihr habt zehn Minuten Zeit, um euch umzuziehen und zum Spielgelände zu kommen«, hieß es aus dem Lautsprecher. »Bitte, beeilt euch.«

Als alle Frauen in den Waschraum hasteten, um sich die engen Kleider auszuziehen, nutzte ich die Gelegenheit, um mit Marla zu sprechen. »Wusstest du, dass Mickey nominiert wird?«

Sie nickte und sah mich mitfühlend an. »Als Sunnie uns erzählt hat, was da abgelaufen ist, waren wir uns alle einig.«

Ach, Sunnie?

Wie erwartet kam der Rotschopf zu mir und schloss mich in eine lange Umarmung. »Ich habe das für dich getan, Mädchen.« Sie strahlte mich an.

Ich drückte sie auch, war aber ein bisschen ratlos. »Danke, Sunnie. Du bist die Beste.«

»Du schuldest mir was«, flüsterte sie.

»Auf jeden Fall«, stimmte ich zu.

Aber mir schien eher, dass ich Brodie was schuldete.

Mehr konnten wir nicht reden, weil wir uns schnellstens umziehen und die Haare zusammenbinden mussten. Ich schaffte es gerade noch rechtzeitig zum Spielgelände und stöhnte, als ich sah, was uns bevorstand.

Da standen sechs gedeckte Tische – Sunnie und Casper nahmen am Wettkampf nicht teil – und auf der karierten Decke jeweils ein Picknickkorb.

»Jeder setzt sich bitte an einen Tisch«, rief Sunnie und deutete auf die Tische, als wäre sie Vanna White am Glücksrad.

Ich suchte mir einen aus und bemerkte sofort den Eimer unter meinem Stuhl. Oje. Wir würden Ekelzeug essen müssen. Ich schluckte schwer und sah zu Jendan am Nachbartisch. Er war grün im Gesicht.

»Diese Staffel folgt Horrorfilmmotiven«, las Casper vor. »Darum wird das heutige Abendessen ein wenig seltsam ausfallen. Ihr kennt alle den Film, in dem der Held eine Riesenkakerlake oder Affenhirn essen muss. Nun dürft ihr diese Erfahrung selbst machen.«

Wir stöhnten einhellig.

»Oh Gott«, murmelte Jendan. »Mir ist jetzt schon schlecht.«

Ich konnte mir ein kurzes Kichern nicht verkneifen. Jendan war der wählerischste Esser von uns allen. Er aß ständig unappetitlich gesunde Lebensmittel, zum Beispiel Hähnchenbrust mit Brokkoli, während wir uns den Bauch mit Hotdogs und Fritten vollschlugen. »Du hast einen Kotzeimer«, erklärte ich ihm hilfsbereit.

»Den werde ich brauchen«, meinte er.

Ich grinste, dann wurde ich ernst und beugte mich zu

ihm. »Hast du uns gerettet?«, flüsterte ich. Ich war erpicht darauf, Bescheid zu wissen.

»Später«, sagte er hastig, als ein Kameramann auf uns schwenkte.

Das war kein Nein. Ich nickte ihm zu. Gerade zog Casper die nächste Karte der Spielanweisungen hervor und las weiter. »Das Menü besteht aus fünf Gängen. Bei jedem Gang scheidet der aus, der seinen Teller zuletzt leer gegessen hat, sodass am Ende noch zwei Kandidaten übrig sind. Diese beiden werden Mann gegen Mann um die Macht kämpfen. Seid ihr bereit?«

»Ja«, stöhnten alle.

»Also gut. Öffnet eure Picknickkörbe«, sagte Casper. »Die erste Vorspeise ist ... Affenhirn.«

Jendan würgte in seinen Eimer.

Stunden später, nachdem ich mit einer halben Flasche Mundwasser gegurgelt und mir viermal ausgiebig die Zähne geputzt hatte, schmeckte ich immer noch Fischaugen. Bei der zweiten Vorspeise war ich ausgestiegen. Der arme Brodie hatte es bis zum Dessert geschafft, dann aber gegen Jayme verloren, die ihre Mehlwürmer schluckte wie ein Weltmeister.

Jendan hatte sich schon beim ersten Bissen von seinem Affenhirn übergeben und würgte selbst danach noch weiter, als er sah, was die anderen zu essen bekamen. Ich konnte es ihm nicht verdenken, auch ich hatte mein Affenhirn kaum runtergebracht. Immerhin hatte ich erst bei den Fischaugen gereiert.

Nun, da die Aufregung sich gelegt hatte, machte es sich jeder in seinem neuen Zimmer gemütlich. Jayme und Fido bewohnten nun für eine Woche das Zimmer der Macht, und wir hatten das Königinnenzimmer bekommen, das mit seinen hübschen antiken Möbeln von allen Zimmern am wenigstens unheimlich wirkte. An den Wänden hingen zwar Porträts eigenartig aussehender Leute vergangener Jahrhunderte und Venezianische Spiegel, aber wenigstens keine Schlingen. Mittlerweile war ich mit Kleinigkeiten zufrieden.

Ich lag auf dem Bett und kaute Pfefferminzkaugummis, während Brodie sich die Wettkampfkleidung auszog, sie in den Wäschekorb warf und in Boxershorts und sich den Bauch kratzend zum Bett kam.

»Wolltest du den Wettkampf gewinnen?«

»Ja und nein«, antwortete er. »Ja, weil ich dachte, wenn ich schon dieses Zeug essen muss, dann will ich auch was davon haben. Nein, weil ich mir ausgerechnet habe, dass wir vorerst sicher sind, wenn Jayme gewinnt.«

»Ach so? Wieso das?« Ich zog mit einem Finger das Karomuster der Bettdecke nach. Das war mir neu. »Gehört sie jetzt auch zu deinem Harem?«

Er grinste mich an. »Vielleicht.«

Ich rollte mich aus dem Bett, um den Kaugummi auszuspucken. Noch immer schmeckte ich die Fischaugen. »Und wen wolltest du nicht gewinnen lassen?«

»Jendan und Marla. Sie mussten verlieren, damit wir diese Woche noch sicher sind.«

»Weil du Sunnie und Jayme in der Tasche hast«, schloss ich.

Er legte den Finger an die Lippen und blickte zur Tür. »Nicht so laut. Da könnte jemand lauschen.«

Ich hüpfte ins Bett und deutete auf seine Betthälfte.

»Jawohl, Ma'am«, sagte er grinsend und warf sich mit einem Satz aufs Bett.

Das alte Möbel knarrte so laut, dass ich dachte, die anderen würden gleich angerannt kommen. Lauschend hielt ich inne. »Alles okay bei euch?«, rief jemand kurz darauf.

»Das war ich«, rief Brodie. »Bin zu enthusiastisch ins Bett gesprungen.«

Ich stöhnte. »Na toll. Jetzt denken sie, wir sind enthusiastisch zusammen im Bett.«

»Das wäre nicht das Schlechteste, was bisher über mich gedacht wurde«, meinte Brodie achselzuckend.

»Ja, jede Wette.« Ich rückte ein wenig näher an ihn heran und senkte die Stimme. »Jetzt erzähl mir, was vorhin gelaufen ist.«

Brodie sah mich selbstgefällig an und wackelte mit den Brauen. »Du wirst bemerkt haben, dass ich bei den Kandidatinnen diese Woche ein paar Fäden gezogen habe?«

»Ob ich bemerkt habe, dass du dich von morgens bis abends an sie rangeschmissen hast? Ja. Das ist wohl jedem aufgefallen.«

Er grinste, als hätte ich ihm ein Kompliment gemacht. »Wie gesagt, es war nicht in Ordnung, wie der Kerl dich behandelt hat. Darum habe ich mit den Mädels gesprochen und dafür gesorgt, dass sie das auch so sehen. War nicht weiter schwer, nachdem er auch bei Jayme und Sunnie aufdringlich geworden ist. Marla hat er immer wieder gefragt, ob sie ihm Fotos von ihrer Tochter zeigen kann, und das hat sie arg befremdet.« Er zuckte die Achseln. »Jedenfalls, gern geschehen.«

»Ich ... weiß nicht, was ich sagen soll.«

»Wie wär's mit danke?«

Ich drückte ihn kurz mit einem Arm. »Danke, Brodie. Auch wenn du alles angräbst, was nicht bei drei auf den Bäumen ist, kannst du doch überraschend süß sein.«

Darauf wirkte er doch ein bisschen verstimmt. »Ich weiß nicht, was ich beleidigender finde – das mit dem Angraben oder deine Überraschung darüber, dass ich süß bin.«

»Du leugnest das Angraben?«

»Pff. Hab ich dir nicht gerade alle meine Pläne offengelegt? Ich habe mich an Sunnie und Jayme rangeschmissen, damit wir beide, du und ich, weiter im Spiel bleiben. Nicht weil ich eine von ihnen ins Bett kriegen wollte.« Er tippte mir an die Brust. »Du.« Dann tippte er sich an die Brust. »Ich. Kapiert?«

Ich nickte.

»Das ist ein Spiel, weißt du. Und mit Honig fängt man Fliegen.«

»Ja, aber musst du den Honig so dick auftragen?«, brummte ich.

Brodie freute sich sichtlich über meine mürrische Miene. »Wenn ich es nicht besser wüsste, Kandis, würde ich sagen, du bist eifersüchtig.«

»Ja, aber du weißt es besser, nicht wahr?«, erwiderte ich und wunderte mich, wie defensiv ich klang. »Jetzt mach endlich das Licht aus.«

»Weil du es nicht erwarten kannst, mich im Dunkeln …«

»Gute Nacht, Brodie.«

»… ganz für dich allein zu haben?«

»Gute Nacht, Brodie!«

Lachend griff er zum Nachttisch und schaltete die Lampe aus. »Gute Nacht, Kandis.«

# 5

*»Gott. Kandis. Dieser Hintern. Moment, löscht das. Sie wird mir einen mächtigen Tritt verpassen, wenn sie erfährt, dass ich so was vor der Kamera gesagt habe. Ihr habt das gelöscht, ja? Hallo?«* – Brodie Short am 12. Tag

Mit untergeschlagenen Beinen saß ich in dem großen, bequemen Sessel des Interviewraums und wartete auf die erste Frage.

Sie ließ nicht lange auf sich warten. »Kandis, wie läuft es, seit Mickey ausgezogen ist?«

Ich lächelte mein Spiegelbild an wie einen wirklichen Gesprächspartner. »Na ja, ich gehe jetzt wesentlich entspannter durchs Haus. Es tut gut, dass er nicht mehr hinter der nächsten Ecke lauert und auf eine Gelegenheit wartet, mir auf den Hintern zu starren. Ihr habt keine Ahnung, wie widerlich das war. Also, was das Zusammenleben betrifft, bin ich wirklich froh. Was die Strategie angeht, spielt es vielleicht keine so große Rolle, dass er weg ist, weil er ohnehin ein Fähnchen im Wind war. Hielt immer zu dem, der gerade die Macht hatte und der ihm versprach, ihn zu schützen. Solchen Leuten kann man nicht trauen.«

Darauf herrschte ein paar Augenblicke lang Schweigen. »Wie läuft es mit deinem Partner?«

Ich leckte mir über die Lippen und überlegte angestrengt. »Brodie ist ... überraschenderweise viel loyaler als gedacht. Als ich herkam, hielt ich ihn für den übelsten Schürzenjäger überhaupt. Und er flirtet tatsächlich viel. Aber aus strategischen Gründen, denke ich.« Ich zuckte die Achseln. »Und deswegen kann ich ihm nicht böse sein. Außerdem weiht er mich in seine Pläne ein, sodass ich weiß, was läuft.«

»Es stört dich also nicht, dass er sämtliche Kandidatinnen anmacht?«

»Oh, das habe ich nicht gesagt. Ich sage nur, dass ich für die strategischen Gründe Verständnis habe. Aber eigentlich sollte es mich nicht stören. Wir sind nur Teampartner, mehr nicht.«

»Aber ihr habt zusammen geduscht.«

Meine Finger zuckten, und ich zog den Saum meines T-Shirts zurecht. »Nur, um ungestört zu reden. Das war nichts Sexuelles. Das hört sich sicher komisch an, aber es ist wahr. Das war ganz unerotisch.«

Außer dass ich ihm anschließend auf den nackten Hintern gestarrt hatte. Und seitdem häufiger daran dachte, als es sich für einen Teampartner gehörte. Schließlich stellte ich mir Jendan auch nicht nackt vor.

»Wie wechseln die Allianzen unter den Kandidaten?«

Diese Frage überraschte mich und riss mich aus meinen Gedanken. »Ähm. Um ehrlich zu sein, sie ändern sich täglich. Aber Jendan und ich bleiben stark. Zumindest habe ich den Eindruck. Wir teilen Informationen und unterstützen uns gegenseitig. Dasselbe gilt für Brodie und mich. Natürlich reicht das nicht, um das Spiel zu gewinnen, aber Brodie schwört, er hat Sunnie und Jayme in der Tasche, und Jendan hat Marla. Wir sind also in der Mehrheit, solange wir gleich abstimmen.«

»Das klingt, als ob du dich darauf verlässt, dass die anderen Abmachungen treffen, um dich zu retten.«

Leicht verärgert über diese Schlussfolgerung runzelte ich die Stirn. »Überhaupt nicht. Ich spiele mein eigenes Spiel, aber es gehört zu meiner Strategie, in der Anfangsphase erst mal den anderen das Feld zu überlassen. Derzeit sind Jendan und Brodie die Stars der Show. Ich werde noch richtig loslegen, wenn der Zeitpunkt dafür gekommen ist. Der ist nur noch nicht da.«

»Hast du Feinde im Haus?«

»Ich würde nicht von Feinden sprechen, eher von Leuten, denen ich nicht traue. Und damit meine ich eigentlich jeden. Casper und Marla sind jedoch am misstrauischsten. Wenn ich entscheiden müsste, wem ich am wenigsten traue, dann den beiden. Was wirklich interessant ist, da ich doch mit einem der beiden verbündet bin.«

»Wie stehst du zu Jayme und Fido? Sie haben diese Woche die Macht.«

»Mit Jayme komme ich halbwegs klar, weil Brodie meint, ich kann ihr vertrauen. Es hat sich noch keine Gelegenheit ergeben, mich mal näher mit Fido zu unterhalten, darum hoffe ich, dass er sich nach Jayme richtet.«

»Du glaubst, sie führt das Team?«

Ich lachte. »Absolut. Fido ist ein netter Typ, aber Jayme bestimmt, wo es langgeht.«

»Und wie ist das in deinem Team? Wer bestimmt bei euch, wo es langgeht?«

Ich stutzte. Das war eine sehr gute Frage.

»Also«, sagte Jendan, während er sich die Schultern mit Sonnenschutzmittel einrieb. »Ich will dich nicht in Panik versetzen, aber ich habe gerade von einem Plan erfahren.«

Wir lagen auf unseren Strandtüchern am Pool, wo ich mir den Rücken bräunte. Den Kopf in die Hände gestützt, sah ich zu ihm rüber. Die Raucher lümmelten auf den Terrassensofas, und Marla erzählte mal wieder von ihren Kindern. Sunnie, Jayme und Brodie waren in der Küche, um zu backen (und zu flirten). Daher hatten Jendan und ich den Pool für uns allein. Wir waren ein wenig geschwommen und lagen jetzt in der Sonne. »Lass hören.«

Er sah sich um, um sicherzugehen, dass niemand kam. »Jayme will dich und Brodie nominieren.«

Tja, Mist. »Wirklich? Und das nach der Mickey-Geschichte?« Wieso wählten sie Mickey mir zuliebe raus und wandten sich als Nächstes gegen mich und Brodie? Ich hatte angenommen, mein Partner sei inzwischen beliebt.

Jendan nickte. »Sie haben Marla eingeweiht. Mich und Marla wollen sie nicht nominieren, und sie meinen, sie können Sunnie und Casper beeinflussen. Also bleiben nur noch du und Brodie, und Brodie wollen sie im Spiel behalten.«

Erschrocken setzte ich mich auf. »Warte mal, mich wollen sie loswerden, nicht Brodie?« Scheiße. Vielleicht hatte er sich schon zu beliebt gemacht.

»Beruhige dich«, sagte er und schaute sich um. »Und leg dich wieder hin.«

Das tat ich, obwohl ich lieber mit den Füßen wippen wollte – oder in den kalten Pool springen, um meine Nerven abzukühlen. Ich begnügte mich damit, eine Locke um meine Finger zu drehen. »Erzähl weiter. Warum ich? Was habe ich ihnen getan?«

»Es geht nicht speziell gegen dich, sondern sie trauen euch beiden nicht. Ihr seid undurchschaubar. Und alle vermuten eine Romanze.«

»Eine Romanze?«, stotterte ich. »Im Ernst?«

»Sunnie, Marla und Jayme sind überzeugt, dass zwischen euch beiden was läuft.«

»Tut es nicht!«

Jendan drehte sich auf die Seite und blickte mich skeptisch an. »Du würdest es mir sagen, wenn es so wäre, oder? Denn das wirkt sich auch auf mein Votum aus.«

»Ich schwöre, wir schlafen nicht miteinander.« Ich hob die Finger zum Schwurzeichen. »Er ist nur mein Teampartner.«

»Ja, aber ihr beide habt ein enges Verhältnis. Das musst du zugeben. Und er hat bei der letzten Abstimmung viel Druck gemacht, um dich vor Mickey zu schützen.« Jendan legte den Kopf schräg und musterte mich. »Und ich habe ihn nackt aus deiner Dusche kommen sehen.«

Verdammt. Das hatte er beobachtet? Ich wickelte die

Strähne immer hastiger um den Finger. »Er war nur bei mir, damit wir reden konnten.«

»Nackt?«

»Damit wir ungestört reden konnten«, ergänzte ich.

»Und ich frag dich noch mal: Nackt?«

»Es war nicht meine Idee.« Das klang echt lahm. »Wir sind nicht zusammen. Ehrlich. Ich mag Brodie. Es ist unmöglich, ihn nicht zu mögen. Aber ich habe die *World Races* gesehen und fand es total daneben, wie er mit Tesla herumgeknutscht und Katy bei der ersten Gelegenheit fallen gelassen hat. Also, kann ich ihn leiden? Ja. Traue ich ihm? Kein bisschen.«

»Solange du mir versprichst, es mir zu sagen, wenn sich das ändert …«

Ich warf ihm einen grimmigen Blick zu. »Natürlich. Ich würde es dir sagen, wenn ich mit ihm zusammen wäre, okay? Du konntest dich bisher auch auf mich verlassen. Ich werde dich nicht hintergehen.«

Nach einem Moment nickte er. »So habe ich das auch gesehen. Aber die Mädels glauben es nicht. Sie denken, du manipulierst Brodie – und mich –, um deinen Platz zu sichern.«

In meiner Fingerspitze pochte das Blut, so fest hatte ich mir die Strähne umgewickelt. »Ach wirklich, ja? Sie haben bestimmt nicht darauf hingewiesen, dass Jayme und Sunnie gar nichts dagegen haben, mit Brodie bei jeder Gelegenheit auf Tuchfühlung zu gehen? Aber das scheint wohl was anderes zu sein, wie? Weil ich mit dir befreundet bin, bin ich hier das Flittchen?«

Schmunzelnd wälzte sich Jendan auf den Rücken,

einen Arm über den Augen, um sie vor der Sonne zu schützen. »Tja, ich schätze, deswegen wollen sie ihn behalten und nicht dich.«

Das war lächerlich. »Ich muss also ausziehen, weil sie mich für ein Flittchen halten.«

»Nicht unbedingt. Sie müssen sich eben für jemanden entscheiden, und da sie Brodie lieben, fällt die Wahl auf dich.«

Nachdenklich wickelte ich die Locke ab.

Als hätte sie geahnt, dass wir über sie redeten, kam Sunnie durch die Tür in den Garten. In Shorts und Bikinioberteil rannte sie über den Rasen, laut quietschend, weil sie von Brodie mit einer Wasserpistole gejagt wurde. Jendan und ich drehten uns nach ihnen um, als er Sunnie fing und an der Taille festhielt. Sie wand sich in seinem Griff, aber so, dass ihre Brüste an ihm rieben, und während sie miteinander rangen, warf Brodie sie sich schließlich über die Schulter. Er zwinkerte mir zu, als er mit dem It-Girl in den Armen zur Hintertür zurückging.

»Eine todsichere Strategie«, meinte Jendan. »Ich wünschte, ich hätte daran gedacht.«

»Hast du«, erwiderte ich. »Aber du hast dich stattdessen für ein Bündnis mit mir entschieden. Und ich bin im Flirten nicht so gut wie gedacht. Pech für dich.«

»Vielleicht solltest du dir mehr Mühe geben«, schlug er lächelnd vor.

»Ich trete dich, wenn du versuchst, mich über die Schulter zu werfen«, sagte ich warnend. Brodie trug Sunnie ins Haus, wobei er über ihren nackten Rücken strich. Ich gab mir Mühe, kein finsteres Gesicht zu machen. Ihre Brüste waren an seine Schulter gedrückt und ihre roten Haare halb über seinen Kopf verteilt. Sunnie war hübsch und lebhaft. Brodie flirtete in einem fort mit ihr. Es hätte mich nicht stören sollen, trotzdem ging mir ihre Munterkeit gegen den Strich. Ich war seine Partnerin, nicht sie.

Wir sind bloß Geschäftspartner, ermahnte ich mich. Wir sind beide hinter dem Geld her. Er flirtete nur, um im Spiel zu bleiben ... so sagte er jedenfalls. War das nur leeres Gerede? Ich konnte es wirklich nicht einschätzen.

»Also, ich bin auf deiner Seite«, sagte Jendan. »Das weißt du. Aber das wird nicht reichen. Wenn dir kein guter Plan einfällt, werde ich mit den anderen stimmen müssen, damit ich nicht umsonst den Kopf riskiere.«

»Ich werde mir etwas ausdenken. Ich muss nur ein attraktiveres Ziel für sie finden, stimmt's?«

»Stimmt.«

Ich dachte über meine Möglichkeiten nach. Jayme schien mit Jendan und Marla fest verbündet zu sein, und gegen die beiden wollte ich auch nicht intrigieren, außer ich könnte gewährleisten, dass Marla ging und Jendan blieb. Da Marla als Mutter des Hauses von allen gemocht wurde, ließe sich das so bald nicht bewerkstelligen.

Blieben also noch Sunnie und Casper als Zielscheibe. Ich musste Jayme einen Grund liefern, die beiden loswerden zu wollen. »Ich werde sehen, was ich tun kann«, sagte ich zu Jendan. »Ein paar Tage habe ich ja noch Zeit.«

Er nickte. »Streng dich an. Denn du und ich im Endspiel, das ist mein Plan, und ich möchte ihn nicht ändern.«

Das wollte ich auch nicht.

Ich erzählte Brodie nichts davon. Er konnte vieles, aber sich unauffällig verhalten war nicht seine Stärke. Sobald er herausfand, dass mich die anderen abschießen wollten, würde er sie umstimmen wollen, und dann würden sie mich erst recht abschießen.

Natürlich war es möglich, dass er es ohne mich erfuhr ... und dass er statt meiner lieber seine eigene Haut rettete. Denn wenn es hieß, er oder ich, würde Brodie Short nicht mir zuliebe zurückstecken.

Es war für uns beide das Beste, wenn ich das für mich behielt. So würde ich Zeit haben, mir etwas zu überlegen und mich still und leise in eine stärkere Position zu manövrieren, bevor jemand begriff, dass ich Bescheid wusste.

Mir war noch keine Lösung eingefallen, als Stunden später eine Durchsage aus dem Lautsprecher kam. Ich war bei Marla und Jendan im Dachzimmer, wo wir ein Bündel Salbei verbrannten und den Rauch in die Zimmerecken wedelten. Marla hatte vergangene Nacht Schritte gehört und darauf bestanden, die bösen Geister auszutreiben. Jendan hatte behauptet, dies sei eine gängige Methode unter Spiritisten (angeblich hatte er es in einem Film gesehen). Ich half dabei nur zu gern, für den Fall, dass sie währenddessen über ihre Strategie redeten.

Wir blickten auf, als ein akustisches Signal eine Durchsage ankündigte. »Bewohner, es ist Zeit für den nächsten Wettkampf. Bitte holt euch im Wohnzimmer eure Kostüme ab, und findet euch dann auf dem Spielgelände ein.«

Ich blies meinen glimmenden Salbeizweig aus. »Habe ich da gerade Kostüm gehört?«

Marla stöhnte. »Ich fürchte ja. Das kann nur schrecklich werden.«

Jendan löschte seinen Zweig und schmunzelte. »Ich dachte, ihr Mädchen macht euch gerne schick.«

»Ha, ha«, sagte Marla. »Sehr komisch.«

Unten angelangt, stöhnte jeder beim Anblick der sechs bereitgelegten Kostüme. Es waren hässliche Ganzkörperanzüge aus einem dicken, schwammigen Material, das von oben bis unten mit Blättern beklebt war. Darin würde keiner von uns gut aussehen. Trotzdem lachten wir beim Anziehen und stöhnten wieder, als wir jeder einen Blätterkranz für den Kopf bekamen.

»Was denkt ihr, was wir darstellen sollen?«, fragte Sunnie und rümpfte die Nase über ihre kartoffelförmige Gestalt.

»Einen wandelnden Laubhaufen?«, schlug Brodie vor und erntete Gelächter. Unbeholfen tappten wir in den hinderlichen Dingern nach draußen.

Dort warteten schon Jayme und Fido auf uns. Die Karte mit der Spielanweisung in der Hand, bedeutete sie uns, an die Startlinie zu gehen. Wir reihten uns dort auf und musterten neugierig das Spielgelände.

Eines musste ich den Setdesignern von *House Guests* lassen: Sie hatten das Gelände umgebaut, ohne dass wir es mitbekommen hatten. Die Startlinie bestand aus einer Blättergirlande und sechs Startmatten. Jenseits davon begann eine sumpfige Hindernisstrecke. Ranken hingen von künstlichen Bäumen, und dank einiger Nebelmaschinen waberte ein dichter Dunst über das Gelände. Teichrosenmatten lagen auf dem fiesen grünen Wasser, und einige

Felsbrocken, Baumstämme und anderes dienten als Hindernisse bei der Überquerung des Sumpfes. Auf der anderen Seite stand eine blonde Aufblaspuppe im Leopardenfelldress, die an einen Pfahl gefesselt war. Süß.

»Hallo«, grüßte Jayme fröhlich und las dann die Karte vor. »Beim heutigen Wettkampf seid ihr jeder ein Ungeheuer aus dem Sumpf und als solches sehr einsam. Auf Los eilt ihr durch den Sumpf zur anderen Seite, um eure Freundin zu retten. Ihr bindet sie von dem Pfahl los und tragt sie zurück zur Ziellinie. Haben das alle verstanden?« Als sie uns nicken sah, las sie weiter. »Diesmal haben wir eine kleine Änderung vorgenommen. Ihr tretet nicht als Team an, sondern jeder kämpft für sich, und ihr wollt auf keinen Fall unter den Letzten sein. Denn die ersten vier bekommen freien Eintritt in die Hausbar, die gerade aufgebaut wird!«

Wir jubelten. Nach fast einem Monat im Haus ohne Alkohol war dies ein großer Ansporn.

»Es gibt einen zusätzlichen Haken. Die beiden Verlierer müssen den anderen beim Trinken zusehen.« Sie deutete mit dem Finger an der Wange eine herablaufende Träne an. »Da Fido und ich die Macht haben, dürfen wir sowieso an die Bar. Sind alle bereit?«

»Bereit«, riefen wir im Chor. Wir nahmen die Startposition ein. Ich befand mich zwischen Marla und Brodie.

»Los!«, rief Jayme.

Wir rannten los. Das dicke, zähflüssige Zeug ging mir bis zu den Knien, es war schwer, sich mit dem Kostüm darin zu bewegen, zumal der Stoff sich auch vollsaugte. Jeder Schritt wurde schwerer.

Als Brodie hineinstürmte, fiel er gleich der Länge nach in die klebrige Flüssigkeit.

Es dauerte eine Ewigkeit, ein Bein vor das andere zu schieben, und noch länger, über einen der Felsbrocken zu steigen und unter dem tief hängenden Ast durchzukriechen. Jendan und Brodie lagen in Führung, gefolgt von Casper, der Sunnie an der Hand mitschleppte. Neben mir mühte sich Marla keuchend voran.

Bis ich meine Puppe losgebunden hatte, war ich fast auf dem letzten Platz. Marla und Sunnie waren dicht hinter mir, aber ich hätte sie noch abhängen können.

Ich war mir nur nicht sicher, ob ich das wollte.

Der Alkohol könnte die Lösung sein. Mit seiner Hilfe ließen sich vielleicht die schwächsten Glieder der Kette ausmachen. Er löste den Betrunkenen die Zunge, und dann würde ich die Ohren spitzen. Ich sah Casper vor der Ziellinie anhalten und kehrtmachen, um Sunnie über die Ziellinie zu helfen. Marla lag Kopf an Kopf mit mir. Als ich wieder an den Felsbrocken kam, tat ich, als ob ich beim Absteigen ausrutschte, und ließ mich bäuchlings in den Schlamm fallen. Mein Kostüm wurde nun so schwer, dass es mir tatsächlich schwerfiel, mich wieder aufzurichten.

Als es mir endlich gelang, humpelte Marla gerade über die Ziellinie. Casper kam zu mir zurück und bot mir eine Hand an. Er spielte den edlen Ritter und hatte sich offenbar entschieden, die Frauen gewinnen zu lassen.

Ich lächelte ihn an. »Wie es aussieht, verpassen wir heute Abend das Besäufnis.«

»Ich trinke nicht«, sagte er unverblümt. »Darum werde ich auch nichts vermissen.«

»Also, ich bin enttäuscht«, log ich und stieg mit seiner Hilfe aus dem Sumpf. An der Ziellinie empfing mich Brodie und umarmte mich trotz des Kostüms. Während er mich drückte wie einen nassen Schwamm, machte ich ein trauriges Gesicht.

»Schade für dich, Kandis«, sagte er. »Ich habe nicht bemerkt, dass du so weit hinten liegst.«

»Ist schon gut.« Ich klopfte ihm mit meinem vollgesaugten Handschuh auf die Schulter. »Das ist nicht wichtig. Ich gewinne den nächsten Wettbewerb.«

Jendan umarmte mich als Nächster, und dabei flüsterte er: »Das war eine ganz schlecht gespielte Bauchlandung. Lass dir das von einem Stuntman sagen.«

»Pst!«, machte ich und legte einen Finger an die Lippen.

»Eins, zwei, drei und hoch die Tassen!«, rief Brodie in der Küche. Ein paar Jubelrufe ertönten, dann war es still, weil die Kandidaten ihr Glas leerten.

Ich lauschte vom Wohnzimmer aus, wo ich mir auf dem Sofa die frisch lackierten Fingernägel trocken blies. Den anderen zuzusehen, wie sie sich volllaufen ließen, war einige Stunden lang lustig gewesen. Marla vertrug keinen Alkohol, aber Sunnie kippte ihre Whiskeys, als wäre sie im Training. Ich amüsierte mich prächtig, bis Sunnie die Arme um Brodies Taille schlang und das Gesicht an seinen Hals schmiegte, was ihn nicht im Geringsten zu stören schien. Da kamen mir die betrunkenen Albernheiten mit einem Mal fade vor, und ich hatte genug von dem Theater.

Ich hatte mich ins Wohnzimmer verzogen, um ein bisschen allein zu sein. Alleinsein war aber langweilig, wenn man keine Musik hören, nicht lesen und auch nicht fernsehen konnte. Darum lackierte ich mir die Nägel, aber das war natürlich nach wenigen Minuten erledigt.

Als Casper durchs Wohnzimmer hinaus in den Garten ging, um eine zu rauchen, sah ich meine Chance gekommen. Ich wartete ein paar Minuten, damit es beiläufig wirkte, und begab mich ebenfalls nach draußen.

Er saß entspannt zurückgelehnt in der Raucherecke auf einer Couch, eine Zigarette zwischen den Fingern, und schaute in den Abendhimmel. Auf einem Knie balancierte er den Aschenbecher.

Ich warf mich auf die andere Couch. »Findest du es nicht schade, die fröhliche Party zu verpassen?«

»Nö«, antwortete er abfällig. »Habe seit zwanzig Jahren nicht mehr getrunken.« Er musste bemerkt haben, wie schroff er klang, denn er wandte sich mir zu und lächelte dünn. »Und du?«

Ich zuckte die Achseln. Im Augenblick hätte mir das Gelage nicht gleichgültiger sein können, denn ich hatte Casper allein erwischt, noch dazu in der Raucherecke, wo ich mein Aufnahmegerät versteckt hatte. Das war perfekt. Ich biss mir in die Wangen, um mir meinen Triumph nicht anmerken zu lassen. Bevor ich antwortete, rutschte ich näher ans Couchende, denn da stand die Topfpalme zwischen den beiden über Eck aufgestellten Sofas. Wenn ich Casper verleiten konnte, etwas Böses zu sagen, würde ich ihn den anderen als Abschusskandidaten liefern.

»Wie steht's mit deinem Team?«, flüsterte ich nach ein

paar Augenblicken. »Willst du mit Sunnie ins Finale gehen?«

Er wollte gerade an seiner Zigarette ziehen, hielt aber inne, um mich zu mustern. Dann klemmte er sie sich in den Mundwinkel, spähte zur Tür und rutschte ans Couchende zur Palme hin. »Wir haben darüber gesprochen«, sagte er leise. »Aber ich habe mich noch nicht festgelegt. Ich wäge meine Möglichkeiten ab.«

»Alle mögen Sunnie«, stellte ich fest. »Sie ist wirklich beliebt. Am Ende könntest du deswegen noch ausscheiden.«

»Denkst du, ich weiß das nicht?« Er zog an seiner Zigarette. »Sie ist ein anständiges Mädchen. Ich weiß nur nicht, ob ich sie die Million gewinnen lassen will. Sie besitzt ja schon viel Geld durch ihren Vater.«

Ich nickte. »Also willst du sie vor dem Finale loswerden?«

Er warf mir einen scharfen Blick zu. »Das habe ich nicht gesagt.«

Ich zuckte die Achseln und tat gelassen, obwohl mich mein zuckender Fuß verriet. »Ich meine ja nur … wenn du einen Plan hast, um ins Finale zu kommen, hätte ich nichts dagegen, mich mitnehmen zu lassen, solange du mich nützlich findest.«

Da hatte ich den richtigen Ton getroffen. Ein räuberisches Funkeln erwachte in seinen Augen. Er setzte sich auf und beugte sich zu mir. »Ich hätte da vielleicht einen Plan.«

»So?« Ich neigte mich ebenfalls näher heran. »Ich bin ganz Ohr.«

»Aber was ist mit deinem Partner?«

»Vielleicht hast du es nicht bemerkt, aber der sitzt derzeit in der Küche und macht sich an deine Partnerin heran«, antwortete ich säuerlich. »Ich glaube nicht, dass er mir bis zum Finale treu bleibt.«

»Du meinst, die beiden verbünden sich gegen uns?« Er zog die weißen Brauen zusammen.

»Gut möglich.« Tatsächlich wusste ich es nicht, aber der Verdacht war mir schon gekommen, und ich schloss es nicht aus. »Bisher hat er nichts gesagt.«

Casper schnaubte. »Ich bin mir sogar ziemlich sicher, dass sie das tun. Sie stecken ständig die Köpfe zusammen. Das heißt, wir beide bleiben im Regen stehen.«

Ich stützte das Kinn in die Hand. »Was schlägst du vor?«

»Ich denke schon eine Weile darüber nach. Du weißt, dass sie dich diese Woche abservieren wollen, ja?«

Ich tat überrascht. »Das höre ich zum ersten Mal.«

»Mir könnte es allerdings nützen, wenn du im Spiel bleibst. Hör zu. Du weißt, wer der stärkste Spieler von uns ist?«

»Du?«, riet ich. Im Zweifelsfall immer dem Ego schmeicheln.

»Marla«, sagte er und nickte mir vielsagend zu.

»Marla? Wieso das?«

Er schnippte seine Zigarette in den Aschenbecher und stellt ihn auf den Tisch, damit er sich noch näher heranbeugen konnte. »Sie ist eine junge Mutter mit zwei Kindern. Sie schlägt sich beim Wettkampf nicht besonders gut, verhält sich aber schön unauffällig und lässt ihren

Partner den Kopf hinhalten. Wenn die beiden nominiert werden, was meinst du, wer dann nach Hause fährt?«

»Jendan. Er ist stark.«

»Genau. Und Marla hat die Frauen auf ihrer Seite. Alle mögen sie, und sie verhält sich ihnen gegenüber fürsorglich. Niemand wird sie als Gefahr ansehen, bis es zu spät ist. Und dann müssen wir ihr die Million überreichen. Denk an meine Worte.«

»Du meinst also, wir sollten dafür sorgen, dass sie ausscheidet?«

»Und zwar als Nächste. Wenn ich Jayme und Fido bewegen kann, Marla und Jendan zu nominieren, würdest du dann für Marla stimmen?«

Das war genau das, was ich hören wollte. Und dennoch … »Wie willst du Jayme und Fido denn dazu bringen?«

»Ich denke, die fänden das gut. Das ist ein großartiger Schachzug. In diesem Spiel muss man was wagen, um die Jury zu beeindrucken. Jayme hat unlängst mal gesagt, dass sie sich einen großen Knall wünscht. Marla rauszuwerfen und das Powerpaar zu trennen, das wär's doch.«

»Du willst also Jayme dazu bringen, Marla und Jendan zu nominieren«, fasste ich zusammen, »dann stimmen wir beide für Marla. Das sind aber nur zwei.«

Er zählte es an den Fingern ab. »Du, ich, Sunnie und Brodie. Wenn wir ihnen sagen, wie wir abstimmen wollen, werden sie mitziehen, weil sie froh sind, nicht selbst nominiert zu werden. Wir werden Marla diese Woche los und dann Jendan in der Woche darauf, sofern wir die Macht haben. Und später können wir unsere Partner rauspflücken. Zuerst Brodie, weil er der Stärkere ist, und dann Sunnie. Dann sind nur noch du, ich, Jayme und Fido übrig.«

Ja, wer's glaubt, wird selig. Aber ich sah ihn bewundernd an. »Das ist mir nicht unsympathisch.«

Er nickte. »Ich bin schon die ganze Zeit mit Jayme und Fido im Gespräch. Sie sind zuverlässig und werden auf mich hören. Ich bin der Drahtzieher unserer kleinen Allianz. Wenn ich sage, du bist dabei, dann akzeptieren sie das.«

Gott, das hätte ja gar nicht besser laufen können. Daraus würde ich ihm einen Strick drehen können. »Du befürchtest also nicht, sie könnten Marla und Jendan vorziehen?«

Er zwinkerte mir herablassend zu. »Sollte es so sein, können wir immer noch in der folgenden Woche den Stärkeren rauspicken. Sie können nicht zweimal hintereinander die Macht bekommen.«

»Gute Idee«, stimmte ich begeistert zu.

»Also … das ist ein großer Schachzug. Bist du dabei? Bist du bereit, Marla rauszuwählen?«

»Wenn alle dafür sind, ja. Ich möchte nur nicht in der Minderheit sein, denn wenn sie die Abstimmung übersteht, rächt sie sich womöglich an mir.«

»Oh, das wird schon klappen«, versicherte er. »Warte nur ab.« Er lehnte sich zurück. »Und dieses Gespräch zwischen uns beiden hat nie stattgefunden. Klar?«

»Verstehe.«

»Ich meine es ernst. Ein Wort darüber zu den anderen,

Missy, und ich streite alles ab. Dann sage ich, du willst Streit säen, um deine Haut zu retten, und sorge dafür, dass du rausfliegst. Alles klar?«

*Oh, sonnenklar, und ich habe alles auf Band, Arschloch.* »Hab verstanden. Du kannst dich auf mich verlassen.«

»Das weiß ich«, sagte er schmunzelnd. »Denn du stehst mit dem Rücken zur Wand. Ich bin deine einzige Rettung.«

Ich lächelte verstohlen. Abwarten.

Die Küchenparty ging bis spät in die Nacht. Ich lag im Königinnenzimmer im Bett und konnte nicht einschlafen. Mir war unheimlich. Ständig sah ich seltsame Schatten. Außerdem hörte ich das Gejohle von unten. Die Sieger des Wettkampfs ließen kein Trinkspiel aus, das die Menschheit je erfunden hatte, und versuchten, ihre Leber mit Alkohol zu konservieren.

Ich wartete begierig darauf, dass sie endlich schlafen gingen, damit ich hinausschleichen und mein Aufnahmegerät holen konnte. Ich musste mir gut überlegen, wem ich die Aufnahme vorspielte. Jayme und Fido wären die naheliegende Wahl, aber ich kannte sie nicht so gut wie Marla und Jendan. Und da Casper vorhatte, Marla und Jendan zu trennen, wäre es wohl am geschicktesten, zu ihnen zu gehen und sie die Drecksarbeit machen zu lassen.

So könnte ich mich zurücklehnen und zusehen, wie die Sache dank meines Mitschnitts ihren Lauf nahm.

Ich musste nur das Gerät aus dem Palmentopf holen.

Die Dielen im Zimmer knarrten, und ich lauschte alarmiert. Mit einer Gänsehaut im Nacken lag ich reglos im Bett und fürchtete schon das nächste Geräusch: Schritte. Und tatsächlich hörte ich ein leises Schlurfen, das sich dem Bett näherte. Ich hielt den Atem an. Wie kam es, dass die Männer so etwas nie hörten? Es spukte also doch. Das war keine Einbildung. Es war …

Ein schwerer Körper landete auf mir, und das Bett knarrte bedenklich.

»Uff«, schnaufte ich, als Brodie lachte und sich von mir herunter in seine Betthälfte rollte.

»Habe ich dich erschreckt?«, flüsterte er laut und undeutlich. »Tutmirleidkandis.«

Ich schlug mit meinem Kissen nach ihm und stopfte es mir wieder unter den Kopf. »Du bist ein Blödmann.«

»Au«, sagte er enttäuscht. »Warum bist du immer so gemein zu mir?« Er war kaum zu verstehen, so voll war er. Ehe mir eine Antwort einfiel, zog er mich an sich und drückte das Gesicht an meine Brüste. »Mmmm.«

Ich quietschte empört und riss die Augen auf. Wie erstarrt lag ich da und fühlte mich hin und her gerissen. Einerseits wollte ich ihn wegstoßen, andererseits wollte ich ihn an mich drücken und sehen, wie weit der betrunkene Brodie gehen würde. Bei diesem Gedanken richteten sich meine Brustwarzen auf.

»Mmmm, Kandis«, brummte er und rieb das Gesicht zwischen meinen Brüsten. »Du bist die heißeste Frau im Haus, weißt du das?«

»Was ist mit Jayme?«, fragte ich gegen meinen Willen.

»Dein Hintern ist viel schöner als ihrer.« Er drückte ihn. »So fest. Ständig gucke ich hin.«

»Und Sunnie? Ihrer scheint dir auch zu gefallen«, hakte ich nach, während seine Hände über meinen Körper strichen.

»Sunnie ist eine zum Angucken, nicht zum Anfassen.«

Das kapierte ich nicht. »Hm?«

Er hob den Kopf und lächelte mich benebelt an. »Die würde ich nicht mit der Kneifzange anfassen. Sie hat Herpes.«

»Woher weißt du das?«

»Hast du sie mal ohne den hellroten Lippenstift gesehen? Damit deckt sie die Bläschen ab.« Er schüttelte den Kopf. »Die kommt mir nicht in die Nähe meiner Kronjuwelen. Außerdem ist sie dumm. Nicht so klug wie du.« Jetzt rieb er die Wange an einer Brust. »Klug und weich.«

Ich schob seinen Kopf weg und rollte die Augen. »Du bist betrunken, Brodie.«

»Ist egal«, meinte er trübselig. »Du und ich? Das wird wohl nichts. Du kannst mich nicht leiden.«

Ich wurde still. Wie kam er darauf? »Wieso denkst du, dass ich dich nicht leiden kann?« Oh Gott, er stupste durch das Schlafshirt mit dem Mund gegen meinen Bauch, und das sandte Funken der Erregung durch meinen Körper. Als er nicht antwortete und weiter sein Gesicht an mir rieb, griff ich in seine Haare und zwang ihn, mich anzusehen. »Wie kommst du darauf?«, fragte ich noch einmal.

Er lächelte traurig. »Weil du mich immer böse anguckst.«

Tat ich das?

»Und weil du die *World Races* gesehen hast.« Er legte den Kopf auf meinen Bauch. »Keiner, der das gesehen hat, kann mich leiden.«

»Du hast dich arschig verhalten«, erklärte ich.

Er zuckte die Achseln. »Ich wollte gewinnen.«

»Und mit einem Rockstar herumknutschen.«

»Das auch.« Er grinste. »Du hättest dasselbe getan.«

Vielleicht. Vielleicht auch nicht. »Ich kann dich schon leiden, Brodie. Ich traue dir bloß nicht.«

»Ich weiß.« Er begann, mein Shirt hochzuschieben, um meinen Bauch zu entblößen. »Deswegen können wir aber trotzdem Spaß haben, meinst du nicht?«

Ich drückte seine Hände weg, aber nur halbherzig. Wenn ich ehrlich war, wollte ich das. Einen Moment später tauchte er die Zungenspitze in meinen Bauchnabel und leckte ihn. Ich wimmerte. Es ließ sich nicht unterdrücken.

»Wäre es so schlimm, mit dem gemeinen Kerl herumzumachen, Kandis?«, flüsterte er an meinem Bauch.

»Du bist kein gemeiner Kerl, Brodie«, widersprach ich. Ich klang immer atemloser und wusste, ich sollte ihn wegstoßen, denn hinter den Spiegeln waren Kameras auf uns gerichtet. Aber ich konnte mich nicht überwinden. Ich wollte nicht wegrücken. Das Gefühl von seinen Lippen auf meiner Haut gefiel mir.

»Ich bin ein Schurke«, sagte Brodie und biss mir in die zarte Haut am Bauch, sodass ich zischend Luft holte. »Deshalb haben sie mir den Platz in der Sendung gegeben.« Seine Zungenspitze umkreiste meinen Bauchnabel.

Ich stöhnte, ohne es zu wollen.

»Willst du mit einem Schurken herummachen?«, bot er an.

*Gott, ja*, dachte ich. »Du bist betrunken«, erinnerte ich ihn. »Was ein Betrunkener sagt und tut, kann man nicht ernst nehmen.«

»Also machst du mit mir rum, wenn ich nüchtern bin?«

»Wenn du wieder nüchtern bist, wirst du gar nichts mehr davon wissen.«

»Dann tun wir es jetzt.« Er grinste mich an. »Die anderen schlafen alle. Ich verrate es auch keinem.«

Alle schlafen? Ich blickte zu dem Wecker auf dem Nachttisch. Drei Uhr früh. Da war doch bestimmt niemand mehr in der Raucherecke? Jetzt war vielleicht meine einzige Chance, und ich brauchte die Aufnahme dringend. »Können wir später darüber reden, Brodie?« Ich schlüpfte aus dem Bett. »Merk dir einfach, was du sagen wolltest, okay?«

»Klar«, sagte er gähnend. »Merk ich mir.«

Auf Zehenspitzen verließ ich das Zimmer und schlich die Treppe hinunter und zur Hintertür. Sie knarrte und quietschte beim Öffnen, doch ich gelangte unbemerkt nach draußen, steckte das Aufnahmegerät ein und kehrte ins Zimmer zurück, ohne jemandem zu begegnen.

Brodie schlief tief und fest, alle viere von sich gestreckt auf dem Bauch. Sein Gesicht wirkte weich im Schein der Nachttischlampe. Ich deckte ihn zu, bevor ich mich auf das antike Sofa setzte, um mir die Aufnahme anzuhören. Noch beim Zurückspulen betrachtete ich ihn. Würde er morgen noch wissen, was er eben zu mir gesagt hatte?

Oder würde das in seinem verkaterten Schädel verloren gegangen sein? Bei dem Spiel konnte ich romantische Komplikationen nicht gebrauchen, erst recht nicht, wenn den anderen Romanzen ein Dorn im Auge waren. Und ganz sicher auch nicht, wenn eine Hälfte der potenziellen romantischen Komplikation der berüchtigte Brodie Short war, der Schurke der letzten Staffel der *World Races.* Die Zuschauer würden mich für verrückt erklären, wenn ich mich mit ihm einließ.

Mensch, ich würde auch an meinem Verstand zweifeln. Wie konnte man einem Mann vertrauen, der Leute zu seinem Vorteil benutzte? Zwar hatte er bisher nicht gegen mich intrigiert, aber noch vor wenigen Monaten hatte man ihn in jeder Episode der *World Races* dabei beobachten können. Er hatte seine Schwester bei der ersten Gelegenheit im Stich gelassen – und sie nun in der nächsten Show rausgewählt.

Brodie war einfach nicht zu trauen.

Es war zu dumm, dass ich ihn so sehr mochte. Warum konnte ich nicht bei Jendan flattrig und unkonzentriert werden? Er war vertrauenswürdig, attraktiv, stark und auf meiner Seite. Brodie dagegen war überhaupt nicht vertrauenswürdig, flirtete mit jeder und würde mich vermutlich jederzeit hintergehen.

Ich musste dringend an meinem Männergeschmack arbeiten, so viel stand fest. Ich hielt mir das Gerät ans Ohr und hörte mir das Gespräch mit Casper noch mal an.

»Toast bitte«, flüsterte Sunnie, als sie in die Küche kam, und ließ den Kopf auf die kühle Granitarbeitsfläche sinken. »Ich glaube, ich muss gleich brechen. Schon wieder.«

Nach einem amüsierten Blick in ihr Gesicht steckte ich zwei weitere Scheiben Brot in den Toaster. Den ganzen Vormittag über waren die verkaterten Kandidaten nach und nach hereingetappt und hatten trockenen Toast verlangt. Da wir keinen Fernseher hatten, war ich froh über ein wenig Unterhaltung und hatte mich mit einem Becher Kaffee neben dem Toaster postiert, um mir die Show anzusehen. »Wie geht's deinem Kopf?«, fragte ich freundlich.

Sie stöhnte nur und blinzelte gegen das grelle Licht der Deckenlampe.

»So schlimm?« Ich blickte sie mitleidig an, während ich taktische Überlegungen anstellte. »Hoffentlich gibt es heute keine Challenge«

Ihre geröteten Augen weiteten sich ein wenig. »Das tun sie uns doch nicht an, oder?«

*Oh, hoffentlich tun sie es*, dachte ich, aber natürlich sprach ich es nicht laut aus. Stattdessen nahm ich den fertigen Toast aus den Schlitzen, legte ihn auf einen Teller und brachte ihn ihr. »Da sie euch mit Alkohol belohnt haben, vermutlich nicht, es sei denn, sie wollen ein paar Lacher generieren.«

Sunnie biss ein Eckchen von der Scheibe Brot ab, wurde aber sofort grün und rannte zum Waschraum.

Ich blickte ihr nach. »Oder auch nicht«, murmelte ich. »Das wäre wohl keine tolle Challenge, wenn sechs Leute alle zwei Schritte reihern müssen und die übrigen zwei freie Bahn aufs Ziel haben.«

Summend wischte ich die Krümel weg. Ich war bestens gelaunt. Das Aufnahmegerät steckte in meiner Hosentasche. Ich wartete nur darauf, dass Marla und Jendan wieder nüchtern wurden, damit wir über die Strategie reden konnten. Zunächst allerdings musste mein Partner nüchtern werden, der aber vermutlich noch selig schlummerte.

Die Zeit verging. Offenbar hatte es niemand eilig, aus den Federn zu kommen. Allmählich wurde ich nervös. Mein Plan würde nicht aufgehen, wenn die Zeit zu knapp wurde. Darum beschloss ich, den Stier bei den Hörnern zu packen, und stieg zum Dachzimmer hinauf, wo Marla und Jendan schliefen.

Ich klopfte an und ging hinein. Sie lagen beide noch im Bett, den Kopf unter dem Kissen vergraben. »Hey, Leute! Habt ihr eine Minute?«

Marla stöhnte und zog sich ihr Kissen tiefer ins Gesicht. »Muss das jetzt sein?«

*Später könnte zu spät sein*, dachte ich. »Ja, lieber jetzt als gleich.« Ich schlug einen fröhlichen Ton an und trat ans Bett. »Es ist wichtig.«

Das verschaffte mir Jendans Aufmerksamkeit. Er setzte sich auf und rieb sich die Augen, um mich prüfend anzusehen. »Liegt irgendwas im Argen?«

»Könnte man so sagen.«

Marla setzte sich ebenfalls auf und blinzelte mich an. Ihr praktischer Kurzhaarschnitt hatte sich über Nacht in eine Stachelfrisur verwandelt. »Was ist denn los? Doch nicht etwa eine Challenge?«

»Nee, aber ihr solltet euch etwas anhören, bevor ihr

zur nächsten Abstimmung schreitet. Das wirkt sich auf jeden von uns aus.«

Nun waren beide gespannt. »Also, was gibt's?«, fragte Jendan.

Ich deutete zur Tür. »Können wir noch Brodie dazuholen? Er muss das auch hören.«

Fünf Minuten später waren Jendan und Marla einigermaßen wach, darum nahm ich sie mit ins Königinnenzimmer, wo ich Brodie zurückgelassen hatte. Bevor ich die Tür hinter ihnen schloss, spähte ich nach beiden Seiten den Flur hinunter, um mich zu vergewissern, dass da niemand lauerte, und schloss ab. Brodie schnarchte noch, diesmal flach auf dem Rücken mit ausgestreckten Armen. Ich schüttelte ihn sacht. »Hey, aufwachen.«

Sofort schlang er die Arme um mich und versuchte, mich ins Bett zu ziehen. »Mmmm, komm wieder rein.«

»Brodie, nicht.« Ich befreite mich und schaute verlegen zu den anderen. »Du bist noch nicht nüchtern, und wir haben Besuch.«

»Ich bin sogar stocknüchtern, Baby«, brummte er und öffnete versuchsweise ein Auge.

»Bist du nicht, solange du mich Baby nennst. Werd endlich richtig wach.« Ich ignorierte die misstrauischen Blicke meiner potenziellen Verbündeten. Mist. Wenn sie glaubten, ich hätte eine Beziehung mit Brodie, würde es schwierig werden. »Und benimm dich nicht seltsam.«

»Seltsam, hm?« Er rieb sich übers Gesicht und blickte die zwei an, die hinter mir standen, als fiele ihm jetzt erst auf, dass wir nicht allein waren. »Hallo Leute.«

»Ich habe sie hergeholt, weil wir etwas besprechen

müssen«, erklärte ich ihm und setzte mich auf die andere Ecke des Bettes, weit weg von seinen Armen. »Während ihr euch gestern die Kante gegeben habt, konnte ich eine interessante Entdeckung machen.«

»So?« Marla setzte sich in den Lehnstuhl. Jendan blieb stehen und verschränkte die Arme, bezog aber Position neben seiner Partnerin. »Gut interessant oder schlecht interessant?«, fragte Marla beunruhigt.

Ich lachte gezwungen. »Ist bei dem Spiel interessant und schlecht nicht dasselbe?«

Brodie setzte sich gähnend auf. »Nun erzähl schon.«

Ich holte tief Luft und ließ die Katze aus dem Sack. »Ich habe mich gestern Abend draußen mit Casper unterhalten. Er will Jayme und Fido überreden, euch beide zu nominieren, weil er Streit stiften will. Ihr beide sollt nominiert werden, und Marla soll ausscheiden.«

Marla schnappte nach Luft. »Ich? Was habe ich getan?«

»Du bist die bessere Kandidatin«, sagte ich. »Du hast Kinder, bist daher zugänglicher und im Wettkampf kein starker Gegner. Deshalb fürchtet er, dass du dich unauffällig bis zum Finale durchhangelst.«

Stirnrunzelnd blickte sie Jendan an. »Sollten wir …«

Er zuckte die Achseln. »Sag es ihnen. Das kann jetzt nicht mehr schaden.«

Sie sah mir ins Gesicht. »Jayme und Fido haben mit uns gesprochen. Sie wollen euch beide nominieren, und du sollst rausgewählt werden, Kandis. Brodie wollen sie behalten.«

Ich nickte. »Das weiß ich. Casper hat es mir erzählt. Aber er hat es sich anders überlegt.«

Marlas Gesichtsausdruck wechselte von mütterlich zu listig. »Du weißt, dass wir zu ihm gehen und ihn fragen könnten, ob das stimmt? Vielleicht tischst du uns eine Lüge auf.«

»Ja, ich habe vermutet, dass du das sagen würdest.« Ich ließ mir meine steigende Nervosität nicht anmerken und zog das Aufnahmegerät aus der Hosentasche. »Deshalb dachte ich, ihr möchtet die Unterhaltung vielleicht selbst hören.«

Es wurde totenstill im Zimmer.

Nach einem langen Augenblick sagte Marla: »Du hast uns alle heimlich aufgenommen? Ist das dein Ernst?«

Brodie wirkte verwirrt. »Also erzählen wir jetzt allen von dem Aufnahmegerät?«

Marla warf ihm einen bösen Blick zu.

Ich deutete auf den schweigenden Jendan. »Ich habe es von ihm bekommen. Das gehörte zu der Geisterjägerausrüstung, weißt du noch? Ursprünglich wollte ich damit Geisterschritte aufnehmen, aber dann dachte ich, Gespräche sind noch nützlicher.«

»Also hast du uns alle heimlich aufgenommen?« Marla war stocksauer. Auf ihren blassen Wangen bildeten sich zwei rote Flecke. »Das ist so was von hinterhältig!«

»Aber zu deinem Vorteil«, erklärte ich. »Denn wenn ich nicht wäre, würdest du bei der nächsten Nominierung ausscheiden. Hör einfach zu, okay?«

Ich schaltete das Gerät ein und startete die Wiedergabe. Ich ließ die Aufnahme durchlaufen, ohne zu unterbrechen oder zu kommentieren. Selbst beim dritten Hören fand ich es noch erschreckend – wie Casper seinen

Plan darlegte und ich ruhig zustimmte, während er alle gegeneinander ausspielen wollte, selbst seine Verbündeten. Ich schaute von einem zum anderen und schätzte ihre Reaktionen ab. Marla war errötet, ob vor Wut oder Verlegenheit, wusste ich nicht. Jendan blieb ungerührt, und Brodie wirkte nachdenklich.

Das Ende des Gesprächs wurde abgespielt. Casper klang nicht, als wäre er sich irgendeiner Schuld bewusst.

*Also … das ist ein cleverer Schachzug. Bist du dabei? Bist du bereit, Marla rauszuwählen?*

*Wenn alle dafür sind, ja. Ich möchte nur nicht in der Minderheit sein, denn wenn sie die Abstimmung übersteht, rächt sie sich vielleicht an mir.*

*Oh, das wird schon klappen. Warte nur ab. Und dieses Gespräch zwischen uns beiden hat nie stattgefunden. Klar?*

*Verstehe.*

*Ich meine es ernst. Ein Wort darüber zu den anderen, Missy, und ich streite alles ab. Dann sage ich, du willst Streit säen, um deine Haut zu retten, und sorge dafür, dass du rausfliegst. Alles klar?*

*Hab verstanden. Du kannst dich auf mich verlassen.*

Er klang ekelhaft zuversichtlich und selbstgefällig. *Das weiß ich. Denn du stehst mit dem Rücken zur Wand. Ich bin deine einzige Rettung.*

Ich schaltete das Gerät aus und wartete.

Brodie äußerte sich als Erster. »Er hat dir gedroht? Dieses miese Arschloch. Dem sollte ich mal die Meinung geigen …«

»Nein«, unterbrach ich hastig. Verdammt. Das war genau der Eindruck, den ich nicht vermitteln wollte. »Sag nichts. Lass ihn glauben, dass alles nach seinem Plan läuft.« Ich sah zu Marla und Jendan. »Was haltet ihr davon?«

»Ich bin sauer.« Marla verschränkte die Arme vor der Brust. »Und wie sollen wir euch vertrauen, Kandis? Du hast mit ihm paktiert und alles ohne sein Wissen aufgenommen. Und du hast zugestimmt, mich rauszuwählen. Wie soll ich mich darauf verlassen, dass du das nicht wirklich tust?«

»Marla, komm, denk einen Moment nach.« Ich warf das Gerät auf die Matratze und rutschte bis an die Bettkante. »Wenn ich mit ihm zusammenarbeiten wollte, würde ich dir doch nichts davon erzählen, oder? Euch allen nicht.« Mit einer Geste schloss ich auch Brodie ein. »Wir hätten die Stimmen, um Marla loszuwerden. Meine, Sunnies, Caspers, Jaymes und Fidos. Das sind fünf. Du wärst erledigt, ehe du wüsstest, wie dir geschieht. Trotzdem komme ich mit der Information zu dir, denn ich will den Plan durchkreuzen. Ich möchte mit euch an einem Strang ziehen. Jendan und ich sind schon seit dem ersten Tag Verbündete. Dabei soll es auch bleiben. Und ich möchte, dass wir vier bis zum Ende im Spiel bleiben.«

Schweigen.

»Brodie, du flirtest ständig mit Sunnie und Jayme«, sagte Marla dann und kniff prüde die Lippen zusammen. »Ganz zu schweigen von deiner Partnerin. Wie sollen wir wissen, dass du bis zum Ende bei der Stange bleibst?«

Ich sah Brodie an. Das war eine gute Frage, die ich auch gern beantwortet haben wollte.

Brodie grinste nur. »Das Flirten gehörte von Anfang

an zu meiner Strategie. Bisher war es für mich von Vorteil. Aber ich gehöre zu Kandis. Ich stehe hinter ihr, und sie hinter mir. Das mit den beiden anderen ist nur harmlose Flirterei. Solange sie für mich sind, sind sie nicht gegen mich.«

Jendan sagte nichts dazu, aber Marla brummte missbilligend. »Weshalb sollen wir dir trauen?«

»Tut es oder tut es nicht«, antwortete Brodie lächelnd. »Ich bin auf der sicheren Seite.«

»Ja, großartig«, fauchte sie.

»Hört mal, wir sollten uns beruhigen«, sagte Jendan. »Ich vertraue Kandis. Es stimmt, dass wir uns gleich zu Anfang verbündet haben. Sie hat mir Informationen zugetragen, die mir und damit uns beiden genützt haben.«

»Hat sie?«, murmelte Brodie skeptisch und sah mich an.

»Das weißt du genau«, erwiderte ich. Wir hatten sogar deshalb gestritten.

Er beugte sich zu mir. »Ja. Aber ich bin neugierig, wie viel du weitererzählt hast.«

Ich rollte die Augen. Mit ihm würde ich mich später noch befassen. Im Augenblick musste ich mich auf das andere Team konzentrieren, nicht auf meines. Ich legte die Hände ineinander und sah Marla und Jendan flehend an. »Also, können wir bitte, bitte zusammenarbeiten? Ich denke, zu viert können wir alle anderen überraschen und die Kontrolle über das Spiel an uns reißen. Wir müssen nur wirklich zusammenhalten.«

»Wie wollen wir das angehen?«, fragte Marla weiterhin skeptisch. »Du hast offenbar schon einen Plan.«

»So ist es.« Ich riss mich zusammen, um nicht zappelig zu werden. »Aber ich brauche eure Hilfe. Ihr beide müsst zu Jayme und Fido gehen und sie überzeugen, Casper und Sunnie zu nominieren.«

»Warum tust du das nicht selbst?«, wollte Marla wissen. »Schließlich bist du der Initiator.«

»Bin ich. Aber ich bin auch die aktuelle Nominierungskandidatin. Meinst du nicht, dass sie eher ablehnend reagieren, wenn ich praktisch um mein Leben flehe und einen anderen ans Messer liefern will? Es wirkt viel weniger hinterhältig, wenn der Vorschlag von euch beiden kommt. Und danach können wir uns alle sechs schön bedeckt halten.«

»Und womit sollen wir Fido und Jayme überzeugen?«

Ich zuckte die Achseln. »Sagt ihnen die Wahrheit – dass ihr das Gespräch mit Casper belauscht habt, der alle anderen gegeneinander ausspielen will. Die Empörung erledigt den Rest.«

Marla und Jendan wechselten einen Blick. Dann streckte Marla die Hand aus. »Ich will das Gerät.«

Ich stand auf und gab es ihr. »Ich will euch wirklich nicht übers Ohr hauen. Ganz ehrlich. Wenn wir jetzt zusammenarbeiten, dann können wir die letzten vier werden.«

Marla stand auf und sah erst ihren Partner, dann mich an. »Wir müssen das untereinander besprechen, bevor wir zustimmen können.«

Ich nickte. »Natürlich. Ich habe nur eine Bitte: Falls ihr euch entscheidet, das gegen mich zu verwenden und mich rauszuwählen, sagt es mir vorher, okay?«

»Werden wir«, versprach Jendan. »Und danke, dass du es uns erzählt hast, Kandis.«

»Ihr könnt mir vertrauen«, versicherte ich.

Er lächelte mich an und nickte, dann ging er mit Marla hinaus. Sobald sie unser Zimmer verlassen hatten, wandte ich mich Brodie zu, der ein böses Gesicht machte.

»Und wann wolltest du deinen Partner in deinen großen Plan einweihen?«, fragte er betont beiläufig.

Ich setzte eine Unschuldsmiene auf. »Jetzt?«

»Hmhm.«

»Ich meine es ernst. Ich wollte es dir sagen, aber ich musste die beiden herholen, bevor irgendwer aufsteht und unsere kleine Konferenz bemerkt.«

»Oh, ich glaube dir.« Er zog eine Braue hoch. »Ich bin nur neugierig, wie viel du Jendan erzählt hast.«

Ich setzte mich wieder auf die Bettkante. »Das weißt du bereits. Ich habe ihm bei der ersten Abstimmung gesagt, dass er bei der Belohnungschallenge nicht Letzter werden darf.«

»Und das ist alles?«

»Kann sein.« Langsam konnte ich mir nicht mehr merken, wer wann was zu wem gesagt hatte.

»Hauptsache, wir intrigieren gemeinsam, nicht gegeneinander.«

»Ich spinne alle Intrigen nur mit dir, versprochen.« Ich legte die Hand aufs Herz und zwinkerte dann. »Jedenfalls die, von denen du weißt.«

»Ach ja?« Brodie packte mich und fing an, mich zu kitzeln.

Ich kreischte und lachte.

# 6

*»Kandis ist ganz schön raffiniert, aber das macht mich total an. Komisch, oder? Wahrscheinlich bin ich mit den Nerven völlig am Ende, wenn wir ins Finale kommen.«* – Brodie Short am 18. Tag von *House Guests*

Brodie legte eine Hand auf mein Knie und beugte sich zu mir. »Die ganze Couch vibriert. Hör auf zu zappeln«, flüsterte er.

Ganz langsam löste ich seine Finger von meinem Bein. Eigentlich hatte ich nichts gegen seine Hand an dieser Stelle, aber die anderen beobachteten uns. »Ich kann nicht anders, ich bin nervös. Das weißt du doch.«

»Ja. Trotzdem. Beruhige dich.«

Ich atmete tief ein und aus und zog meine Bluse zurecht. Für die Abstimmung dieser Woche hatte ich mir eine enge schwarze Jeans, ein schwarzes Trägerhemd und eine weiße, romantische Bluse angezogen, die zwei Nummern zu groß aussah und mit einem Gürtel zusammengehalten wurde. Zu meinen langen dunklen Haaren sah das gut aus, fand ich. Schlicht, aber sehr feminin. Ich trug nicht gern enge Kleider wie Sunnie. Außerdem besaß ich nicht so viele. Und wahrscheinlich würde ich so oft die Beine übereinanderschlagen, dass ich dem Publikum womöglich ungewollte Einblicke gewährte. Bei Jeans konnte das nicht passieren.

Erneut schlug ich die Beine übereinander und bedachte Brodie mit einem rebellischen Blick. Dann zupfte ich an den Rüschen meines Ärmels herum. »Ich darf ja wohl Angst haben.«

»Ja, aber überspiel es.« Er grinste mich an, als hätte ich etwas Kluges gesagt. Wie er es hinbekam, immer heiter und gelassen zu erscheinen, war mir ein Rätsel. Wenn ich mächtigen Bammel hatte, war mir das immer anzumerken.

Nach der Werbepause würde die Nominierung stattfinden. Jayme und Fido saßen in den beiden Sesseln vor der Gruppe und hatten eine unbewegte Miene aufgesetzt. Sie blickten mich und Brodie, Casper und Sunnie kein einziges Mal an.

Marla hatte mir versichert, dass die beiden nun von Caspers Verrat wussten und sie sich die Aufnahme angehört hatten. Sie waren wütend auf ihn, weil er den Mund nicht halten konnte und sich gegen sie gewandt hatte. Mit mir hatten sie kein Wort gesprochen, und trotz Jendans und Marlas Zusicherungen fürchtete ich den Ausgang der Abstimmung.

Vielleicht würde ich trotz allem ausscheiden. Sie könnten Brodie und mich nominieren, obwohl ich dem die ganze Woche entgegengewirkt hatte, und wenn das passierte, war ich draußen.

Ich würde ein Preisgeld bekommen, weil ich es auf den achten Platz geschafft hatte, aber viel wäre das nicht. Also konnte ich es mir nicht leisten, schon heimzufahren.

Geistesabwesend spielte ich mit dem Bündchen meines Ärmels und erstarrte, als das Logo der Sendung vom Bildschirm verschwand und Becky Bradleys voluminöse Frisur und große Zähne erschienen. »Hallo, Bewohner! Seid ihr bereit für die Nominierung?«

Wir klatschten.

»Jayme, Fido«, sagte sie mit ihrer glatten Stimme. »Bitte erhebt euch und nennt das nominierte Team.«

Jayme sprang auf und zog ihr Sommerkleid zurecht. Fido stellte sich mit verschränkten Armen neben sie und setzte eine skeptische Miene auf. Aber dann nickte er ihr zu, und Jayme klatschte in die Hände und blickte uns an. »Die Entscheidung war schwierig.«

Oh Gott. Sie würden mich rauskicken. Ich wusste es.

»Bevor man jemanden nominiert, muss man sehr vieles bedenken. Nicht nur, wen man loswerden möchte, sondern auch, mit wem man dann weiterspielt. Und manche Leute sind einfach zu gefährlich, um sie im Spiel zu lassen, andernfalls kann man ihnen gleich den Scheck über die Million schreiben.«

Mir wurde schlecht.

Sie lächelte vorsichtig in die Runde. »Darum nominieren wir Sunnie und Casper. Nehmt es nicht persönlich, Leute. Das ist nur Strategie.« Damit setzten sie sich wieder.

Im ersten Moment war ich wie betäubt. Dann sah ich zu Sunnie und Casper hinüber und riss mich sehr zusammen, um mein Entzücken zu verbergen. Die beiden waren geschockt. Nein, mehr als geschockt. Sunnie war den Tränen nahe, und Casper sah stinkwütend aus. Er schoss mir einen wütenden Blick zu, aber ich sah weg. Denn andernfalls hätte ich laut gekichert vor schierer Erleichterung.

Ich blieb also eine weitere Woche im Spiel.

Brodie legte wieder warnend die Hand auf mein Knie, und ich drückte sie, um ihm zu verstehen zu geben, dass ich verstanden hatte. *Bleib cool.* Ich konnte cool bleiben. Absolut.

»Die Nominierten dürfen jetzt an ihre Mitbewohner appellieren, sich zu ihren Gunsten zu entscheiden«, sagte Becky.

Sunnie stand auf und erklärte weinend, sie habe sich mit jedem gut gestellt und wolle doch so gern bei uns bleiben. Ich hörte nur mit halbem Ohr hin, denn ich musste mich konzentrieren, um mich nicht zu verraten. Still zu sitzen. Nicht zu zappeln. Und auf keinen Fall zu grinsen. Die Innenseiten meiner Wangen würden morgen kräftig geschwollen sein, so fest biss ich zu.

Als Sunnie ihr Plädoyer gehalten hatte, erhob sich Casper und blickte mich direkt an. »Ich spare mir die Rede und sage nur eins: Ihr werdet alle bekommen, was ihr verdient.«

Er sackte auf seinen Platz zurück.

»Wir beginnen jetzt mit der Abstimmung. Kandis, du gehst als Erste in den Interviewraum.«

Oh Gott sei Dank. Ich schoss von meinem Sitz hoch, lief mit gesenktem Kopf hinaus und den Gang entlang und schaffte es, ruhig zu bleiben, bis ich die Tür hinter mir geschlossen hatte.

Dann quietschte ich laut und führte einen Freudentanz auf.

Noch eine Woche im Spiel!

Noch einen Schritt näher an der Million!

»Kandis, bitte, setz dich«, sagte Becky durch den Lautsprecher, aber ich hörte einen Hauch Belustigung in ihrer Stimme.

Ich unterbrach mein Tänzchen und strich mir die Haare glatt. »Entschuldigung.« Ich setzte mich in den großen Sessel vor den Kameras.

»Dein Votum bitte.«

»Ich stimme für Casper«, sagte ich breit grinsend. »Und wenn er fragt, wer ihn drangekriegt hat, dann kannst du ihm sagen, dass ich es war, Becky. Aber ich habe nichts gegen ihn persönlich, ich tue das nur für meine Mom.«

Sie lachte leise. »Danke für dein Votum, Kandis. Bitte setz dich wieder zu den anderen.«

Einen kurzen freudigen Hüftschwung erlaubte ich mir noch, dann kehrte ich ins Wohnzimmer zurück.

Fünf lange angespannte Minuten später wurde das Ergebnis bekanntgegeben, und Casper musste ausziehen. Er umarmte niemanden und fand auch keine ermutigenden Worte für uns. Wie der klassische schlechte Verlierer nahm er wortlos seine Tasche und zog ab.

Kaum war er weg, meldete sich die Stimme aus dem Lautsprecher. »Kandidaten, ihr habt zehn Minuten Zeit, um euch für die nächste Challenge umzuziehen.«

Wir liefen hinaus. Auf dem Weg in den Waschraum grinste Marla mich an und hob die Hand zum High-five.

Ich klatschte sie zufrieden ab.

»Der Kampf um die Macht wird diesmal am Unglücksrad entschieden.« Jayme las die Karte der Spielleitung vor. »Wie üblich sind Fido und ich davon ausgenommen. Das heißt, fünf Kandidaten treten an, und von nun an ...«, sie legte eine dramatische Pause ein, bei der sie uns nacheinander anblickte, »... kämpft jeder für sich allein.«

Wir jubelten. Ich vielleicht nicht ganz so begeistert wie die anderen. Wieso hatte ich ein komisches Gefühl dabei? Wieso versetzte der Gedanke, dass Brodie nicht mehr mein Partner war, mir einen Stich? Er war unzuverlässig. Ein Schürzenjäger und Lügner.

Warum hatte ich das Gefühl, ihn zu vermissen? Das war doch seltsam.

Jayme deutete auf das große Spielrad in der Mitte des Wettkampfgeländes und las weiter vor: »Auf mein Zeichen hin wird Fido das Rad drehen.«

Ich musterte die Holzscheibe, die in bunte »Tortenstücke« unterteilt war. An jedem hing ein Fragezeichen, unter dem sich zweifellos eine Karte verbarg. Am anderen Ende des Geländes waren Tische mit bunten Kästen aufgestellt. Gegenüber dem Rad befand sich eine Wertungstafel mit unseren Namen darauf, und wir standen aufgereiht in der Mitte. Neben mir wischte sich Sunnie, noch aufgewühlt von der Nominierung, immer wieder schniefend die rot geweinten Augen.

Ich tätschelte ihr aufmunternd den Arm. Sie tat mir leid. Ich nahm mir vor, ihr später zu sagen, dass die Nominierung nicht gegen sie gerichtet gewesen war. Vielleicht würde ihr das über die Kränkung hinweghelfen.

»Wenn das Rad zum Stillstand kommt«, erklärte

Jayme, »wird eine Mutprobe von euch verlangt. Ihr habt fünf Minuten Zeit, um sie zu bestehen. Wer versagt, ist aus dem Rennen, wer sie schafft, bekommt einen Punkt. Wer als Erster drei Punkte hat, gewinnt die Macht. Bei einem Unentschieden treten die betreffenden Kandidaten noch einmal gegeneinander an. Sind alle bereit?«

»Bereit!«, riefen wir.

»Dann dreh das Rad des Unglücks, Fido!«, rief Jayme triumphierend und schwenkte ihre Karte. Dann begab sie sich zur Wertungstafel, um die Punkteverteilung zu übernehmen.

Fido brachte das Rad in Schwung. Gespannt warteten wir, während es sich ratternd drehte und schließlich anhielt. Der Zeiger deutete auf ein gelbes Feld. Fido nahm das Fragezeichen herunter und las, was auf der Rückseite stand. »Milchshake des Grauens.«

Jayme griff nach ihrer Karte und deutete auf einen gelben Kasten. »Der Milchshake des Grauens ist eine Köstlichkeit aus zwanzig einzigartigen Zutaten.« Sie schlenderte zu dem gelben Tisch und holte fünf hohe Gläser hervor, allesamt beschlagen mit Kondenswasser. Sie nahm die Karte vom Tisch und las vor. »Alle zehn Sekunden werde ich eine Zutat nennen, und es wird euch den Magen umdrehen. Ihr müsst euer Glas innerhalb von fünf Minuten austrinken, andernfalls scheidet ihr aus.«

Ich warf Brodie, der an meiner anderen Seite stand, einen besorgten Blick zu. »Wenn da Insekten drin sind, wird mir schlecht.«

»Denk einfach nicht darüber nach«, riet er mir. Er hüpfte ein paar Mal auf der Stelle und dehnte den Hals nach beiden Seiten, als bereitete er sich auf einen Boxkampf vor statt auf einen ekligen Milchshake. »Du kannst das, Kandis.«

Am anderen Ende unserer Reihe nahm Jendan gerade sein Glas von Jayme entgegen und hob sofort angewidert die Hand. »Oh mein Gott, das riecht wie Trockenfleisch.« Er schüttelte den Kopf. »Ich bin raus.«

»Ach, du und dein empfindlicher Magen«, rief Marla … bis sie selbst ein Glas bekam. Dann sah auch sie angewidert aus. »Das riecht wirklich schlimm.« Sie hielt den Shake mit ausgestrecktem Arm von sich weg.

Sunnie nahm ihren wortlos entgegen.

Ich betrachtete meinen sofort genauer. Es war eine dicke, rosa-gelbe Brühe mit einer öligen Schicht darauf. Ich schnupperte. Es roch tatsächlich wie Trockenfleisch. Oh, das wollte ich wirklich nicht in den Mund nehmen. Ich schluckte schwer und sah zu, wie Brodie sein Glas nahm, daran roch und das Gesicht verzog. »Ein verdammt übles Zeug.«

»Es steht dir frei, auszuscheiden«, rief Marla.

»Ich nenne euch jetzt die erste Zutat: Milch. Der Countdown beginnt bei drei, zwei, eins«, rief Jayme und drückte auf ihre umgehängte Stoppuhr. »Los!«

Wir hoben unser Glas, das heißt, alle außer Jendan. Er stand zu seinem Wort und stellte es weg. »Das trinke ich nicht. Es würde mir sofort wieder hochkommen.« Er trat zur Seite, während ich meinen ersten zaghaften Schluck probierte.

Es schmeckte grässlich. Ranzige, fleischige Geschmacksnoten gemischt mit Gott weiß was flossen mir über die Zunge und hinterließen einen Ölfilm. Ich spürte auch ein paar Klumpen und drückte mir sofort die Finger an den Mund, um nicht zu würgen. Schon den ersten Schluck bekam ich kaum runter.

»Die zweite Zutat«, rief Jayme, »Eis.«

Endlich schluckte ich und blickte mit einer Grimasse auf mein Glas. Da hatte ich noch viel vor mir. Igitt.

»Die dritte Zutat: Hühnerhaut.«

Marla tat geräuschvoll ihren Abscheu kund. Misstrauisch nahm ich den nächsten Schluck. Mir kam es vor, als schmeckte er noch scheußlicher.

»Vierte Zutat: Schweineschwarte.«

Mir kam es hoch. Ich kämpfte dagegen an, hätte mich fast aber doch übergeben, als mir ein Hauch der Brühe in die Nase wehte. Gott, der Geruch war wirklich das Schlimmste (und der Gedanke an die Zutaten). Ich trank eine kleine Menge.

»Fünfte Zutat: Schmalz.«

Marla stöhnte. Ihr war sichtlich übel. Ich schaute zu Sunnie, aber die hielt sich die Nase zu und trank langsam und mit geschlossenen Augen ihren Horrorcocktail. Gar keine schlechte Idee. Ich kniff mir ebenfalls die Nase zu und probierte es. Es war immer noch eklig, drehte mir aber nicht mehr den Magen um. Die Nase zwischen Daumen und Zeigefinger geklemmt, schluckte ich eine größere Menge und schüttelte mich. Ich würde das schaffen.

Während ich langsam trank, gab Jayme die weiteren Zutaten bekannt und weidete sich an unseren Reaktionen. Die Liste war entsetzlich: Hüttenkäse, Butter, Katzenfutter, Meerrettich, rohes Ei, Bier, Sardellen, saure Gurke, Karamell, Entenleberpastete und Kaviar.

Bei Erwähnung des Kaviars gab Marla einen gequälten Laut von sich, stellte ihr Glas hin und rannte vom Gelände. Sie war raus.

»Nummer siebzehn: Chilischote«, rief Jayme ihr nach. Fido lachte.

Brodie rülpste. Als ich zu ihm hinsah, wischte er sich gerade den Mund ab und stellte sein leeres Glas hin. Er war fertig.

»Gut gemacht«, rief Jayme, und sie und Fido applaudierten. »Brodie ist als Erster fertig. Noch jemand?«

»Ich trinke noch«, sagte Sunnie atemlos.

Ich nickte mit vollem Mund.

»Euch bleiben noch zwei Minuten«, verkündete Jayme. »Und die achtzehnte Zutat: Schnecken.«

Mein Magen wogte. Schnecken?

Waren das nicht auch Insekten?

Gott, ich hasste Insekten.

»Komm, Kandis«, brummte Brodie. »Du schaffst das. Du hast schon über die Hälfte getrunken. Nicht denken, trinken.«

Ich sah kleine glitschige Schnecken vor mir, die eine klebrige Spur an der Innenseite meines Glases hinterließen. Ich musste innehalten und durchatmen.

Sunnie stellte ihr geleertes Glas hin und wischte sich vornehm die Mundwinkel ab. »Fertig.«

Ich war die Letzte.

»Zuckersirup«, rief Jayme.

»Siehst du, so schlimm ist es nicht«, redete Brodie mir

ermutigend zu. »Trink den Rest auf ex und denk an Zuckersirup, Kandis. Wenn ich das trinken kann, dann du auch.«

Ich nickte und atmete tief durch. Auf ex. Das konnte ich. Das schaffte ich. Die Hälfte von dem Schneckensirup hatte ich schon im Magen. Auf den Rest kam es jetzt auch nicht mehr an. Ich setzte das Glas an, um das klumpige, fettige rosa Zeug in den Mund zu kippen.

»Letzte Zutat: Krabben.«

Sofort schmeckte es nach Krabben. Nach gequirlten Krabben. Also gar nicht lecker. Ich kniff auch die Augen zu und versuchte, tapfer zu schlucken, aber das Zeug wollte nicht hinunter. Ich strich mir über die Kehle, damit der Reflex einsetzte.

Ein langer, angespannter Moment verstrich, und ringsherum war es still. Alle schauten zu, ob ich wirklich austrank. Ich fing schon selbst an zu zweifeln. Ich hatte immer noch ein Drittel vor mir, und in meinem Magen schwappte es bedenklich.

»Noch dreißig Sekunden«, verkündete Jayme.

»Na los, Kandis. Du bist schon so weit gekommen«, drängte Brodie. »Beeil dich! Runter mit dem Zeug! Du kannst das. Ich weiß es.«

Ich nickte. Noch dreißig Sekunden für den Rest. Ich nahm einen großen Schluck und neigte das Glas, damit auch der Rest hineinglitt und schauderte, als am Schluss ein dicker Klumpen auf mich zu rutschte. Grimassierend würgte ich den Rest hinunter.

Ich knallte das Glas auf den Tisch, gerade als die Stoppuhr piepte.

»Gut«, sagte Jayme. »Kandis, Brodie und Sunnie kommen in die nächste Runde. Ich gebe euch einen Moment Zeit, damit ihr euch erholen könnt.«

»Dürfen wir uns jetzt übergeben?«, fragte Sunnie mit schwacher Stimme.

Jayme zuckte die Achseln. »In der Spielanweisung steht nichts dazu.«

»Oh gut«, hauchte ich und rannte mit Sunnie zum Waschraum, aus dem Marla gerade herauskam.

Fünf Minuten später, nachdem wir unseren Magen vollständig geleert und uns den Mund ausgespült hatten, kehrten wir zum Spielgelände zurück. Brodie saß am Rand und unterhielt sich mit den anderen, so gelassen, als hätte ihm der widerliche Milchshake überhaupt nichts ausgemacht.

Er, Sunnie und ich stellten uns für die nächste Runde auf. Ängstlich sah ich zu, wie Fido das Rad drehte und die farbigen Felder verschwammen. Mir fiel auf, dass das Milchshake-Fragezeichen noch an seinem Haken hing, und schauderte bei dem Gedanken, die Mutprobe noch einmal bestehen zu müssen.

Zu meiner immensen Erleichterung hielt der Zeiger an einem blauen Feld an. Fido nahm das Fragezeichen und gab bekannt, was darunter stand. »Verschönerung.«

»Oh-oh«, Brodie lachte. »Das wird den Mädels nicht gefallen.«

Da hatte er recht. Ich zog bereits ein finsteres Gesicht. Die Spielleitung gab wirklich ihr Bestes, damit wir im Fernsehen schrecklich aussahen. Aber ich würde das durchstehen. Selbst wenn ich den ganzen Tag mit Clowns-

Make-up herumlaufen musste. Hauptsache, es brachte mich der Macht einen Schritt näher.

»Mach dir unseretwegen keine Gedanken«, sagte Sunnie resolut. »Ich werde alles tun, um zu gewinnen. Dann darf ich jemanden nominieren, und dieser Jemand wird sehen, wie man sich fühlt, wenn man auf dem Schleudersitz Platz nimmt.«

Dabei sah sie mich an.

Also schön. Offenbar hegte sie jetzt einen Groll gegen mich und wollte es mir heimzahlen. Das stärkte nur meine Entschlossenheit. Ich brauchte bloß dieses Spiel zu gewinnen, dann war ich sicher.

Jayme ging zu dem blauen Tisch und nahm die Karte, die dort bereitlag, um die Spielanweisung vorzulesen. »Die Verschönerungskabinen stehen am hinteren Rand des Spielgeländes. Auf Los lauft ihr hin und führt die Verschönerung mit dem Material aus, das ihr zur Verfügung habt. Ihr habt dafür fünf Minuten Zeit. Wer nicht rechtzeitig fertig wird, scheidet aus.«

Wir nickten.

»Alle bereit? Okay, dann … los!«

Wir rannten jeder zu unserer Kabine. Ich zog den hellblauen Vorhang zur Seite und stellte fest, dass sich dahinter eine Tür befand – das war die gleiche schalldichte Kabine, in der ich vor Betreten des Hauses hatte warten müssen. Ich trat hinein und schloss die Tür. Die hintere Wand war verspiegelt, und in einer Ecke war eine Kamera installiert. Auf dem Tisch vor mir lag eine Mappe mit der Aufschrift: Verschönerungsanweisungen. Daneben stand ein Karton.

Ich klappte die Mappe auf und ... keuchte entsetzt.

Das abgebildete Model hatte einen Iro.

Auf *keinen* Fall.

Hektisch öffnete ich den Karton. Darin fand sich ein Rasierapparat, eine Schere und eine Flasche Haargel.

Ich starrte im Spiegel auf meine langen welligen Haare. Sie reichten mir bis zur Mitte des Rückens. Es hatte zwei Jahre gedauert, sie so wachsen zu lassen, und jetzt sollte ich sie abschneiden?

Es stand mir frei. Ich könnte die Kabine unverrichteter Dinge verlassen und mich zu den Verlierern setzen. Jendan hatte seinen Milchshake schließlich auch nicht angerührt.

Aber Sunnie wollte gewinnen, um mich zu nominieren. Mir war klar, dass das meinen Auszug bedeutete.

Noch einmal schaute ich auf das Foto. Wenigstens war es ein breiter Iro. Auf dem Kopf trug das Model die Haare lang, nur die Seiten waren komplett rasiert. Wenigstens ein Drittel meiner Haare würde lang bleiben. Na ja, halbwegs lang.

Ich nahm den Rasierer in die Hand und machte ein unglückliches Gesicht. Wenn ich mich weigerte, kostete mich das eine Million, richtig? Und es waren bloß Haare, richtig? Ich wollte doch nicht aus purer Eitelkeit nach Hause fahren müssen, oder?

Ich kniff die Augen zu. »Mom, ich tue das für dich.«

Und darum schaltete ich den Rasierer ein.

Fünf Minuten später verließ ich die Kabine, praktisch noch im Schockzustand. Meine langen Haare ließ ich dort am Boden zurück. Über den Ohren war ich kahl rasiert, auf dem Kopf waren die Haare noch zwanzig Zentimeter lang und mit Gel zu Stacheln aufgerichtet. Ich hatte mir die Fingernägel in die Handflächen gepresst, um nicht loszuheulen, als ich mein Spiegelbild sah. Das Einzige, was mich dazu brachte, weiterzumachen, war die Frage, wie Sunnie wohl mit einem Iro aussah. Das It-Girl musste schäumen vor Wut über den Verlust.

Als ich mit meinem neuen Look ins Freie trat, hörte ich die anderen überrascht keuchen und warf ihnen ein schwaches Lächeln zu. Jendan klatschte freundlich. Marla und Jayme schauten bestürzt, und Fido verkniff sich das Lachen.

Die Kabine neben meiner öffnete sich, und Brodie kam mit einer kürzeren Version des vorgeschriebenen Iros heraus. Ein großer Unterschied zu seiner vorherigen Frisur war nicht zu erkennen, da er die Haare auch zuvor schon an den Seiten sehr kurz getragen hatte. Sie würden im Nu wieder die alte Länge haben. Doch er stieß die Faust zum Teufelsgruß in die Luft und wackelte mit dem Kopf, als hätte er etwas total Cooles getan. Dann drehte er sich zu mir um und hob die Hand.

Ich gab ihm den lahmsten High-five der Welt. Wenigstens war ich noch im Spiel.

Die dritte Kabine öffnete sich, und Sunnie trat heraus.

Mit unveränderten Haaren.

Stirnrunzelnd stemmte ich die Hände in die Seiten. »Das kann ich jetzt nicht glauben!«

»Wie es aussieht, hat Sunnie aufgegeben«, stellte Jayme fest. »Bitte setz dich auf die Verliererbank.«

Sie warf ihre langen roten Haare über die Schultern.

»Tut mir leid. Ich weigere mich, im nationalen Fernsehen hässlich auszusehen.«

Ich zuckte zusammen und widerstand dem Impuls, mir an die Haare zu fassen. Diese Lügnerin. Dabei hatte sie eben noch gesagt, sie würde alles tun, um zu gewinnen. Ich warf Brodie einen Blick zu.

Er zwinkerte mir zu und reckte die Daumen.

Schön, dass wenigstens einer von uns zufrieden war.

»Nun bleiben noch zwei Gegner«, sagte Jayme. »Sie werden in der nächsten Runde gegeneinander antreten!« Sie vollführte eine schwungvolle Geste. »Dreh das Rad, Fido!«

Ich drückte mir selbst die Daumen, denn eine zweite Verschönerung oder noch einen Milchshake würde ich nicht durchstehen. Mit angehaltenem Atem sah ich das Rad langsamer werden. *Bitte, einen Hindernislauf. Den bekomme ich noch hin.*

Der Zeiger landete auf einem violetten Feld. Fido las die Aufgabe vor. »Macht eure Mutter stolz.«

Jayme ging zu dem violetten Tisch und nahm die Karte zur Hand. »Diese Aufgabe ist zugleich einfach und schwer«, las sie. »Einfach, weil ihr euch nur auszuziehen und über das Spielgelände zu flitzen braucht, und schwer, weil ihr nackt sein sollt! Aber wenn ihr das tut, gewinnt ihr die Macht. Ihr habt wieder fünf Minuten Zeit, um die Aufgabe zu erfüllen. Und keine Sorge – gewisse Körperteile werden bei der Ausstrahlung der Sendung unkenntlich gemacht. Bereit?« Sie drückte auf die Stoppuhr. »Los!«

Ich stand unschlüssig da. Sunnie grinste mich von

der Bank aus höhnisch an. Natürlich. Sie hatte noch ihre ganze Haarpracht, und sie würde nicht nackt im Fernsehen zu sehen sein. Ich sah zu Brodie. Der hatte sich auch noch nicht von der Stelle gerührt, sondern beobachtete mich neugierig.

Ich verschränkte die Arme vor der Brust. »Und wenn wir uns beide weigern, was dann?«

»Dann wird der Wettkampf wiederholt«, erklärte Jayme. »Alle Kandidaten treten wieder an.«

»Kommt nicht in Frage«, sagte Brodie und begann seine Sporthose herunterzuziehen.

Die anderen lachten, jubelten und klatschten, um ihn anzufeuern. Ich war wie erstarrt. Brodie wollte offenbar sichergehen, dass auf jeden Fall einer von uns beiden die Macht gewann. Wenn ich jetzt nackt über das Gelände flitzte, würde es eine weitere Runde geben. Und was dann? Noch einen Milchshake hinunterwürgen? Den Kopf komplett kahl rasieren? Nackt tanzen? Ich schauderte.

Ich griff zum Saum meines T-Shirts und ... stockte. Ich brachte das nicht fertig. Mir war schlecht, obwohl ich nichts mehr im Magen hatte.

Ich war so weit gekommen. Sollte ich mich nackt ausziehen für den Sieg?

Ich schaute zu Brodie. Er stand jetzt in Boxershorts da, T-Shirt und Hose lagen neben ihm am Boden. Er griff an den Bund der Shorts und hielt inne, um mich anzusehen.

Er wartete, ob ich mitzog.

»Ich kann nicht«, murmelte ich mit belegter Stimme.

*Tut mir leid, Mom.* »Ich kann mich nicht fürs Fernsehen ausziehen.«

»Ich kann«, verkündete Brodie.

Und ließ die Boxershorts fallen.

Wir hatten Streichhölzer gezogen, um zu bestimmen, wer welches Zimmer bekam, da wir nur noch sieben Kandidaten waren. Brodie würde natürlich in das Zimmer der Macht ziehen. Marla und Jendan hatten das Königinnenzimmer bekommen, und Sunnie drängte sich zu Jayme und Fido ins Spiegelzimmer, weil es ihr allein auf dem Dachboden zu gruselig war. Wir spielten zwar nicht mehr im Team, aber jeder fühlte sich bei seinem Partner am wohlsten.

Brodie schlug praktisch Purzelbäume vor Aufregung, während er auf den Zimmerschlüssel wartete. Die Übergabe an das nächste Team verzögerte sich stets, weil das Zimmerpersonal vorher putzte und es für den Gewinner mit Dingen ausstattete, über die er sich freuen würde. Deshalb wartete er im Wohnzimmer, unterhielt sich begeistert mit den anderen und lachte über Fidos Witze.

Ich dagegen war nicht auf Gesellschaft aus. Deshalb nahm ich meine Tasche und ging in den Waschraum, um zu sehen, ob sich aus meinen Haaren noch etwas machen ließ.

*Ich weigere mich, im nationalen Fernsehen hässlich auszusehen*, hatte Sunnie gesagt.

Ich duschte, um das Gel rauszuwaschen, zog mir meine Lieblingshose und ein Schlabbershirt an und probierte an meinen nassen Haaren einige Varianten aus. Wenn ich sie zu einer Seite kämmte, wirkte es wie ein stark asymmetrischer Schnitt. Aber dadurch wirkte mein Gesicht lang und knochig.

Ich fühlte mich schrecklich. Ich hatte mich für nichts und wieder nichts verschandelt.

»Ich hab den Schlüssel«, rief Brodie an der Tür. »Komm mit, Kandis!«

Nach einem letzten unglücklichen Blick in den Spiegel hängte ich mir meine Tasche über die Schulter, setzte ein fröhliches Gesicht auf und ging zu den anderen.

Alle stiegen die Treppe hinauf, um Brodies Zimmer zu besichtigen. Ich folgte ihnen still und hielt mich im Hintergrund, als sich alle hineindrängten und die Einrichtung bewunderten. Die wurde jedes Mal für den neuen Sieger umgestaltet, und heute war das Zimmer im psychedelischen Stil der Siebziger Jahre dekoriert. Ein dicker weißer Flokati lag auf dem Boden, ein enormes Polsterbett nahm die Raummitte ein, an den Wänden hingen Schwarzlichtposter, und auf jeder Kommode stand eine Lavalampe. Ein Perlenvorhang hing in der Tür zum Bad, und in einer Ecke stand ein Minikühlschrank, darauf ein Korb mit Leckereien.

»Ganz schön protzig«, meinte Fido grinsend. »Als würden sie dich kennen, Mann.«

»Siebziger-Pornostar?«, scherzte Jendan.

Brodie lachte nur. »Da hat wirklich jemand an mich gedacht.« Er pochte mit dem Finger gegen eine Lavalampe, dann schaute er zu mir. Ich sagte nichts.

Als die anderen schließlich erst den Fresskorb, dann

das Bier im Kühlschrank entdeckten, war die Begeisterung groß. Während sie gut gelaunt Bier tranken und Brodies Chips futterten, saß ich mit meiner Tasche auf der Bettkante, eines der Fransenkissen an mich gedrückt.

Schließlich gähnte Brodie. »Okay, Leute, für mich ist jetzt Schlafenszeit. Raus mit euch.« Damit kein Unmut aufkam, gab er ihnen ein paar Flaschen Bier mit.

Als er hinter dem Letzten die Tür geschlossen hatte, ließ er sich neben mir nieder. »Alles in Ordnung, Kandis?«

Ich nickte, aber das war gelogen. Was mit mir los war, konnte ich einem Mann wohl kaum begreiflich machen. *Ich fühle mich hässlich und dumm, weil ich mir die Haare verschandelt habe und es nicht mal was gebracht hat.* Ich hatte mal gehört, dass es tatsächlich ein Schock sein konnte, wenn man sich lange Haare kurz schneiden ließ, und genauso fühlte ich mich gerade. Wie unter Schock.

Und obwohl ich dagegen ankämpfte, rollte mir eine Träne die Wange hinunter. Wütend wischte ich sie weg.

»Hey, hey.« Besorgt rutschte Brodie näher zu mir und zog mich an sich. »Was hast du denn?«

»Ach, das ist nichts«, antwortete ich mit schwankender Stimme und rieb mir übers Gesicht. »Achte einfach nicht auf mich.«

»Ich kann dich nicht ignorieren, Kandis. Nicht, wenn du weinst. Sag mir, was los ist. Ich bin dein Partner.« Seine Miene war so ernst, dass ich weich wurde. Oder war das auch nur eine Maske des hinterlistigen, verlogenen Brodie Short? Der mit allen Mitteln um den Sieg kämpfte, um sich das Geld unter den Nagel zu reißen?

Der Gedanke, seine Freundlichkeit könnte auch nur Berechnung sein, tat weh.

Er drückte mich aufmunternd. »Hast du Heimweh? Hat jemand etwas Gemeines zu dir gesagt?«

Ich schüttelte den Kopf.

»Weinst du, weil du geschredderte Schnecken getrunken hast?«

Es hörte sich zwar halb wie ein Schluchzer an, aber ich lachte. »Danke, dass du mich noch mal daran erinnerst.«

»Dafür bin ich doch da.« Er grinste lässig. »Um meiner Partnerin den Rücken zu stärken und sie zum Lachen zu bringen.«

»Wir sind keine Partner mehr«, merkte ich missmutig an.

»Was mich betrifft, bleiben wir Partner, bis einer von uns die Million kassiert. Jetzt mal im Ernst, Kandis. Was ist los? Du machst mir Sorgen.«

»Es klingt bestimmt albern, aber ich … hasse meine Haare.«

Ich rechnete ihm hoch an, dass er nicht lachte. »Deine Haare waren wirklich schön.«

Das machte mich noch trauriger. »Ja.« Und schon fing ich wieder an zu weinen. »Und jetzt bin ich hässlich, und das ausgerechnet, wenn ich im Fernsehen auftrete.«

»Du bist nicht hässlich.« Er rieb mir über den Rücken und drückte mich tröstend an sich.

»Sunnie hat es nicht getan, weil sie nicht hässlich aussehen wollte.«

Er schnaubte. »Sunnie hat es nicht getan, weil sie ihre

Extensions nicht opfern wollte. Glaubst du etwa, die roten Haare sind echt? Bitte.«

Ich rümpfte die Nase. »Meinst du?«

»Ja. Deswegen achtet sie beim Schwimmen immer darauf, dass ihre Haare nicht nass werden. Du musst sie bloß mal beobachten.«

Ich nickte und schmiegte die Wange an seine Brust. Er roch gut. Sehr männlich. Und tröstlich.

»Darf ich dich daran erinnern, dass Sunnie mit jedem Kerl im Haus flirtet, aber keiner ernsthaft darauf eingeht?«

»Weil sie Herpes hat«, murmelte ich.

Seine Hand hielt inne. »Das stimmt. Woher weißt du das?«

»Hast du mir erzählt, als du betrunken warst.«

Er kicherte. »Mist. Sie wird sauer sein, wenn das an die Öffentlichkeit kommt. Ich hoffe, es wird nicht gezeigt, wie ich dir das erzähle.«

Mir war es egal. Ich rieb die Wange an Brodies Schulter. Meine rasierte Kopfseite machte ein hässliches Kratzgeräusch. Ich betastete sie prüfend. »Ein grauenhafter Haarschnitt.«

»Ja. Ich war auch nicht begeistert.«

»Oh, bitte. Dir steht er doch gut.«

»Findest du?«, fragte Brodie nachdenklich. »Oder sagst du das nur, um meiner Eitelkeit zu schmeicheln?«

»Du siehst nicht viel anders aus als vorher. Deine Haare waren an den Seiten sowieso schon viel kürzer als oben.« Mir kamen erneut die Tränen. »Ganz anders als bei mir.«

Er nahm mich wieder in die Arme. »Sei nicht traurig, Kandis. In dem Moment, als ich das Model in der Mappe sah, wusste ich, dass Sunnie kneift, und es hat mich überrascht, dass du es getan hast. Aber ich war stolz auf dich. Du bist eine Kämpfernatur. Du scheust dich nicht vor einer Herausforderung.«

»Aber ich habe bei der letzten Aufgabe gekniffen«, widersprach ich unglücklich.

»Hätte ich auch gern. Ich habe es nur getan, damit wir die Kontrolle behalten, nicht um allen meinen Hintern zu zeigen.«

Wie auch immer. Brodie hatte einen schönen Hintern. Ich war versucht, ihn anzufassen, aber das würde mich in Schwierigkeiten bringen. Mir juckte es in den Fingern, ihn zu streicheln. Fast als bräuchte ich es dringend. »Das sagst du nur, damit es mir besser geht.«

»Nein, gar nicht. Aber ich verrate dir was.« Er hob mein Kinn an und sah mir in die Augen. »Selbst mit diesem Haarschnitt bist du die Heißeste im Haus. Vielleicht sogar die Heißeste, die ich je getroffen habe. Und die Tapferste, Cleverste und Entschlossenste.«

Bei so viel Schmeichelei blinzelte ich überrascht. Ich öffnete den Mund, um etwas zu sagen. Um ihm zu danken, weil er mich aufmuntern wollte. Um sein überschwängliches Lob zurückzuweisen. Etwas in der Art.

Doch sein Blick ruhte auf meinen Lippen, und mein Atem ging flacher.

Langsam, fast nachdenklich strich er mit dem Daumen über meine Unterlippe.

Wie erstarrt saß ich da. Eine kribbelnde Erregung

durchlief mich. Suchend musterte ich sein Gesicht und wünschte, ich wünschte, er würde sich seine Gefühle so leicht anmerken lassen wie ich.

Doch der Gedanke verflog, als er wieder über meine Unterlippe strich.

»Wäre es schlimm, wenn ich die schönste Frau des Hauses küsse?« Seine Stimme klang rau. Seine blauen Augen waren dunkel vor Verlangen. »Meinst du, sie hätte was dagegen?«

Ich schauderte bei seinen Worten. Mir wurde heiß. Ich hätte Nein sagen sollen. Unsere Partnerschaft basierte auf Freundschaft und dem gemeinsamen Willen zu siegen. Ich traute ihm nicht. Wie könnte ich? Ich hatte gesehen, wie er sich bei der letzten Gameshow verhalten hatte.

Ein Kuss würde alles ändern.

Andererseits hatten wir uns schon geküsst, nicht wahr? Brodie hatte meinen Mund ganz sanft mit den Lippen gestreift. Ich musste zugeben, ich wollte wissen, wie es war, mit Brodie tiefe, nasse, forschende Küsse zu tauschen. Wie es war, wenn er mich verschlingen wollte.

Das würde meine Strategie zunichtemachen, oder?

Ich seufzte schwer. »Wir sollten das nicht tun. Nicht, wenn wir auf das Spiel konzentriert bleiben wollen.«

Sanft lächelnd zog er einen Mundwinkel hoch. »Da hast du natürlich recht. Ich habe mich von meiner sexy Partnerin ablenken lassen. Kannst du mir verzeihen?«

»Wie könnte ich sauer sein, wenn du so schmeichelhafte Dinge sagst?«, neckte ich, und meine Stimmung hob sich. »Das ist unmöglich.«

»Auch deshalb sage ich sie.« Er zwinkerte und ließ

mich los. Sofort war mir, als fehlte etwas, und ich fragte mich, ob ich einen Fehler beging. »Wenn wir morgen früh ausgeschlafen sein wollen, sollten wir jetzt wohl ins Bett gehen. Es ist spät, und ich bin todmüde.« Er stand auf und ging ins Bad, um sich die Zähne zu putzen.

Ich schaute ihm nach. Er wirkte gar nicht müde. War es bloß ein Vorwand, um das Thema zu wechseln? Ich stand ebenfalls auf und zog meine Yogahose aus. Mein Schlabbershirt war lang genug, um den Slip zu bedecken, darum machte ich mir nicht die Mühe, eine Schlafanzughose anzuziehen. Das Bett war groß – das einzige im Haus mit zwei Metern Breite. Wir würden beide bequem schlafen können, ohne darauf achten zu müssen, den anderen nicht zu berühren. Ich zog den BH unter meinem Shirt aus und warf ihn in meine Reisetasche. In T-Shirt und Slip schlief es sich am bequemsten, fand ich.

Als Brodie aus dem Bad kam, ging ich mir ebenfalls die Zähne putzen und schlüpfte schließlich unter die Decke.

Er schaltete sofort das Licht aus und drehte sich auf die andere Seite. »Nacht, Kandis.«

»Nacht«, sagte ich leise. Ich starrte auf seinen Rücken. Wie breit und stark er war. Durch die Fensterläden drang gerade so viel Licht, dass ich seine Umrisse erkennen konnte.

Augen zumachen und schlafen?

Während ich mir vorstellte, wie er mich küsste?

Verdammt, warum hatte ich Nein gesagt? War ich verrückt? An Schlaf war nicht zu denken, denn sobald ich die Augen schloss, fühlte ich Brodies Daumen an meiner Unterlippe und stellte mir vor, wie er ihn wegnahm, um mich zu küssen, meine Unterlippe zwischen seine Zähne zu saugen, die Zunge in meinen Mund zu schieben …

Ich musste ein Wimmern unterdrücken. Verflixt. Seit fast einem Monat teilte ich nun schon das Bett mit einem sexy Mann, ohne dass irgendwas passiert war. Ein Monat ohne Sex. Jetzt wurde mir klar, wie schwierig eine platonische Beziehung war. Zu Hause hatte ich keine Dates, weil ich zu viel mit meiner Mutter beschäftigt war, zu viel an sie dachte. Meine sexuellen Bedürfnisse befriedigte ich halbwegs selber.

Allerdings ging das schlecht, wenn man das Zimmer mit einem fremden Menschen teilte und rund um die Uhr Kameras auf einen gerichtet waren.

Ich rutschte tiefer unter die Decke und dachte nach. Brodie rückte ein bisschen von mir ab.

Stirnrunzelnd blickte ich auf seinen Rücken. Brauchte er mehr Abstand? Ich schüttelte mein Kissen auf, um unauffällig ein bisschen näher an ihn heranzurutschen.

Er rührte sich nicht.

Ich schob mich noch etwas näher, sodass wir praktisch in Löffelchenstellung lagen. Wenn ich tief Luft holte, streiften meine Brustwarzen seinen Rücken. Sie waren bereits hart. Ich war mir ziemlich sicher, dass ich zwischen den Beinen feucht war.

Dies war eine ganz schlechte Idee.

Trotzdem schob ich mich näher heran. Als meine sensiblen Brustwarzen ihn berührten, durchliefen mich köstliche Empfindungen, und mein Puls raste. Oooh. Verbotene Berührungen waren ungezogen … und sehr erregend.

Brodie rückte ein wenig ab.

Ich rückte hinterher und legte den Arm unter meine Brüste, damit sie weiter vorstanden. Meine Brustwarzen streiften erneut seinen Rücken, und ich musste mir ein Stöhnen verkneifen.

Es war falsch, Brodie Short zu begehren, total falsch. Aber ich brauchte ihn. Ich bereute, ihn nicht geküsst zu haben. War es zu spät, meine Entscheidung zu ändern? Verflixt, warum war ich so feige?

Plötzlich drehte Brodie sich zu mir herum. Obwohl ich zurückwich, waren sich unsere Gesichter immer noch sehr nah, und unsere Beine stießen aneinander. Wir lagen beide auf seiner Hälfte des Bettes.

»Kandis«, flüsterte er und zog sich die Decke über den Kopf, damit die Kamera seine Lippenbewegungen nicht aufzeichnen konnte. »Was machst du da?«

»Ich versuche zu schlafen.« Ich gab mich unschuldig, aber mein Atem ging schneller, und meine Brustwarzen schmerzten fast vor Verlangen. Wenn ich die Oberschenkel zusammenkniff, spürte ich meine Nässe.

»Wirklich?«, fragte er skeptisch. »Oder willst du mich quälen?«

»Dich quälen?«

Er nahm meine Hand und führte sie an seine Boxershorts, um sie auf seine Erektion unter dem Baumwollstoff zu legen.

Ich holte zischend Luft.

»Erzähl mir nicht, das überrascht dich. Du reibst deine Möpse seit zehn Minuten an meinem Rücken.«

»Das hast du gemerkt?«, hauchte ich.

»Wie denn nicht?« Er flüsterte sehr leise, trotzdem war ihm die Erregung anzuhören. »Du machst mich verrückt, Kandis.«

»Ich habe es mir anders überlegt.« Ich schlang die Finger um seinen Schaft. Er war dick und lang, und ich dachte daran, wie Brodie nackt über das Spielgelände geflitzt war. Wäre ich nur nicht so sehr auf mein Elend konzentriert gewesen, dann hätte ich mehr von ihm gesehen. »Ich will den Kuss jetzt doch.«

Er stöhnte laut und schob sich gegen meine Hand, damit ich ihn rieb. »Wenn du versprichst, die Hand da zu lassen, tue ich alles, was du willst.«

Oh Gott, das war wahnsinnig aufregend. Und total falsch. Das war die denkbar schlechteste Situation für Sex. Aber ich war noch nie so erregt gewesen. Ich drückte seinen Penis. »Dann küss mich.«

Er zog mich an sich, bis ich praktisch unter ihm lag. Meine Hand blieb, wo sie war, und ich streichelte ihn ermunternd, als er mit dem Mund näher kam.

»Oh Mann, du machst das gut, Kandis, du kleine Hexe.«

Er gab mir keine Gelegenheit, etwas zu erwidern, sondern drückte den Mund auf meinen und gab mir den ersehnten Kuss. Brodie hatte einen hübschen Mund. Weich und sinnlich, fast ein bisschen feminin für einen so männlichen Kerl. In den vergangenen Wochen hatte ich mich immer wieder gefragt, wie er sich wohl an meinen Lippen anfühlen würde. Zu weich vielleicht?

Ganz und gar nicht. Seine Lippen waren warm, aber keineswegs weich, sondern männlich und voller Verlangen, und die Stoppeln am Kinn kratzten mich, als er über meinen Mund herfiel. Sein Kuss hatte gar nichts Sanftes, nichts von der Zärtlichkeit, mit der er mich vorhin getröstet hatte.

Von der waren wir meilenweit weg.

Stattdessen biss er mir in die Unterlippe, und als ich wimmerte, griff er an mein Kinn und bedeutete mir so, die Lippen weiter zu öffnen. Dann stieß er die Zunge hinein. Hatte ich wirklich gedacht, er könnte mich zu weich küssen? Er küsste fantastisch.

Oh ja, das war es, was ich wollte. Ich drückte seinen Schaft, um ihm genauso viel Lust zu bereiten wie er mir mit seiner Zunge. Als ich die Zunge tastend zwischen seine Lippen schob, saugte er sie tiefer.

Mein Verlangen steigerte sich rasant. Meine Hüften drängten sich gegen ihn, ich stöhnte, die Lippen an seinen.

Brodie brachte mich mit einem harten Kuss zum Schweigen, aber er hatte mein Verlangen gehört und reagierte. Er schob die Hand an meinen Slip, griff aber nicht hinein, sondern strich über den Stoff. Als ich die Oberschenkel auseinandernahm, um ihm die Erkundung zu erleichtern, fand er meine Spalte und rieb den feuchten Stoff an meiner Haut.

Das machte mich wild. Ich schlang die Beine um seine Hüften und drückte mich wimmernd seiner Hand entgegen.

»Du bist fantastisch, Kandis. Oh Mann, du machst mich schon seit Wochen verrückt. Und sieh mal, wie nass du bist.« Seine Finger bewegten sich an meiner Spalte entlang und schoben den feuchten Stoff weiter hinein. »Nur weil du dir vorgestellt hast, mich zu küssen, hm? Ich bin bei dem Gedanken so hart geworden, dass es kaum auszuhalten war.«

Wieder entschlüpfte mir ein Stöhnen.

»Du bist so heiß, Kandis, wahnsinnig heiß«, murmelte er. Seine Finger fanden meine Klitoris selbst durch den Slip und rieben sie mit festem Druck, bis ich Sterne sah. Ich hob die Hüfte von der Matratze und biss ihm in die Unterlippe, wild vor Verlangen. »Wir sollten wahrscheinlich aufhören«, flüsterte er.

Doch er rieb weiter meine Klitoris.

Ich wollte nicht aufhören. Ich ließ die Hände an seinem Penis und rieb und streichelte ihn im Takt mit unserem Zungenspiel. Ich sagte nicht, er solle aufhören. Ich sagte auch nicht, er solle weitermachen. Ich zeigte es ihm einfach mit der Zunge und schlang die Oberschenkel fester um seine Hüften, sodass seine Hand zwischen uns gefangen war, an meinem Geschlecht, mit dem ich seinen Fingern entgegenkam.

Augenblicke später kam ich heftig keuchend, und mein Slip wurde noch feuchter. Brodie reagierte mit einem Stöhnen, und im nächsten Moment waren die Boxershorts unter meinen Fingern ebenfalls nass. Brodie drückte mir noch einen Kuss auf den Mund, dann drehte er sich keuchend auf den Rücken.

»Das war der beste Handjob, den ich je hatte«, sagte er und küsste mich wieder. »Das habe ich mir von Tag eins an gewünscht. Du hast keine Ahnung, wie oft ich mit Hormonstau im Bett lag.«

Seine Worte machten mich überraschenderweise nicht

verlegen, stattdessen lächelte ich glücklich in der Dunkelheit und beugte mich dann zu ihm, um ihm einmal über die vollen Lippen zu lecken. »Ich könnte auch ein paar Mal an dich gedacht haben, aber das würde ich nie zugeben.«

»Ha.« Er setzte sich auf, sodass die Decke auf seine Oberschenkel fiel, und flüsterte mir ins Ohr: »Ich brauche eine frische Unterhose.«

»Und ich einen frischen Slip.«

»Gib ihn mir, ich erledige das.« Dann knabberte er mit den Zähnen an meinem Ohrläppchen.

Schaudernd nickte ich und befreite mich zappelnd unter der Decke von dem Slip. Er war feuchter als vermutet. Wenn Brodie mich bloß mit der Hand derart erregen konnte, wie würde es dann erst sein, mit ihm zu schlafen?

*Explosiv*, dachte ich. Und das löste neues Kribbeln aus.

Ich gab ihm meinen Slip, worauf er aus dem Bett sprang und ins Bad lief. Zwei Minuten später kam er mit einer frischen Boxershorts unter die Decke gekrochen. »Erledigt.«

Ich kicherte. »Hm, hast du nicht was vergessen?«, flüsterte ich.

»Nö.«

Ich zog die Fingernägel über seinen Waschbrettbauch. »Meinen Slip?«

Er legte sich mit dem Bauch an meinen Rücken. »Eigentlich habe ich dich lieber so.«

»Du Fiesling«, flüsterte ich alles andere als verärgert.

# 7

*»Kandis merkt offenbar nicht, dass ich beim Anblick ihres Iros jedes Mal hart werde. Es ist wahr. Ein Mädel mit Mumm ist das Heißeste, was es gibt.«* – Brodie Short am 31. Tag

Ich rieb mir die Hände und lächelte vergnügt in die Kamera des Interviewzimmers. »Brodie und ich haben jetzt zum ersten Mal die Macht.« Ich stockte. »Na ja, eigentlich nur er. Ich fahre praktisch auf dem Trittbrett mit.«

»Weißt du, wen er nominieren will?«

»Wir haben überlegt, wen wir nicht mehr dabeihaben wollen.« Ich schlug die Beine übereinander. »Am liebsten natürlich Sunnie. Seit ihr Partner weg ist, schmollt sie den ganzen Tag. Und sie hat ein paar spitze Bemerkungen fallen lassen, dass sie es auf mich abgesehen hat. Darum möchte ich natürlich, dass sie auszieht. Und da noch jemand nominiert werden muss, ist Fido meine zweite Wahl. Er ist stark, und er ist ein Mann, und Brodie schwört, dass er die Frauen auf seiner Seite hat. Solange sie für uns sind, sind sie nicht gegen uns.«

Darauf war es erst mal still.

Ich drehte Däumchen und wartete auf die nächste Frage oder die Erlaubnis zu gehen.

Die Frage kam nach einigen Augenblicken. »Unsere Kameraaufnahmen zeigen, dass ihr beide gestern Abend das neue Bett eingeweiht habt. Wie läuft deine Beziehung mit ihm?«

Entsetzt riss ich die Augen auf. Das war ... sehr direkt. Und das Letzte, worüber ich zu reden gedachte. »Äh. Gut. Wir sind gute Freunde.«

»Vergnügst du dich mit allen guten Freunden unter der Bettdecke?«

Ich wurde rot und ärgerte mich über die zudringlichen Fragen. »Wenn ich es für angemessen halte. Das soll nur unser Bündnis festigen. Ganz freundschaftlich. Kann ich jetzt gehen?«

»Ja. Bitte, schick uns Brodie herein.«

Ich sprang aus dem Sessel und wäre fast gegen die Wand gelaufen. Gütiger Himmel, auf so direkte Fragen war ich nicht gefasst gewesen.

Als ich aus dem Flur ins Wohnzimmer trat, schwenkte ich gleich zur Küche ab. Brodie war dort und goss sich Kaffee ein. Es war noch früh, die anderen hatten sich noch nicht blicken lassen.

»Morgen«, sagte er. Sein Blick schweifte anerkennend über meine engen Trainingsklamotten. Er kam zu mir und senkte den Kopf, wie um mich zu küssen. »Alles okay? Du hast mich nicht geweckt.«

Ich drehte den Kopf zur Seite, um dem Kuss auszuweichen, und schlüpfte unter seinem Arm hindurch zum Toaster. »Du wirst im Interviewzimmer verlangt.«

»Verstehe.«

Ich steckte zwei Toastscheiben in den Schlitz und

hielt den Blick fest darauf gerichtet, bis Brodie gegangen war.

Das gestern Abend war wahrscheinlich ein Riesenfehler gewesen. Brodie hatte gerade versucht, mich zu küssen, ganz öffentlich. Gut, dass wir allein gewesen waren, denn vor den Augen der anderen eine Romanze anzufangen war der mieseste Schachzug, den man machen konnte. Damit wäre unser vorzeitiges Ausscheiden gesichert, besonders nachdem wir andere Paare getrennt hatten, um die Macht zu behalten.

Als mein Toast fertig war, kam Jendan herein. »Morgen, Kandis.« Er rieb sich das Gesicht.

»Morgen.«

»Äh … alles in Ordnung?«

Verärgert biss ich von meinem trocknen Toast ab. »Ehrlich, wieso fragt mich das jeder?«

Er starrte mich an. »Du machst ein Gesicht, als wolltest du jemanden schlagen. Deshalb.«

»Oh.« Mir war mal wieder alles anzusehen. »Nein, es ist nichts. Bin heute Morgen nur ein bisschen unruhig.«

»Stimmt was nicht?«

Ich wich ein Stück zurück, zog mich auf die Arbeitsplatte hoch und kaute meinen Toast. »Es ist wegen Sunnie«, log ich. »Du weißt, sie hat es auf mich abgesehen.«

»Ja, stimmt.« Er ging zum Kühlschrank und holte den Orangensaft heraus. »Sie ist nicht dumm. Sie kann zwei und zwei zusammenzählen. Ihr ist klar, dass du hinter Caspers Ausscheiden steckst.«

Ich kaute nachdenklich. »Weiß sie, dass er ihr auch einen Tritt verpassen wollte?«

»Das spielt keine Rolle. Es ist einfacher, dir die Schuld zu geben.« Er musterte mich kurz. »Und sie ist eifersüchtig.«

Der trockne Toast klebte mir am Gaumen, sodass ich ihn mit der Zunge lösten musste. Als ich wieder sprechen konnte, blickte ich Jendan verblüfft an. »Wieso das denn? Sie ist ein umwerfendes It-Girl und ständig in den Boulevardblättern.«

»Sie ist eifersüchtig, weil du erst nach ihr bei den Mutproben ausgestiegen bist.« Er goss sich Saft ein. »Sie findet, dass es deinetwegen jetzt so aussieht, als sei sie eitel und oberflächlich.«

Ich strich mir über die rasierte Kopfseite und dann über die Haare, die mir immer wieder in die Stirn fielen. »Ich wünschte, ich wäre mit ihr zusammen ausgestiegen. Jetzt musste ich nicht nur den widerlichen Milchshake trinken, sondern habe auch noch eine hässliche Frisur. Du warst schlauer, es gar nicht erst zu versuchen.«

Er grinste. »Ich dachte, die Mutproben können nur schlimmer werden. Ich bin froh, dass ich gekniffen habe. Ich hätte das nicht bei mir behalten können. Die Zutatenliste war übel genug.«

»Ja, das war wohl der Sinn der Sache«, meinte ich trocken. Ich legte meine Toastscheibe hin. »Und könnten wir das Thema beim Frühstück bitte lassen? Wenn ich nur daran denke, wird mir schlecht.«

Jendan stemmte sich mit Schwung auf die Arbeitsplatte mir gegenüber. »Und zweitens ist sie wegen Brodie eifersüchtig, verstehst du. Du hast ihn als Partner bekommen, und er scheint total auf dich zu stehen. Sie hat Casper abgekriegt, der sie behandelt hat wie eine Dreijährige. Und sie mag Brodie. Das ist offensichtlich.«

»Jeder mag Brodie.« Oh Mist, ich wurde schon wieder rot.

»Nein, ich meine, sie mag ihn wirklich. Was mich auf eine andere Frage bringt: Mit wem willst du ins Finale gehen? Am ersten Tag haben wir beide abgemacht, gemeinsam bis zum Ende zu gehen. Ich will mich nur vergewissern, dass sich das nicht geändert hat.«

Das hatten wir tatsächlich abgemacht. Aber das war, bevor ich Gefühle für Brodie entwickelt hatte. Und wenn Jendan davon erführe, würde er für meinen Rauswurf sorgen.

Eine Romanze während einer Spielshow machte einem die beste Strategie zunichte. Darum log ich. »Nichts hat sich geändert. Ich flirte nur aus taktischen Gründen mit ihm. Ich will die Million. Genau wie du. Mach dir keine Sorgen. Wir beide halten fest zusammen. Wir kommen ins Finale.«

»Okay.« Er lächelte sichtlich erleichtert. »Gut.«

In Wirklichkeit wollte ich mich erst entscheiden, wenn es so weit war. Die Entscheidung würde schwer werden. Und sie würde nicht unbedingt zu Jendans Gunsten ausfallen.

Mann, meine Lügerei nahm ganz schöne Ausmaße an. Hoffentlich würde sie mir am Ende nicht in den Hintern beißen.

Den Rest des Tages ging ich Brodie aus dem Weg.

Nun ja, soweit das möglich war. Er schien jedoch zu verstehen, dass ich nicht auf den gestrigen Abend angesprochen werden wollte, und versuchte nicht noch einmal, mir nahe zu kommen. Ich verbrachte den Nachmittag mit den Frauen in der Küche. Jayme probierte Rezepte aus, Marla, Sunnie und ich tranken Kaffee, manikürten uns die Nägel und tratschten. Sunnie sah mich nicht mehr böse an, was ich als kleinen Gewinn empfand, obwohl das vermutlich nicht lange anhalten würde.

Sie würde ihren Groll gegen mich pflegen. Das tat man in diesem Spiel eben.

Am Abend lud ich Marla und Jendan in unser Zimmer ein. Wir wollten uns für die nächste Nominierung absprechen, da diese sicherlich nicht mehr lange auf sich warten lassen würde. Die Spielleitung überrumpelte uns gern damit, daher verstand ich die Paranoia meiner Mitkandidaten. Als ich Brodie beim Zubettgehen Bescheid sagte, dass die beiden gleich kommen würden, wirkte er zwar ein wenig enttäuscht, sagte aber nichts. Er nickte nur und zog sich eine Pyjamahose über seine Boxershorts.

Ich zog mir auch eine Schlafanzughose an. Das war sicherer.

Kurz vor Mitternacht klopfte es leise an unserer Tür. Brodie und ich saßen auf dem Bett, sprachen über die Wettkämpfe und rekapitulierten, wer wann auf welchen Platz gekommen war, für den Fall, dass es ein entsprechendes Quiz geben würde. Schließlich war Brodie bei den *World Races* bei einer ähnlichen Aufgabe auf die Nase gefallen. Deshalb hatten wir uns jeden Abend die Ergebnisse eingeprägt und uns Eselsbrücken ausgedacht. Er war fest entschlossen, nicht noch mal zu verlieren, und ich konnte es ihm nicht verdenken. So kurz vor dem Ziel mit nichts als einem warmen Händedruck ausscheiden wollte niemand.

Als es klopfte, sprang Brodie vom Bett und öffnete die Tür. Marla und Jendan schlüpften herein, beide im Schlafanzug. Sie winkten mir zu, und Marla setzte sich neben mich auf die Decke und schlug die Beine übereinander. Brodie schloss eilig die Tür und schaltete das Licht aus. »Entschuldigung«, flüsterte er im Dunkeln. »Will nur nicht, dass uns einer erwischt.«

»Kein Problem«, flüsterte Marla. »Ich hoffe, das ist kein ungünstiger Zeitpunkt?«

»Gar nicht«, sagte ich, möglicherweise ein wenig zu laut. »Wir haben gerade über die vergangenen Wettkämpfe gesprochen.«

»So«, sagte Jendan, als er sich auf dem Bett niederließ. Nun saßen wir zu viert im Kreis auf der großen Matratze. »Brodie hat die Macht, aber wenn wir vier es bis zum Ende schaffen wollen, sollten wir alle mitreden dürfen, wer nominiert wird.«

»Ist mir recht«, sagte Brodie. »Gibt es Vorschläge?«

Zunächst schwiegen alle.

»Sunnie wäre naheliegend«, meinte Marla schließlich.

»Ich würde sie gern im Spiel behalten«, wandte Brodie ein.

Ich runzelte die Stirn. »Warum?«

»Erstens weil sie bei Wettkämpfen schlecht abschneidet.« Brodie lachte leise. Er tastete nach meinem Knie und streichelte es. Mir wurde schlagartig heiß, und ich wollte seine Hand wegschieben, damit er mich nicht ablenkte.

Aber ich tat es nicht.

»Und zweitens ist sie leicht zu beeinflussen«, erklärte er weiter. »Sie war wütend auf Kandis, weil sie dachte, sie sei an Caspers Ausscheiden schuld, aber heute Abend hat sie wieder gelächelt und Kandis die Nägel lackiert. Wir können sie lenken. Wir müssen ihr nur das Gefühl geben, auf der sicheren Seite zu sein.«

»Nur hat sie leider beschlossen, dass ich als Nächste ausziehen soll«, gab ich zu bedenken. »Das hat sie beim Kampf um die Macht mehr oder weniger deutlich gemacht. Hätte sie gewonnen, hätte sie mich nominiert.«

»Das ist wahr«, pflichtete Marla bei. »Ich habe ihre Blicke gesehen. Ich glaube, du irrst dich, wenn du sie für lenkbar hältst, Brodie. Ich glaube, sie spielt das nur.«

Damit bestätigte sie meinen Verdacht, und das machte mich nervös. Wir alle versuchten, den anderen etwas vorzumachen. Ich fragte mich langsam, was echt war und was nicht.

Und ich fragte mich, ob ich den wahren Brodie überhaupt schon zu Gesicht bekommen hatte. Welcher lag abends neben mir im Bett? Der Stratege, der sich meine Stimme sichern wollte? Oder der echte Brodie, der mich gern küsste? Ich wusste es nicht. Die Hand, die beiläufig mein Knie streichelte, kam mir echt vor. Oder maß ich einem Flirt zu viel Bedeutung bei?

Ich traute niemandem mehr.

»Offen gestanden möchte ich lieber jemanden ausscheiden lassen, der für Kandis eine Bedrohung ist, als jemanden zu behalten, den wir vielleicht in der Tasche haben«, sagte Jendan. »Nichts für ungut, Brodie.«

»Klar«, sagte der, aber seine Hand auf meinem Knie verspannte sich kurz. »Sunnie bleibt eine Option.«

»Dann wären da noch Fido und Jayme«, sagte ich. »Brodie, was meinst du?«

»Jayme ist gefährlich.« Marla kam Brodie zuvor. »Sie hat immerhin schon mal die Macht gewonnen.«

»Das ist ein Argument«, sagte Brodie. »Aber Fido verhält sich auffallend unauffällig. Er ist athletischer, als er zeigen will, und ich fürchte, wenn wir ihn behalten, wird er sich bei den nächsten Wettkämpfen als schwerer Gegner erweisen, gerade dann, wenn es für uns darum geht, unsere Macht zu sichern.«

»Beides gute Argumente«, sagte Jendan. »Kandis, was meinst du?«

Ich überlegte. War das eine Testfrage? Würde er unser Zweierbündnis für brüchig halten, wenn ich mich Brodies Meinung anschloss? Unsere Viererallianz musste unbedingt halten, bis wir die anderen drei aus dem Rennen geworfen hatten. Wenn ein Paar die Seiten wechselte, warf das alle Pläne über den Haufen. Doch Fido war stärker als Jayme, und Jayme würde zugunsten von Brodie abstimmen, also auch zu meinem Vorteil.

Außerdem schmeckte es mir nicht, dass Fido sich bedeckt hielt. Das war meine Strategie, verflixt. »Ich stimme für Fido. Ich traue ihm nicht. Ein Typ, der sich selbst Fido nennt, macht mich schon von vornherein misstrauisch.«

Marla lachte. »Weißt du denn nicht, dass er den Spitznamen hat, weil er einen Hundeausführservice betreibt?«

»Kann sein, ist mir egal. Ich denke, er will uns damit in Sicherheit wiegen und sich harmlos und liebenswürdig geben. Wenn er Jake hieße, würden wir ihn anders wahrnehmen, oder? Jake ist ein Playboy-Name.«

Marla schnaubte. »Du meinst wie Brodie?«

Eigentlich ja. Ich wollte ihr nicht laut zustimmen, weil Brodie sich neben mir versteifte, spürbar verärgert über Marlas Bemerkung. Ich kehrte zum eigentlichen Thema zurück. »Ich habe einfach nicht den Eindruck, dass wir Fido trauen können.«

»Ich sehe ihn tatsächlich viel mit Jayme flüstern.« Marla seufzte. »Zuerst dachte ich, er mag sie eben. Aber jetzt frage ich mich, ob mehr dahintersteckt.«

»Also nominieren wir Sunnie und Fido«, sagte Brodie. »Damit trennen wir entweder ein starkes Paar, oder wir werden jemanden los, der es auf Kandis abgesehen hat. Das halte ich für eine solide Entscheidung. Habt ihr Präferenzen?«

Ich hatte eine, aber ich ließ erst die anderen reden. Nachdem wir eine Stunde lang konzentriert hin und her überlegt hatten, stand es fest: Fido würde ausscheiden.

Ich wusste nicht, wie ich mich damit fühlte, da wir die Person, die meinen Kopf wollte, im Spiel ließen. Außerdem würde Sunnie dann schon zum zweiten Mal nominiert und noch wütender sein. Aber Fido traute ich eher zu, einen Wettkampf zu gewinnen, als Sunnie. Immerhin hatte sie zugunsten ihrer Extensions auf einen Sieg verzichtet. Bei der Erinnerung strich ich mir wieder über meinen zur Seite gekämmten Iro.

Für das Wohl unserer Gruppe war es die richtige Entscheidung, auch wenn es für mich selbst nicht die beste war.

Anschließend begaben sich Marla und Jendan in ihr Zimmer, und Brodie schloss die Tür und löschte das Licht. Wir waren allein. Ich kroch unter die Decke, entschlossen, wegen des gestrigen Abends nicht verlegen zu werden. Es war wunderbar gewesen, so als ob wir uns schon seit Jahren kannten und jetzt erst zueinanderfanden. Ich hatte jeden Augenblick genossen.

Was ein Problem war. Ich wollte das nicht. Ich durfte das nicht. Eine Million Dollar stand auf dem Spiel – und die Rettung meiner Mom.

Das Bett knarrte, und die Matratze sank unter Brodies Gewicht ein. Sein Gesicht konnte ich in der Dunkelheit nicht erkennen.

»Also«, sagte er. »Was denkst du?«

»Nun ja …« Ich legte den Arm über dem Kopf aufs Kissen und spielte mit den Fransen. »Ich bin ein bisschen besorgt wegen Sunnie, weil sie jetzt doppelt Grund haben wird, auf mich sauer zu sein, aber wenn die Gruppe das will, dann halte ich mich daran.«

Ein Arm glitt um meine Taille. »Das habe ich nicht gemeint.«

»So?« Mir wurde wieder heiß.

»Ja.« Er zog mich an sich, und sein Atem strich mir übers Ohr. »Ich bin neugierig, warum du mich den ganzen Tag lang hast abblitzen lassen. Kalte Füße bekommen? Willst du jetzt lieber doch nicht mit mir rummachen?«

Rummachen, hm? Mehr war das nicht?

Nachdem ich über den kurzen Anflug von Enttäuschung hinweg war, erkannte ich … dass es so eigentlich perfekt war. Wenn wir nur herummachten, war die Situation nicht ernst. Dann würden niemandes Gefühle verletzt werden, solange wir es geheim hielten. Und das Beste von allem war, dass ich so mein Versprechen, Jendan mit ins Finale zu nehmen, ohne schlechtes Gewissen halten konnte. Darum sagte ich: »Du weißt, wenn sie glauben, dass wir eine Romanze haben, werden sie uns abschießen.«

»Ja, aber ich flirte doch mit jeder. Es wird so aussehen, als würdest du endlich darauf anspringen.«

Ich schnaubte.

»Und es könnte Verdacht erregen, wenn du die Einzige bist, die nicht mit mir flirtet.«

»Du flirtest nicht mit Marla«, merkte ich an.

»Doch«, widersprach er und nahm mein Ohrläppchen zwischen die Zähne, was mir Schauder über den Rücken jagte. »Bloß viel subtiler.« Seine Hand glitt zum Bund meiner Pyjamahose. »Aber ich kann auch bei dir subtil sein, wenn die anderen dabei sind. Willst du das?«

Im Moment wollte ich alles, bloß nichts Subtiles. Mein Körper reagierte auf seine Liebkosungen, und ich dachte, wenn er mich nicht sofort ernsthaft anfasste, würde ich vor Verlangen sterben. Aber ich biss mir auf die Lippe und kämpfte dagegen an. »Wir werden gefilmt, weißt du. Im Interview hat man mich wegen gestern Abend gefragt.«

»Und das stört dich?«, fragte er. »Es ist dunkel im Zimmer, sie können nichts sehen.«

Aber sie wussten, was wir taten. Und das zählte für mich genauso. »Und ob mich das stört.«

»Mich haben sie auch darauf angesprochen.« Seine Zungenspitze schnellte an meine Ohrmuschel und folgte den Windungen. »Aber sie haben mir auch eine sehr interessante Information gegeben.«

»Wirklich?«

»Jep. Dass sie die Kameras zwischen zwei und vier Uhr morgens abschalten und dass Kondome im Bad liegen.«

Ich holte scharf Luft. Offenbar wollten sie, dass die Kandidaten miteinander Sex hatten. Fast als sagten sie: Nur zu. Wir gucken nicht hin.

Andererseits ... wenn die Kameras nichts aufzeichneten ... »Ich weiß nicht, ob ich schon Sex mit dir haben will, Brodie. Das lenkt uns nur ab, und dann machen wir womöglich Fehler.«

»Wir können auch einfach nur knutschen«, sagte er mit rauchiger Stimme und schob die Hand tastend über meinen Bauch. »Es ist jetzt fast zwei.«

Ich sah auf die Leuchtanzeige des Weckers. »Noch zwei Minuten. Und dann ...?« Ich ließ die Frage offen.

»Dann können wir tun, was wir wollen«, murmelte er und biss mir ins Ohrläppchen.

Ich unterdrückte einen Aufschrei und presste die Fingernägel in seinen Arm. Dann nickte ich. »Okay, in zwei Minuten.«

Er lehnte sich zurück, und wir warteten.

Das waren bestimmt die längsten zwei Minuten meines Lebens. Ich starrte auf den Wecker. Die hundertzwanzig

Sekunden kamen mir vor wie eine Ewigkeit. Mein Herz klopfte wie wild, meine Brüste sehnten seine Berührung herbei, und zwischen den Beinen wurde ich zunehmend feuchter.

Dann war die Wartezeit vorbei.

»Na endlich«, brummte Brodie. Er umfasste mein Kinn, drehte meinen Kopf zu sich herum und senkte den Mund für einen tiefen Kuss auf meinen. Er leckte über meine Lippen, als wäre er ein Verhungernder und ich ein Festmahl. Und als meine Zunge an seine stieß, gab er ein tiefes Stöhnen von sich, bei dem mir die Knie weich wurden.

Ich hatte noch nie etwas so Erregendes gehört.

»Kandis, das war der längste Tag in diesem blöden Haus, weil ich es nicht erwarten konnte, wieder ins Bett zu gehen.« Seine Zunge tastete über meine geöffneten Lippen, seine Hand stahl sich an meinem Hals hinunter und spürte meinem Schlüsselbein nach. »Und ich wollte die zwei Idioten rauswerfen, kaum dass sie hier waren. Ich musste mich schwer zusammenreißen, sonst hätte ich es getan, nur um dich aufs Bett zu werfen und über dich herzufallen.«

Seine leidenschaftlichen Worte erinnerten mich an seine Hand auf meinem Knie. Plötzlich kam es mir vor, als gäbe es nichts Erotischeres auf der Welt. Ich zog die Decke über uns, und meine Hände flogen über seinen Körper.

Brodie zog meine Oberschenkel um seine Hüften und legte sich zwischen meine Beine. Ich keuchte, denn in dieser Position spürte ich … alles, besonders seine Erektion.

Er neigte sich zu einem Kuss heran. »Ist das okay?«

Ich nickte, und sowie sein Mund über meinen glitt, kamen unsere Zungen ins Spiel. Stöhnend bohrte ich die Fingernägel in seinen Rücken.

Er hob das Becken an und drückte seinen Penis an mein Geschlecht. Köstliche Schauder durchliefen mich.

»Du passt perfekt zu mir, Kandis«, hauchte er an meinem Mund. »Ich kann es nicht erwarten, dich zu schmecken.«

»Mich schmecken?«, wisperte ich hoffnungsvoll.

»Ja, überall.« Er saugte an meiner Unterlippe und biss dann spielerisch zu. »Willst du wissen, wo ich anfangen würde?«

»Wo?«, keuchte ich.

»Wie dein Mund schmeckt, weiß ich schon.« Seine Zunge strich zwischen meinen geöffneten Lippen entlang. »Du bist süß wie Honig und hast die köstlichste kleine Zunge, aber das reicht mir nicht.«

Er stieß zwischen meine Beine.

»So?« Meine Stimme zitterte, meine Hände strichen über seine warme Brust, seine Schultern, den ganzen Körper.

»Erst mal widme ich mich deinen hübschen Brüsten.« Er knöpfte mein Pyjamaoberteil auf und zog es nach und nach auseinander. »Trägst du einen BH?«

»Nein.«

»Gut.« Er rutschte tiefer, und ich war enttäuscht, als ich nur noch seinen Bauch zwischen meinen Beinen spürte. Ich wollte, dass er seinen Penis an mir rieb.

Das war prompt vergessen, als sein Mund das Stück

Haut liebkoste, das er eben freigelegt hatte. »Seit einer Woche schon will ich die beiden Schönheiten sehen. Du hast keine Ahnung, wie gern ich in der Dusche hingeguckt hätte, aber ich wusste, du bringst mich um, wenn ich das wage.«

Ich kicherte. »Hätte ich, ja.«

»Natürlich kann ich jetzt im Dunkeln auch nichts sehen, aber ich kann deine seidige Haut anfassen. Und das wollte ich auch schon die ganze Woche.«

Ich wölbte mich ihm erwartungsvoll entgegen, sehnte mich nach seiner Berührung. Ich hatte es mir so oft ausgemalt, seine Hände und seinen Mund auf meiner Haut.

Der letzte Knopf glitt durch das Knopfloch, und die Hälften des Oberteils rutschten zur Seite. Ich spürte die kühle Luft an mir, dann seine große warme Hand. »Ich wette, das ist ein herrlicher Anblick«, raunte er. »Schneeweiße Haut und weiche Kurven.«

Zwar war ich mittlerweile am Pool ein bisschen braun geworden, doch ich unterbrach ihn nicht. Wie könnte ich? Mit jeder Silbe wurde ich feuchter. Wenn das so weiterging, würden allein seine Worte mich zum Kommen bringen.

»Welche Farbe haben deine Brustwarzen?«, fragte Brodie. »Ich tippe darauf, dass sie dunkel sind. Hab ich recht?«

»Ja.« Meine Stimme zitterte fast so sehr wie alles andere von mir. »Und soweit ich weiß, schmecken sie ziemlich gut.«

Er stöhnte. »Wirklich? Das muss ich überprüfen.« Sein

Mund spürte der Wölbung einer Brust nach, dann nahm er sie in die Hand und führte die Spitze an den Mund.

Und leckte.

Fast hob ich mich vom Bett. Wogen der Erregung durchliefen mich. Ich dachte, ich würde auf der Stelle kommen. »Brodie«, stöhnte ich. »Oh Gott.« Ich brauchte mehr. Ich wollte noch mal seine Zunge spüren.

»Mmm, du schmeckst tatsächlich gut.« Er umfasste die andere Brust und ließ ihr mit einem langsamen Zungenschlag die gleiche Aufmerksamkeit zuteilwerden. Dann umkreiste er die Brustwarzen mit der Zungenspitze und leckte daran. »Du hast die hinreißendsten Brüste, die ich je gesehen habe. Sie sind echt, oder?«

Empört stieß ich ihn gegen die Schulter. »Natürlich sind sie echt, Mensch.«

Er lachte, dann biss er leicht hinein. »Ich muss sagen, sie fühlen sich echt an. Du kannst dich glücklich schätzen, so schöne Brüste zu haben, aber eigentlich bin ich hier der Glückspilz.« Und er leckte sie wieder, und zugleich liebkoste er die andere mit dem Daumen.

Keuchend wand ich mich unter ihm, griff in seine Haare, um sein Gesicht an meine Brüste zu drücken. Am liebsten hätte ich seinen Mund überall gespürt.

»Ich könnte die ganze Nacht weitermachen.« Er ließ die Zungenspitze über meine Brustwarzen schnellen, um dann mit seinem stoppeligen Kinn darüberzureiben. Ich musste mir auf die Lippe beißen, um nicht aufzuschreien. »Aber ich habe andere Pläne.«

»Andere Pläne?« Das steigerte meine Erregung nur noch. »Was für welche?«

»Ich denke an eine bestimmte Stelle«, erklärte er neckend. Er glitt tiefer unter die Decke und zwischen meine Beine.

Gespannt zog ich mir die Decke über den Kopf, um ihn weiter hören zu können. Wollte er mich wirklich lecken? Da war ich bisher immer zu kurz gekommen. Die meisten Typen ließen sich zwar selbst gerne oral befriedigen, waren aber oft nicht bereit, den Gefallen zu erwidern.

»Ja, ich dachte, ich koste deine Füße, sauge an deinen Zehen.«

Das zerschmetterte meine Hoffnung. »Äh … was?«

Er lachte leise und leckte mir über den Bauchnabel. »Ein Witz.«

»Das hatte ich gehofft.« Ich gab ein kleines, nervöses Lachen von mir.

»Oh ja. Und ich hoffe, du hast keinen Slip an.«

Meine Erregung kehrte zurück. »Doch, aber nicht mehr lange.«

»Das höre ich gern.« Er zog am Bund meiner Schlafanzughose. »Dann wollen wir mal sehen, was wir hier haben.«

Ich unterdrückte ein Kichern. »Kannst du dir das nicht denken?«

»Sehen heißt glauben«, murmelte er, während er mir mit einer Bewegung Hose und Slip abstreifte. »Schmecken ist noch besser.«

Bei dem Wort schauderte ich schon und ballte die Fäuste über dem Kopf. Obwohl es unter der Decke stickig war, widerstrebte es mir, den Kopf hervorzustrecken.

Hier waren wir beide wie in einem Kokon, geschützt vor der Realität.

Brodie drückte mir einen Kuss auf die Hüfte und leckte dann über die Stelle. »So weit, so gut.«

»Gefällt dir, was du siehst?«

»Mmm, und wie.« Er strich mit dem Mund über meinen Venushügel, und dann spürte ich, wie seine Finger die Schamlippen teilten. Einer strich dazwischen entlang und sandte Kaskaden der Erregung durch meinen Körper. »Du bist feucht.«

»Ja«, bestätigte ich atemlos. »Das sollte dich nicht überraschen.«

»Ja, aber es gefällt mir, *wie* feucht du bist.« Er rückte ein bisschen tiefer, dann fühlte ich seine Zunge von unten bis oben über mein Geschlecht streichen.

Im ersten Moment war ich überwältigt von den Empfindungen. Das war der Höhepunkt des wochenlangen herrlichen Vorspiels, und fast setzte mein Verstand aus.

Dann leckte er sanft über meine Klitoris.

Mein Unterleib zuckte, und mir entkam ein leises Stöhnen. »Oh, Brodie.«

»Gut«, murmelte er. »Das gefällt dir?«

Zur Antwort wimmerte ich und presste schnell die Hand auf den Mund, damit mich niemand hörte. Ja, es gefiel mir, viel zu sehr sogar. Wenn er so weitermachte, würde ich auf keinen Fall still sein können.

Und dieser ärgerliche, herrliche Mann tat natürlich genau das, und noch mehr. Er saugte an der kleinen Perle. Meine Hüften waren in ständiger Bewegung, bis er sie festhielt, damit er mich ungestört lecken konnte. Und das tat er. Jedes Mal, wenn seine Zunge so unendlich geschickt über mein Geschlecht strich, ging es mir durch und durch, und ich schauderte vor Verlangen.

Ich presste mir die Hand auf den Mund, um nicht zu schreien, und als die Empfindungen immer intensiver wurden, biss ich mir in die Handkante. Doch das reichte nicht, und als er weiter meine empfindsame Klitoris bearbeitete und dabei einen Finger tief in mich hineinschob, kam ich heftig. Mein Inneres zog sich um seinen Finger zusammen, und ich spürte sein zufriedenes Brummen an meiner nassen Spalte, während er weiterleckte.

Als der Orgasmus verebbte, nahm ich keuchend die Hand vom Mund. Morgen früh würde ich da einen blauen Fleck haben.

Aber im Moment war mir das völlig egal.

Zufrieden seufzend griff ich nach Brodie, um ihn zu mir heraufzuziehen. »Komm hoch zu mir und küss mich«, sagte ich atemlos. »Das war wunderbar. Du bist wunderbar.«

»Ich weiß.« Es klang leicht belustigt und selbstgefällig. Typisch Brodie. Großspurig, von sich eingenommen und viel zu charmant. Doch er kam zu mir und stützte sich auf die Unterarme, dann gab er mir einen schmerzlich zarten Kuss. »Wie war das?«

»Der Kuss?«, fragte ich noch benommen von der neuen Erfahrung.

Kichernd küsste er mich auf die Nase. »Alles.«

»Mmm. Unglaublich. Willst du mich dazu bewegen, dir zu schmeicheln?«

»Schon möglich.« Ich hörte ihn praktisch grinsen. »Aber vor allem wollte ich erleben, wie du kommst.«

»Tja, ich bin gekommen, ziemlich heftig sogar«, bekannte ich schüchtern. Meine Handkante tat bereits weh.

»Das ist wahr. Du hast gebockt wie ein wildes Pferd.«

Das war … ein peinlicher Vergleich. Ich griff in seinen Nacken und zog ihn zu mir herunter. Als er auf mich sank, drehte ich uns beide herum, sodass wir uns in der Bettdecke verhedderten. Es dauerte ein paar Augenblicke, bis wir uns befreit hatten, dann stieß ich sie weg. Meine Haare richteten sich von der Reibung knistern auf. Es dauerte noch mal eine Minute, bis wir unser kleines Deckenzelt wieder errichtet hatten, dann legte ich mich auf Brodie, zog die Knie an und drückte mein nacktes Geschlecht an seine Erektion. »Und du? Wie geht es dir?«

Er fasste mich bei den Hüften, um sich an mir zu reiben. »Was sagt dir das?«

Ich stöhnte, als sein Schaft an meiner noch empfindsamen Mitte entlangglitt. »Das sagt mir, dass er sicher nichts dagegen hätte, wenn ich daran lutsche.«

Er holte Luft, als würde ihn allein die Vorstellung atemlos machen. »Nein, hätte er bestimmt nicht. Ist das ein Angebot?«

»Und ob.« Ich zog einen Finger über die Mitte seiner Brust und dann über eine seiner flachen Brustwarzen. »Aber ich höre kein Bitte.«

»Bitte, Baby«, stöhnte er. »Ich wette, du machst das fantastisch.«

»Darauf kannst du Gift nehmen«, schnurrte ich und ließ die Hüften auf ihm kreisen, um ihn ein bisschen zu quälen. »Willst du eine Kostprobe?«

»Mehr als alles andere.«

Das war Musik in meinen Ohren. Schmunzelnd rutschte ich tiefer, bis ich seine Schienbeine unter meinem Po spürte, und griff zum Bund seiner Boxershorts. »Sehen heißt glauben«, zitierte ich ihn neckend. »Und ich glaube, ich muss es wirklich mit eigenen Augen sehen.«

Nicht, dass ich in der Dunkelheit und unter der Decke auch nur das Geringste sah.

Nicht, dass das irgendwen störte.

Ich zog ihm die Hose herunter, um seine Erektion freizulegen, und legte die Hand darum. Ein Stöhnen entfuhr mir. Ein erigierter Penis hatte etwas an sich – die zarte Haut, die Härte darunter –, das ein Sehnen in mir weckte. Und Brodie hatte einen hinreißenden Penis. Dick und lang mit einer großen Eichel. Und Brodie schien genau zu wissen, wie schön er war, was offenbar zu seinem Selbstbewusstsein beitrug. Nicht, dass sein Ego noch Bestätigung nötig gehabt hätte. »Nicht übel, nicht übel«, murmelte ich.

Er lachte keuchend, während ich ihn betastete. »Soll das ein Witz sein? Gefällt er dir wirklich?«

»Ich möchte dein Ego nicht noch mehr aufblasen«, erwiderte ich lächelnd. »Das ist schon groß genug. Wie sehr er mir gefällt, weiß ich erst, wenn ich ihn probiert habe.« Ich beugte mich darüber und glitt mit der Zunge über die Eichel. »Mmm. Das ist vielversprechend. Ich muss mich aber vergewissern.«

»Kandis«, stöhnte er mit zittriger Stimme. »Du folterst mich.«

»Ja, nicht wahr? Und du findest es toll.« Ich leckte über die dicke Eichel und spürte ihren Konturen nach. Ein köstliches Gefühl. Ich hätte stundenlang so weitermachen können. Immer wenn ich mit der Zunge über die Spitze strich, trat ein neuer Tropfen aus, egal wie oft ich darüber leckte. Es machte ihn verrückt, und das gefiel mir. Ich streichelte zart seinen Hodensack und strich mit dem Mund neugierig den Schaft hinunter.

Er stöhnte. »Nimm mich in den Mund.«

Bei seiner Forderung wurde ich von Neuem feucht, aber das verriet ich ihm nicht. Ich tat, als hätte ich ihn nicht gehört und liebkoste seine Hoden noch ein wenig länger, dann stülpte ich die Lippen über die Eichel und hielt inne, als wüsste ich nicht, wonach er sich sehnte.

Er griff in meine Haare, um meinen Kopf nach unten zu drücken. »Kandis. Bitte.«

Ich leistete Widerstand und zog mich etwas zurück. »Bitte was?«, fragte ich neckend.

»Bitte tu es. Du hast keine Ahnung, wie oft ich mir einen runtergeholt und mir deinen Mund da unten vorgestellt habe.«

Echt jetzt? Wann und wo? Die Vorstellung, wie er sich in einer dunklen Ecke klammheimlich befriedigte, löste ein herrliches Flattern in meinem Unterleib aus, und ich belohnte ihn, indem ich erneut die Lippen über seine Eichel stülpte. Als er erneut den Druck seiner Hand verstärkte, ließ ich mich führen und nahm ihn tief in den Mund.

»Meine schöne Kandis. So ist es gut. Dein Mund ist das Paradies auf Erden.«

Ich umspielte ihn mit der Zunge und zog dann den Kopf zurück, bis ich nur noch die Eichel im Mund hatte. Ich griff um die Peniswurzel und nahm ihn immer wieder so tief auf, dass ich mit der Oberlippe an meinen Zeigefinger stieß. Und bei jedem Mal stöhnte Brodie.

Dann zog er an meinem Kopf. »Lass los, Süße, ich komme gleich.«

Ich ignorierte ihn und saugte, bis die Eichel an meinen Rachen stieß. Zufrieden hörte ich, wie sein Atem flach und rau wurde. Ihn bis an den Rand der Beherrschung zu bringen war ein berauschendes Gefühl.

Brodies Griff in meinen Haaren wurde fester, das war die einzige Warnung, bevor er kam und der warme Strahl in meine Kehle floss. Ich schluckte und hätte beinahe gewürgt.

Einen Moment später zog er sich zurück und streichelte meine Wange, während er nach Atem rang. »Das war unglaublich.«

Ich schluckte noch einmal, wischte mir die Mundwinkel ab und kroch zu ihm hinauf, um mich an seine Seite zu schmiegen. »Freut mich, dass es dir gefallen hat.«

»Es war toll«, sagte er und drückte mir einen Kuss auf die Stirn. Er lachte leise. »Ich werde traurig sein, wenn ich nach Hause fahren muss und nicht mehr das Bett mit dir teilen kann.«

Ich schwieg. Komisch, wie sich mein Herz bei dem Gedanken zusammenzog. Er dachte also schon an die Heimfahrt? Ich wollte gar nicht daran denken.

Die böse Welt da draußen erschien mir fern. Hier im Haus war meine größte Sorge, ob ich nominiert würde oder nicht. Dinge wie Rechnungen, Miete und eine selbstzerstörerische Mutter gab es nicht.

Hier hatte ich den verführerischen, selbstbewussten Brodie, der gern mit mir herummachte und mir bis zum Finale den Rücken freihalten wollte.

Auch wenn das nicht die Realität war, war ich damit erst mal zufrieden.

Am nächsten Morgen benahm sich Brodie ganz normal trotz unserer nächtlichen Aktivitäten. Er flirtete, neckte mich und war derselbe wie immer. Damit konnte ich umgehen. Das machte die Situation einfacher.

Und was war schon dabei, wenn mir ab und zu danach war, seine Hand zu halten? Dann war das mein Problem, nicht seines.

Wir hatten gerade die Liegestühle der Raucher in Beschlag genommen, als es durch die Lautsprecher klang: »Alle Kandidaten bitte zum Spielgelände zum letzten Belohnungswettkampf dieser Staffel!«

Wir wechselten Blicke. »Der letzte Belohnungswettkampf? Ist das nicht ein wenig zu früh?« Ich zählte die Köpfe. Wir waren noch zu siebt. Das hieß eigentlich, noch fünf weitere Wochen im Haus, oder? Es sei denn, die Spielleitung plante eine erneute Änderung.

»Vielleicht gehen ihnen die Ideen aus«, meinte Marla und drückte ihre Zigarette aus, bevor sie aufstand.

Vielleicht.

Wir begaben uns zum Rand des Spielgeländes, das mit Vorhängen abgesperrt war. Da Brodie die Macht hatte, würde er den Wettkampf leiten. Und da jeder für sich antrat, trat auch ich an. Ich reihte mich mit den anderen auf und wartete, dass die Vorhänge beiseite gezogen würden.

Brodie nahm die Karte, die an einer Schnur baumelte, und las vor. »Hallo, Kandidaten. Das ist euer letzter Belohnungswettkampf dieser Staffel. Und deshalb soll sich die Anstrengung für euch lohnen. Ihr werdet an einer Zombieparty teilnehmen. Das funktioniert wie bei der Reise nach Jerusalem, aber mit einer Besonderheit.« Er steckte die Karte in die Hosentasche und zog mit der Schnur die Vorhänge auf.

Ich starrte auf ein riesiges Bällebad. Ein Becken voll mit rötlicher Flüssigkeit und kleinen rosa und grünen Bällen. Künstlicher Nebel waberte darüber.

Brodie zog die Karte wieder hervor. »Das Becken ist bis zum Rand mit Bällen gefüllt. Einige sind schwer und darum abgesunken, andere treiben an der Oberfläche. Die Flüssigkeit ist wieder Blut ...«

Wir stöhnten, da wir das dickflüssige Zeug vom ersten Wettkampf noch lebhaft in Erinnerung hatten.

»... und auf Los springt ihr alle hinein und sucht nach einem Ball, der die Form eines Gehirns hat. Habt ihr einen gefunden, bringt ihr ihn zu den Stühlen am Beckenrand.« Er deutete auf eine Reihe rosa und grüner Stühle. Es waren jedoch nur fünf. »Der letzte Kandidat wird keinen Stuhl haben und ausscheiden. Nach der ersten Runde werden fünf antreten und nur vier weiterkommen. In dieser Weise setzen wir den Wettkampf fort. Wer zuletzt übrig bleibt, bekommt die Belohnung – fünfundzwanzigtausend Dollar.«

Ich holte so laut Luft, dass die anderen sich nach mir umdrehten. Aber das war mir egal.

Fünfundzwanzigtausend wären eine große Erleichterung, selbst wenn ich die Million nicht bekäme. Das würde mir ein wenig Zeit verschaffen, um eine Lösung für die Hypothek zu finden und Mom mit ihrer Spielsucht zu helfen.

Ich musste unbedingt gewinnen. Fünfundzwanzigtausend Dollar: Allein bei dem Gedanken daran begann ich zu zittern. Das reichte gerade für die drängendsten Kreditkartenschulden und die rückständigen Ratenzahlungen, aber es wäre ein Anfang. Einer, den ich dringend nötig hatte.

»Hat jeder die Regeln verstanden?« Brodie blickte an unserer Reihe entlang und hielt bei mir einen Moment lang inne. »Fertig? Los!«

Wir rannten zum Rand des Beckens und stiegen hinein. Es war nur einen Meter tief, aber die Bälle und die zähe Flüssigkeit hemmten jeden Schritt. Ich entschied mich dafür, langsam zu waten und nach jedem Ball zu greifen. Sie waren alle faustgroß und bei näherem Hinsehen nicht alle gleich geformt. Einige wie ein Football, andere wie ein Ei und manche auch, als hätte man die halbe Luft herausgelassen. Die untergetauchten stießen mir beim Gehen gegen die Beine. Es war, als suchte man die Nadel im Heuhaufen.

Neben mir kreischte Sunnie auf und hielt etwas in die Höhe, dann machte sie kehrt und watete zum Beckenrand. Tja, Mist. Aber was sie konnte, konnte ich schon lange. Ich griff nach den untergetauchten Bällen und tastete nach hirnähnlichen Wülsten.

Da! Ich machte einen Hechtsprung und tauchte mit dem Gesicht in das rote Zeug, bekam den Ball aber zu fassen. Als ich tropfend aus dem Becken stieg, warf ich mich jubelnd auf einen Stuhl.

Augenblicke später stieg Jendan heraus und plumpste auf den Platz neben mir. Fido und Jayme waren die nächsten. Marla stand noch im Becken und warf frustriert die Arme in die Luft, als das Signal ertönte.

»Marla scheidet aus«, gab Brodie bekannt. »Die Übrigen treten wieder an. Steht bitte auf.«

Er entfernte einen der Stühle. Nachdem wir die Hirnbälle in einen Eimer gelegt hatten, gingen wir wieder an den Start. Auf Los sprangen wir zur nächsten Runde ins Becken.

Diesmal war ich die Erste, die mit der Beute das Bällebad verließ, und Fido wurde Letzter. Er wischte sich das rote Zeug von der Wange und setzte sich kopfschüttelnd zu Marla.

Jendan gewann die nächste und zwei weitere Runden. Ich hielt jedoch mit, und so landeten wir zwei in der letzten Runde. Ich war erschöpft von der Anstrengung, durch das zähe Zeug zu waten, aber ich brauchte das Geld so dringend, dass ich trotz meiner Nervosität die letzten Kräfte mobilisierte.

Die Frauen feuerten mich an, als ich an den Beckenrand trat. »Du kannst aufgeben, Jendan«, rief ich. »Das Geld gehört mir.«

»Kandis ist wild entschlossen«, rief Sunnie. »Du kommst ihr besser nicht in die Quere.«

Jendan sah mich bloß grinsend an. Seine Zähne leuchteten in dem rot beschmierten Gesicht. »Ach wirklich? Du brauchst das Geld?«

»Du ahnst nicht, wie sehr«, entgegnete ich und lachte, um meinen Worten den Ernst zu nehmen.

»Letzte Runde«, rief Brodie von seinem Posten am Beckenrand, wo nur noch ein Stuhl stand. »Fertig? Los!«

Jendan und ich sprangen ins Becken und schoben uns hastig durch das dickflüssige Zeug, um unter den unzähligen Bällen einen richtigen zu entdecken. Ich hechelte vor Eifer. Ich musste Jendan unbedingt zuvorkommen. Unbedingt. Minuten vergingen, und an der Oberfläche war weit und breit keiner mit Wülsten zu sehen. Darum zog ich die Arme durch die Flüssigkeit und betastete, was ich in die Finger bekam. Ich hatte schon Magenschmerzen vor Anspannung. Nur ein Gehirn! Nur eins! Es sollte doch möglich sein, eins zu erwischen. Neben mir suchte Jendan mit untergetauchten Händen und hatte auch kein Glück.

»Komm schon«, murmelte ich. »Wo versteckst du dich? Komm zu mir.«

»Du brauchst es dringend, hm?«, sagte Jendan dicht neben mir und schob sich durch die treibenden rosa und grünen Bälle.

»Oh ja.« Ich schob einen Bällehaufen beiseite. »Du machst dir keine Vorstellung.«

»Mmm.« Mehr sagte er nicht dazu, sondern watete weiter.

Als ich den Kopf zu ihm drehte, sah ich ein Gehirn auf einem Haufen glatter Bälle liegen, das Blut tropfte aus den Rillen.

Leider lag es dicht neben Jendans Hand. Während ich es fixierte, sah Jendan zu mir, folgte dann meinem Blick, entdeckte es und drehte sich langsam weg.

Er ließ mich gewinnen.

Ich hätte ihn am liebsten geküsst. Stattdessen warf ich mich nach vorn, schnappte mir das Gehirn, und meine Freude mischte sich mit Schuldgefühl. Er ließ mich gewinnen … weil ich das Geld dringender brauchte als er, der Stuntman? Welchen Grund er auch hatte, ich war ihm dankbar. Ich schwang die Hufe (soweit das in einem Becken voller Sirup möglich war) und sank schließlich auf den letzten Stuhl. Ich reckte das Gehirn in die Luft und stieß einen Jubelschrei aus.

»Gewonnen!« Brodie hob meinen klebrigen Arm über meinen Kopf. »Kandis bekommt die fünfundzwanzig Riesen!«

Ich jubelte noch einmal und brach im nächsten Moment in Tränen aus. Dieses Geld würde mir so sehr helfen. Ich würde mir keinen Zweitjob besorgen müssen, um meine Mom über Wasser zu halten.

Und Jendan hatte mir den Sieg geschenkt.

»Oh, sie ist so gerührt«, sagte Sunnie.

Brodie und ich begnügten uns mit einem High-five, da wir wegen des klebrigen Zeugs vor einer Umarmung zurückschreckten. Als Jendan zu mir kam, fiel ich ihm um den Hals und drückte ihn wie verrückt. »Du bist der Beste von allen«, sagte ich leise.

Er lachte und drückte mich ebenfalls. »Nein, ich weiß nur, wie es ist, in Geldnot zu sein.«

Ich stutzte und ließ ihn los, wobei sich unsere Shirts mit einem nassen Geräusch voneinander lösten. Ich war beschämt. »Oh Gott. Du brauchst es selbst …«

Er schüttelte den Kopf. »Nein, das war mal. Ich komme zurecht. Der Gewinn gehört dir.«

Ich umarmte ihn noch mal und ließ die Tränen fließen.

»Es reicht, es reicht«, sagte Marla sauer. »Nehm euch ein Zimmer.«

Ich kicherte trotz Tränen und löste mich von Jendan. »Apropos, ich muss unter die Dusche.« Freudestrahlend sah ich mich nach Brodie um.

Aber der war nirgends zu sehen. Er war ins Haus gegangen.

Kurze Haare hatten einen Vorteil – sie waren im Nu gewaschen. Ich duschte schnell, kämmte mich und schlüpfte in meine Lieblingsyogahose und ein bequemes schulterfreies Shirt.

Als ich zurück ins Zimmer kam, saß Brodie auf dem Bett. Offenbar hatte er auf mich gewartet.

Ich warf mein Handtuch in den Wäschekorb und setzte mich neben ihn. »Was beschäftigt dich?«

Er sah mich einen Moment lang prüfend an, dann legte er sich zurück auf die Seite und stützte den Kopf in die Hand. Mit dem Zeigefinger malte er ein Muster auf die Bettdecke. Das hatte er gestern Abend an meinem Oberschenkel getan, und ich kniff bei der Erinnerung daran die Beine zusammen.

Er antwortete nicht. Ich stupste ihn an. »Dich beschäftigt etwas. Es sieht dem berüchtigten Brodie Short gar nicht ähnlich, still und nachdenklich zu sein.«

Ich hatte gehofft, ihn zum Lachen zu bringen, doch er zog nur einen Mundwinkel hoch und malte weiter Muster auf die Decke. »Ich habe gesehen, dass Jendan auf den Sieg verzichtet hat. Er hat den Ball gefunden und ihn dann aber dir gegeben.«

Das war ihm tatsächlich aufgefallen? Ich nickte. »Ich weiß. Er hat mich gewinnen lassen.«

»Kannst du mir erklären, warum Jendan fünfundzwanzig Riesen einfach so hergeschenkt hat?«

»Weil er sie nicht braucht? Als Stuntman verdient er vielleicht ganz gut.« Nervös strich ich mir durch die nassen Haare. Ich fühlte mich wie ein Kind, das mit der Hand in der Keksdose erwischt worden war.

»Ja, aber ich glaube nicht, dass er es deshalb getan hat. Läuft da was zwischen euch beiden?«

Ich riss die Augen auf. »Soll das ein Witz sein?«

Er zuckte die Achseln, als würde ihn das alles kaltlassen. »Wir beide sind uns recht nahegekommen. Ich weiß, dass ihr beide euch auch nahesteht. Ich frage mich nur, ob auf dieselbe Art.«

Ich holte scharf Luft. Wie konnte er es wagen? Ich versetzte ihm einen Stoß und wollte aus dem Bett steigen. »Du kannst mich mal …«

Er packte mich und zog mich zurück. »Oh nein, du haust jetzt nicht ab.«

»Lass mich los!«

»Erst wenn wir das geklärt haben.« Er schob sich auf mich, während ich mich zappelnd wehrte, doch er hielt mich mit seinem Körpergewicht auf dem Bett fest und blickte auf mich herunter. »Ich will wissen, was da vor sich geht.«

»Gar nichts, du misstrauischer Blödmann.« Ich funkelte ihn wütend an. »Du bist der Einzige hier, mit dem ich herummache, und jetzt frage ich mich, ob das klug war.«

»Ach wirklich?« Langsam verzog er die Lippen zu einem frechen Grinsen. »Du findest es unklug, mit mir herumzumachen?«

»Schrecklich unklug sogar«, sagte ich atemlos. Meine Wut ging schneller in Erregung über, als ich denken konnte. Sein Gesicht war so nah, dass ich nur die Zunge rauszustrecken brauchte, um ihm über sein schönes Kinn zu lecken. Nicht, dass ich es gewollt hätte. Denn das wäre ja schrecklich unklug gewesen.

Das würde mich am Ende die Million kosten. So viel stand fest.

Er wackelte mit den Brauen. »Möchtest du vielleicht gerade was Unkluges machen?«

Ich stieß ihn an der Schulter. »Nein.«

»Das ist in Ordnung.« Er nahm meine Handgelenke und hielt sie fest. »Dann kannst du mir ja erzählen, warum Jendan dir fünfundzwanzig Riesen schenkt. Bist du im wirklichen Leben vielleicht obdachlos?«

Zu meinem Entsetzen kamen mir Tränen. Meine Güte, er hatte praktisch den Nagel auf den Kopf getroffen. »So ähnlich.«

Darauf war Brodies Blick nicht mehr berechnend, sondern besorgt. Er rollte sich von mir herunter, richtete sich auf und zog mich mit hoch. »Was ist es? Rede mit mir, Kandis. Wir sind Partner.«

Ich wischte mir die Tränen von den Wangen. »Es ist albern. Jeder von uns hat seine Gründe, hier mitzumachen, nicht? Meine sind nicht wichtiger als die der anderen.«

»Lass mich das beurteilen.« Er wischte mir eine vereinzelte Träne vom Kinn. »Nun erzähl schon.«

»Es geht um meine Mom. Sie ist spielsüchtig«, platzte es aus mir heraus. »Sie geht jedes Wochenende in Casinos und gibt ihr ganzes Geld aus. Ich weiß nicht, wie lange das schon so geht, aber inzwischen hat sie eine zweite Hypothek auf das Haus aufgenommen und ist mit den Raten im Rückstand. Sie wird es verlieren. Ihre Kreditkartenschulden sind irrsinnig hoch, ihr Wagen wurde ihr gerade weggenommen, sie hat kein Geld mehr, um sich Lebensmittel zu kaufen, und trotzdem treibt sie immer irgendwo Geld auf, um es zu verspielen. Ich verdiene in meinem Beruf nicht genug, um für sie zu sorgen. Ich habe es versucht, aber es funktioniert nicht.« Beim Gedanken an den Stress kamen mir schon wieder Tränen.

»Und was machst du beruflich? Du hast dich als Studentin ausgegeben, aber das war wohl gelogen.«

»Ich bin Zumba-Trainerin in einem Fitnessclub«, sagte ich mit einem schiefen Lächeln.

Er nickte anerkennend und grinste mich auf seine hinreißende Art an. »Das erklärt deinen hübschen knackigen Hintern. Der ist dermaßen heiß.«

Ich schniefte. Wie kam es, dass Brodie mich mit seinen Kommentaren immer zum Lächeln brachte, egal wie traurig ich war? »Und was machst du beruflich? Außer in Spielshows aufzutreten?«

»Ich kellnere. Eigentlich wollte ich die Spielshows als Sprungbrett nutzen, um nach Hollywood zu kommen.«

Ich wurde blass. *Mactor.* Und stolz darauf.

Er zuckte die Achseln. »Das macht zwar Spaß, aber allmählich komme ich zu dem Schluss, dass ich mit meinem Leben doch lieber etwas anderes anfangen will. Was genau, weiß ich noch nicht.«

Ich kannte das Gefühl. Bei *House Guests* mitzumachen war lustig und aufregend, dabei war man jedoch vom wirklichen Leben so weit weg, dass man mitunter ein bisschen verrückt werden konnte. »Das hat nichts damit zu tun, dass du bei der letzten Show als Schurke dargestellt wurdest?«

Er grinste mich an, als wäre er stolz darauf. »Das stört mich überhaupt nicht. Katy war sauer auf mich, aber sie ist meine Schwester. Bei seiner Schwester kann man sich mehr erlauben als bei anderen. Sie kann mir nicht lange böse sein. Wenn ich meinen treuen Hundeblick aufsetze, ist es meistens wieder gut.« Zum Beweis schob er die Unterlippe vor, legte den Kopf schräg und sah mich treuherzig an.

Ich stöhnte und warf ihm ein Kissen an den Kopf. »Das brauchst du bei mir nicht zu versuchen. Wenn du mich übers Ohr haust, werde ich dir nicht so schnell verzeihen wie Katy. Denn ich bin auf die Million wirklich angewiesen.«

»Wir beide sind darauf angewiesen. Das Problem ist, nur einer von uns kann sie gewinnen.«

»Tja, also, ich denke, ich brauche sie dringender als du.«

»Na hör mal. Hab ich dir nicht gerade gesagt, dass ich als Kellner arbeite? Du hast wenigstens einen richtigen Job.«

»Ja, aber von meinem Gehalt lassen sich keine Spielschulden begleichen. Das reicht für meinen Lebensunterhalt, aber nicht auch für Moms. Und sie hat niemanden außer mir.« Ich war wieder restlos ernüchtert. »Ich brauche viel Geld, um sie aus den Schwierigkeiten rauszuholen und ihr professionelle Hilfe zu bezahlen. Manchmal … kann ich einfach nicht mehr.« In dem Moment kam die gewohnte Panik in mir hoch, wie immer, wenn ich an meine Mom dachte. Wie hilflos ich doch war. Sie war eine erwachsene Frau und für ihre Entscheidungen selbst verantwortlich. Und trotzdem fühlte ich mich für sie verantwortlich. Ich atmete tief durch, um mich zu beruhigen. Ich nahm an der Sendung teil, um ihr zu helfen.

Brodie nickte und zog mich an sich. »Wir werden eine Lösung finden.«

Ich kuschelte mich an seine Brust, wütend auf mich selbst, weil ich es so sehr genoss. »Versprichst du mir, den anderen nichts davon zu sagen? Ich will nicht, dass sie über meine Mutter Bescheid wissen.« Schon bei dem Gedanken fühlte ich mich sehr verletzlich, und das mochte ich gar nicht.

»Tja, mir scheint aber, Jendan vermutet etwas«, sagte Brodie, während er mir beruhigend über den halb rasierten Kopf strich. »Aber keine Sorge. Du kannst dich auf mich verlassen.«

Mich auf Brodie Short verlassen. Ich wäre dumm, wenn ich das täte. Und dennoch … »Lass mich am Ende nicht hängen, okay?«

»Tue ich nicht. Versprochen.«

Und aus irgendeinem Grund glaubte ich ihm.

# 8

*»Ja, zum ersten Mal in meinem Leben richte ich mich in einer Beziehung nach der Frau. Kandis sagt, keinen Sex, und wir haben keinen. Und ich bin damit einverstanden. Echt. Meine Eier vielleicht nicht, aber mein Kopf vollkommen.«* – Brodie Short am 40. Tag

Die Woche war so ereignisreich gewesen, als hätte das Haus vom dritten in den fünften Gang geschaltet. Jeden zweiten Tag wurde jemand rausgewählt. Brodie hatte, wie von uns beschlossen, Fido und Sunnie nominiert. Bei der Verkündigung des Urteils wirkte Fido, den es schließlich traf, zunächst ungläubig, schüttelte dann aber beim Abschied uns allen die Hand und umarmte uns.

Zwei Tage darauf gewann Marla die Macht und nominierte Sunnie und Jayme. Keiner von beiden wirkte überrascht, allerdings warfen sie beide böse Blicke in meine Richtung, als wäre ich die Drahtzieherin hinter allem.

Tja, vielleicht war ich das sogar, aber ich war nicht die Einzige, der man das vorwerfen konnte. Und es kümmerte mich auch nicht. Ich war nicht hier, um Freunde fürs Leben zu finden, ich war hier, um eine Million Dollar zu kassieren. Wäre es mir um Freundschaften gegangen, hätte ich wohl mehr so gespielt wie Brodie.

Mir war der Gedanke gekommen, dass Brodie das Haus – und mich – als ein Beziehungsgeflecht betrachtete, in dem er alle gegeneinander ausspielen konnte, um das Geld zu gewinnen. Alle mochten Brodie, sogar dann, wenn sie rausgewählt wurden. Und er verabschiedete jeden mit einem Lächeln und einer Umarmung, und die Frauen zusätzlich mit einem verführerischen Augenzwinkern.

Als ein paar Tage später Sunnie gehen musste, zeigte sie sich Marla, Jendan und mir gegenüber überheblich und verärgert, aber Brodie drückte sie so lange, dass Becky sich in ihr Mikro räusperte.

Das kam bei mir nicht so toll an.

Brodie und ich hatten unsere Pseudo-Beziehung die ganze Zeit über spielerisch köcheln lassen. In der Show waren wir nach wie vor Partner, aber ich konnte nicht sicher sagen, ob wir mehr als das waren oder je werden würden. Jede Nacht gingen wir gemeinsam ins Bett und warteten, bis es zwei Uhr wurde.

Und dann? Dann gab es kein Halten mehr. In den nächsten beiden Stunden kuschelten wir, fummelten und machten im Grunde alles außer richtigem Sex. Es war, als hätten wir beide für uns beschlossen, noch nicht so weit zu gehen, aber trotzdem miteinander Spaß zu haben. Die anderen ahnten nicht, dass zwischen mir und Brodie mehr lief als ein Flirt. Er bedachte mich mit der gleichen beiläufigen Zuneigung, die er Marla und Jayme schenkte. Und wenn er mich umarmte, dann achtete er darauf, stets auch die anderen Frauen zu umarmen. Wenn er mich kitzelte oder mit mir im Pool schwamm, dann sah ich ihn eine Stunde später das Gleiche mit Jayme tun.

Ich wusste nicht, was ich von ihm halten sollte. Was war ich für Brody? Einfach nur ein Zeitvertreib in einem Haus, in dem es keinen Fernseher gab? Oder mehr? Ich hatte keinen blassen Schimmer. Dabei war ich es gewesen, die unsere Beziehung hatte geheim halten wollen. Jetzt aber war sie so geheim, dass ich nicht mehr wusste, ob sie überhaupt real war. War ich wirklich dumm genug, auf einen Frauenheld reinzufallen, der bereits bewiesen hatte, dass er nur nach seinem eigenen Vorteil strebte?

Ich bettelte ja praktisch darum, dass er mir das Herz brach.

Und fast schien es, als hätte Brodie keinerlei Hemmungen, genau das zu tun.

»Jetzt ist nur noch Jayme übrig«, verkündete Brodie unserer kleinen Gruppe, als wir unser nächstes Treffen zur Schlafenszeit abhielten. »Das heißt, diese Woche muss einer von uns mit ihr zusammen nominiert werden. Und ich denke, Kandis muss auf den Sessel.«

Ich zuckte erschrocken zusammen. »Wie bitte?«

»Jemanden muss es ja treffen«, sagte Brodie. »Und wir brauchen jemanden, gegen den Jayme nicht gewinnen kann.«

»Ja, aber warum ausgerechnet mich?« Allein der Gedanke machte mich nervös.

Brodie wies auf die Kette um seinen Hals. »Weil ich die Macht habe. Es bedeutet, ich kann nicht auf den Sessel. Und ich bezweifle, dass Marla und Jendan uns vertrauen würden, wenn wir einen von ihnen nominieren, habe ich recht?« Er blickte die beiden an, die uns gegenübersaßen.

Marla verschränkte die Arme vor der Brust und nickte. »Ich will da nicht hin. Nicht dass ich euch nicht vertraue, aber … Mir wäre es lieber, wenn Kandis auf dem Sessel sitzt.«

»Ich gehe«, erbot sich Jendan und sah mich an. »Aber ich gebe zu, wohl fühle ich mich nicht dabei.«

»Nein«, sagte Marla nachdrücklich zu ihrem Partner, »du meldest dich *nicht* freiwillig, Jendan. Wenn du überraschend rausfliegst, bin ich die Nächste, die durch die Tür geht.« Sie sah mich wieder an. »Tut mir leid, Kandis, aber wenn unser Bündnis fortbestehen soll, dann musst du dich opfern.«

Ich öffnete den Mund, um zu protestieren, aber Brodie lenkte mich ab, indem er mir die Hand aufs Knie legte. »Wir nominieren Kandis«, sagte er wieder. »Und wir stimmen alle für Jayme, richtig?«

»Richtig«, sagte Marla so schnell, dass es mein Misstrauen nur verstärkte. Mein Herz pochte heftig. Das war das Problem in einem Spiel wie diesem – man konnte sich auf niemanden verlassen. Brodie war der Einzige, dem ich traute.

Und auch da fragte ich mich, wie klug das war.

»Dir kann nichts passieren, Baby«, sagte Brodie zu mir und streichelte wieder mein Knie. »Keine Sorge.«

»Baby?« Marlas Augenbrauen schossen in die Höhe. »Hast du sie gerade Baby genannt?«

Ach du Schreck. »Äh …«

»Ein Versprecher«, sagte Brodie leichthin. »Darüber braucht sich keiner Gedanken zu machen.«

»Ach ja? Das sehe ich anders.« Marla ließ an ihrer

Skepsis keinen Zweifel. »Wenn ihr was miteinander habt, geht uns das sehr wohl was an, weil es eure Entscheidungen beeinflusst.«

»Na ja,«, er wies auf Jendan, »du denkst doch nicht im Ernst, ich würde glauben, dass du lieber mich als Jendan behältst, oder? Kandis ist meine Partnerin. Das sollte dich nicht überraschen.«

»Schlaft ihr beide miteinander?«, wollte sie wissen.

»Natürlich nicht«, fuhr ich auf.

»Jede Nacht«, sagte Brodie gleichzeitig.

Ich sah ihn entsetzt an.

»Na, das tun wir. Im gleichen Bett.« Er klopfte auf die Matratze.

»Das habe ich nicht gemeint«, fauchte Marla.

»Ich weiß, dass du das nicht gemeint hast«, erwiderte Brodie in lockerem Ton. »Aber das geht dich auch nichts an.«

»Doch, wenn es sich auf meine Chancen auswirkt!«

»Es wirkt sich aber nicht auf deine Chancen aus.«

»Wie kannst du dir da so sicher sein?«

»Weil ich diese Woche meine Partnerin nominiere.«

Danach sagte sie nichts mehr.

Trotzdem wurde ich langsam nervös. Ich kam auf den Sessel, und jetzt war Marla sauer, weil sie ganz richtig annahm, dass Brodie und ich etwas miteinander hatten. Hieß das, sie würde anders stimmen? Ich sah Jendan an, aber der machte ein undurchdringliches Gesicht.

Mist, wie es schien, würde ich ihnen einfach vertrauen müssen.

Dabei traute ich sonst niemandem. »Nur dass ihr's

wisst, wenn ihr mich reinlegt, dann bin ich die missgünstigste Jurorin aller Zeiten.«

Brodie lachte. Jendan schüttelte nur traurig den Kopf. Marla lächelte nicht.

»Es ist wieder Zeit für die Nominierung«, sagte Hausmutter Becky Bradley über Lautsprecher. »Danach wird gleich abgestimmt. Seid ihr bereit, Bewohner?«

Zur Antwort applaudierten wir höflich, und Brodie trat vor. Die Kette, das Insignium seiner Macht, glänzte auf dem dunklen Hemd. Lässig und unbekümmert stand er da und wirkte absolut sexy. Er schaute uns fünf nacheinander an, aber mich ein wenig länger, und er zwinkerte mir zu. »Heute Abend ist es reine Strategie. Ich setze einiges Vertrauen in die Leute, und deshalb nominiere ich Jayme …« Er wies auf sie, dann richtete er den Blick auf mich.

Und obwohl ich wusste, was kam, drehte es mir den Magen um.

»… und Kandis.«

Ich erhob mich von meinem Platz und strich mein Kleid glatt. Ich war barfuß, aber das war mein einziges Zugeständnis an meine Nerven. Ich hatte mich besonders hübsch gemacht, nur für den Fall, dass ich rausgewählt wurde. Damit sich alle beim Abschied noch einmal davon überzeugen konnten, wie attraktiv ich war.

Alle? Na ja, wenn ich ehrlich war, tat ich es vor allem wegen Brodie, nur falls er mich doch noch fallenließ. Dann sollte er sehen, was ihm entging.

Deshalb trug ich ein hautenges Kleid, das meine geschmeidigen Muskeln und meine schlanke Figur betonte. Für einen Anlass wie diesen hatte ich es eingepackt, und jetzt war ich froh darüber. Mit meinen kurzen Haaren konnte ich nicht viel anfangen, deshalb hatte ich sie nur geföhnt und auf eine Seite gekämmt, praktisch ein Bob à la Miley Cyrus. Die Augen hatte ich mir dunkel geschminkt und mir von Marla lange Ohrringe geborgt.

Ich sah sexy aus, selbst mit dem Iro. Und ich sah Brodie an, dass er mich heiß fand. Jayme sah er kaum an, obwohl sie sich genauso aufgehübscht hatte und direkt neben mir saß.

»Die Abstimmung steht an«, flötete Becky über den Lautsprecher. »Wir geben den Nominierten nun Gelegenheit, sich dazu zu äußern. Kandis?«

Ich stand vom Sessel auf, wandte mich meinen Freunden zu und lächelte. Ich sollte eine Rede halten, aber ... Wir wussten ja alle, dass die Sache getürkt war, oder? Deshalb sagte ich nur: »Lasst mich nicht hängen, Leute.«

Und dann setzte ich mich wieder.

Sie lachten. Ich lachte nicht. Ich sah zu Brodie hinüber, aber er nickte mir nur knapp zu, als wollte er mich auffordern, ihm zu vertrauen.

Ich vertraute ihm. Mein Spielleben lag in seinen Händen.

Nach meiner kurzen Ansprache stand Jayme auf und hielt die typische Ihr-wollt-mich-hierbehalten-und-nicht-rauswählen-Rede. Ich hörte ihr nicht zu. Ich konnte es nicht. Ich war viel zu aufgeregt.

Wenn Marla mich und Brodie trennen wollte, wäre jetzt der ideale Zeitpunkt.

Jayme ließ sich wieder in den Sessel fallen, und die Stimme aus dem Lautsprecher meldete sich wieder. »Es ist Zeit für die Abstimmung, Bewohner!«

Ich sah zu, wie sie nacheinander in die Wahlkabine traten, und konnte vor Nervosität kaum atmen. Ich hatte die Beine übereinandergeschlagen und wippte wie irre mit dem Fuß. Ich war nicht imstande, mit dem Gezappel aufzuhören.

»Die Stimmen sind abgegeben«, verkündete Becky nach einer Ewigkeit.

Wir warteten. Ich hielt den Atem an.

Beckys Blick huschte von mir zu Jayme. »Jayme, du musst das Haus verlassen.«

Ich atmete auf. Es war tatsächlich gutgegangen. Sie hatten nicht gelogen.

Brodies Spiel war aufgegangen.

Ich stand auf und nahm Jayme hölzern in die Arme. Kaum ließ ich sie los, war Brodie da, und ich drückte ihn erleichtert an mich.

Er strich mir über das kurze Haar und murmelte: »Nur keine Sorge, Süße, ich passe auf dich auf.«

Das tat er wirklich. Und ich hätte vor Freude tanzen können.

Als Jayme das Haus verließ, bekam ich es kaum mit.

Noch ganz benommen ging ich mit den anderen zum Spielgelände hinaus zur nächsten Challenge. Dieses Mal hieß das Thema *Alfred Hitchcock*. Nacheinander betraten wir eine verschlossene Duschkabine und versuchten, innerhalb einer Minute so viele Styroporkrähen zu fangen, wie wir konnten – eine Mischung aus *Psycho* und *Die Vögel.*

Ich war die Erste und fing zweiunddreißig.

Jendan kam auf neunundzwanzig.

Marla auf vierzehn.

Brodie, der das letzte Mal gewonnen hatte und deshalb nicht teilnehmen durfte, jubelte laut, als das Ergebnis bekanntgegeben wurde, und legte mir die Kette um den Hals.

Nun waren wir nur noch zu viert, und ich war eine Woche lang geschützt. Damit war ich sicher unter den letzten drei.

Wenn ich Marla nominierte, flog sie als Nächste. Dann waren nur noch Jendan, Brodie und ich übrig. Das hieß, ich würde mit einem von beiden ins Finale gehen.

Heilige Scheiße. Ich würde das Spiel gewinnen.

Mein neues Zimmer war großartig. Ich quietschte vor Entzücken, als ich sah, dass es in meinen Lieblingsfarben – pink und schwarz – eingerichtet war und überall Vasen mit Gerbera standen. Ich liebte Gerbera. Mein Eisfach war randvoll mit Ben & Jerry's in meinen Lieblingsgeschmacksrichtungen, und Dosen meiner Lieblingslimo stapelten sich im Kühlfach darunter. Es war perfekt.

Seitdem mir klar war, dass ich gute Chancen hatte, diese Show zu gewinnen, war ich wie aufgedreht. Am liebsten wäre ich auf dem Bett herumgerollt wie ein kleiner Hund.

Stattdessen schlüpfte ich in meine Schlafsachen, langes T-Shirt und Slip, und ließ mich rückwärts auf die Matratze fallen, um einen Seufzer grenzenlosen Behagens auszustoßen.

Brodie schloss die Zimmertür, lehnte sich dagegen und sah mich an. Er lachte leise. »Zufrieden?«

»Du machst dir keine Vorstellung«, sagte ich lächelnd.

Natürlich konnte ich ihm nicht sagen, weshalb ich so glücklich war. Die Million zu gewinnen hieß, dass er sie nicht bekäme. Er würde nicht begeistert sein, und das versetzte mir einen Stich. Mein Sieg bedingte seine Niederlage, und ich würde das Geld nicht mit ihm teilen können. Natürlich hatten wir das von Anfang an gewusst – Freundschaften würden das Ende der Staffel nicht überdauern. Aber der Gedanke, dass Brodie hinterher wütend auf mich sein würde, tat mir wirklich weh.

Aus irgendeinem Grund wollte ich auf keinen Fall, dass Brodie mir etwas nachtrug.

Brodie kam ins Bett und legte sich auf einen Ellbogen gestützt neben mich, um mich grinsend anzublicken. Er sah so gut aus, dass ich ihn überall anfassen wollte.

Wenn nur die verdammten Kameras nicht auf uns gerichtet gewesen wären.

»Du hast ein interessantes Funkeln in den Augen«, murmelte Brodie extra so leise, dass die Mikrofone es nicht einfangen konnten. »Was denkst du?«

»Ehrlich?« Ich rollte mich auf die Seite, damit ich ihn direkt ansehen konnte.

»Ja, ehrlich.«

»Ich dachte, wie schade es ist, dass wir bis um zwei

warten müssen, bis sie die Kameras abschalten.« Ich zupfte dabei an der Decke.

»So?« Brodies Stimme wurde rau, seine Lider schwer. Er legte die Hand auf meine und streichelte die weiche Stelle zwischen meinem Daumen und meinem Zeigefinger. »Und warum ist das so, sexy Lady?«

»Das weißt du ganz genau«, flüsterte ich zurück.

»Weil du … müde bist?«

Ich rollte die Augen. »Oh ja. Total müde.« Ich hatte mich noch nie so wach gefühlt.

Seine Finger strichen leicht über meinen Handrücken und zeichneten Muster auf meinen nackten Arm. »Das ist ja schade. Ich hatte an alle möglichen Dinge gedacht, die wir tun könnten, wenn wir lange aufblieben.«

»Mmm, tatsächlich?« Ich brannte darauf, es zu hören.

»Etwas zur Feier des Tages.« Er zuckte die Achseln, als wäre das jetzt nicht mehr wichtig, aber seine Finger glitten weiter über meine Haut, und meine Brustwarzen wurden hart. »Ein bisschen hiervon, ein bisschen davon.«

»Ich bin enttäuscht«, sagte ich. »Nur ein bisschen? Ich hätte gedacht, du hättest mehr dabei.« Demonstrativ blickte ich auf seinen Schritt.

Sein Grinsen verriet Freude und Erregung. »Ach, für dich habe ich auf jeden Fall genug dabei, Baby.«

Da sagte er es wieder: Baby. »Du hättest uns vorhin fast in Schwierigkeiten gebracht. *Baby.* Was soll der Kosename?«

Darauf wirkte er ein bisschen verletzt. »Was, bist du etwa nicht mein Baby?«

»Weiß ich nicht. Bin ich es?«

»Ich bin tatsächlich ein bisschen beleidigt, weil du das fragen musst.«

»Willst du mich auf den Arm nehmen?« Ich rollte mich wieder auf den Rücken, stützte mich auf beide Ellbogen und sah ihn finster an. »Du baggerst alles an, was einen Rock anhat. Woher soll ich wissen, ob ich etwas Besonderes für dich bin oder ob das auch nur zum Spiel gehört ...«

Brodie unterbrach meinen Satz mit einem Kuss. Sobald ich seine Lippen auf meinen spürte, setzten meine Gedanken aus. Ich stöhnte, als seine Zunge an meine stupste. Es fühlte sich so wunderbar an.

»Du magst es, wenn ich dich küsse, nicht wahr, Kandis?« Sein Atem strich warm über meine Haut, sein Körper lag schwer auf meinem. Er drückte mich aufs Bett, und meine harten Brustwarzen streiften seine Brust, wenn er sich bewegte. »Magst du es, wenn ich deine Zunge mit meiner berühre?«

Ich wimmerte nur.

»Das ist gut, Baby«, sagte er, ohne den Kuss zu unterbrechen. Sein Blick war verschleiert vor Erregung, seine Lider schwer. »Denn wenn ich mit den anderen flirte, ist das nur fürs Spiel. Du bist die Einzige, die ich küsse. Die Einzige, die ich so anfasse. Und du bist ganz bestimmt die Einzige, wegen der ich so verdammt hart werde, dass ich mitten am Tag unter die Dusche muss, damit ich mir einen runterholen kann.«

Ich keuchte. Gott, war das sexy. »Hast du dir heute einen runtergeholt?«

»Ja.« Er fuhr mit der Zungenspitze träge meinen Kiefer entlang. »Ich bin aufgewacht, und du lagst zusammengerollt neben mir, dein Haar war verwuschelt, dein Shirt war hochgerutscht. Und ich wusste, ich durfte dich nicht anrühren, weil die Kameras liefen, also ging ich gleich unter die Dusche.« Er biss mir leicht in die Haut. »Allerdings habe ich beim Kommen so laut deinen Namen gerufen, dass die Mikrofone es bestimmt aufgenommen haben.«

Bei der Vorstellung, wie Brodie unter der Dusche stand und sich befriedigte, nur weil ich mich an ihn gekuschelt hatte, durchrieselte es mich.

»So«, murmelte er und streichelte meine Seiten, immer ganz nah an meinen sehnsüchtigen Brüsten vorbei. »Bist du jetzt zufrieden? Oder glaubst du immer noch, ich treibe es hier mit allen?«

Ich schüttelte den Kopf und wölbte mich ihm entgegen. Ich vertraute ihm. Vielleicht war es ein Fehler, den ich später bereuen würde, aber Brodie konnte so verflixt überzeugend sein. Und ich wünschte mir so verzweifelt, dass er ehrlich zu mir war. Dass Brodie Short genauso sehr in mich verliebt war wie ich in ihn.

Ja, ich war verliebt. Besonders jetzt gerade, da er so schwer auf mir lag. Ich seufzte.

Er strich mir liebevoll die zerzausten Haare aus der Stirn. »Was war das für ein Seufzer, Schönste?«

»Ich musste nur daran denken, wie lange es noch bis zwei ist«, antwortete ich und wand mich unter ihm. »Und wie unglaublich hart das ist.«

Er stöhnte. »Du spielst wirklich unfair.«

»Stimmt«, bestätigte ich schelmisch und ließ unter ihm

die Hüften kreisen. »Da müssen wir wohl eisern durchhalten, was?«

Er sah mich nachdenklich an, dann strich er mit den Lippen über meinen Mund. Statt des tiefen Kusses, den ich erwartet hatte, murmelte er: »Es gibt hier einen Bereich, wo sie nicht filmen, weißt du.«

Einen Moment lang sah ich ihn verständnislos an, dann dämmerte es mir. Im allgemeinen Waschraum, den die anderen Kandidaten benutzen mussten, weil ihre Zimmer kein Bad hatten, durfte im Gemeinschaftsbereich gefilmt werden. In dem kleinen Bad jedoch, das nur demjenigen zur Verfügung stand, der die Macht innehatte, gab es keine Kamera. »Badezimmer?«

»Badezimmer.« Er schenkte mir ein sexy Grinsen, das meinen Widerstand dahinschwinden ließ.

»Ich warne dich, ich finde Sex auf einer Toilette nicht besonders aufregend.«

»Ach, werden wir Sex haben?« Seine Augen funkelten. »Ich dachte, ein bisschen gegenseitige Befriedigung wäre nichts Verkehrtes, aber wenn du es auf die nächste Stufe heben willst, mache ich mit.« Er stieß mich mit den Hüften an, nur um mir zu zeigen, wie sehr er mitmachen würde.

Ich zog die Fingerspitzen über seine Schultern. »Ich bin dabei, wenn du Kondome hast.« Und das stimmte. Wir hatten lange genug herumgespielt. Ich war bereit. Schluss mit dem endlosen Vorspiel.

Er bedachte mich mit einem weiteren schurkischen Grinsen und gab mir einen Klaps. »Wenn wir beide gleichzeitig ins Bad gehen, wissen sie sofort, was wir vorhaben.«

In dem Moment interessierte mich das nicht die Bohne. Ich brannte darauf, es endlich zu tun. Mein Körper vibrierte förmlich vor Verlangen, wie ein Kabel unter Strom. Wenn er mich nicht bald berührte, würde ich den Verstand verlieren. »Egal.«

»Keine Bedenken?«

»Nein. Du?«

»Stört es mich, wenn ganz Amerika weiß, dass ich mit der heißesten, hinterlistigsten Frau von allen schlafe? Auf keinen Fall.« Er grinste und schlug sich an die Brust. »Das werde ich tragen wie einen Orden!«

Ich lachte. »Ach ja?«

»Absolut.« Als er mich ansah, war seine Miene ernst. »Ich wollte noch keine so sehr, wie ich dich jetzt will, Kandis.«

Wie gebannt erwiderte ich seinen eindringlichen Blick und erwartete, dass er lachen oder zwinkern und sich wieder als der stets flirtende Brodie geben würde, aber der ernste Ausdruck blieb.

Gott, war das heiß. Ich legte meine Hände auf seine Wangen, zog sein Gesicht heran und küsste ihn leidenschaftlich.

Er stöhnte, und sein Mund verschmolz mit meinem. Unsere Küsse waren lang, feucht und unglaublich köstlich. Schließlich zog er den Kopf zurück. »Badezimmer?«

»Badezimmer.«

Er stieg vom Bett und reichte mir die Hand.

Ich nahm sie, und wir eilten in den einzigen Raum, in dem sie uns nicht filmen konnten.

# 9

*»Was gestern Nacht im Bad passiert ist? Das geht euch einen feuchten Dreck an. Und hört auf, uns hinterherzuspionieren, ihr verdammten Spanner. Könnt ihr euch nicht mit Marlas Geschnatter über ihre Kinder begnügen, Mann?«* – Brodie Short am 52. Tag

Zum Bad waren es nur fünf Schritte, aber es kam mir ewig vor. Brodie hielt mich fest an der Hand, als er die Tür aufstieß. Ich war nervös, was natürlich albern war. Ich machte jede Nacht mit Brodie herum. Wir schliefen seit Wochen im selben Bett.

Doch er hatte bisher noch nicht versucht, mit mir zu schlafen. Er hatte mich nicht mal völlig nackt gesehen, jedenfalls nicht beim Sex. Nur unter der Dusche (wo er angeblich nicht hingesehen hatte).

Plötzlich kam mir das wie eine große Sache vor.

Kaum waren wir im Bad und die Tür hinter uns zugefallen, drückte er mich gegen die Wand. Sein Mund war auf meinem, und er gab mir einen leidenschaftlichen, feuchten Kuss mit viel Zungenspiel.

Und ich wusste wieder, warum ich ihn so sehr wollte.

Brodie war für mich die ideale Mischung. Er war lustig, sexy – oh Gott, so wahnsinnig sexy – und clever. Außerdem charmant, was mir gefiel, und ehrgeizig. Er war so skrupellos wie ich. Er beschützte mich und gab mir nie das Gefühl, unzureichend zu sein. Im Gegenteil. Er verhielt sich, als wäre ich die klügste, hübscheste, begehrenswerteste Frau, die ihm je begegnet war. Und in seiner Gegenwart war ich das auch.

Er war genau der Richtige für mich.

Zu schade nur, dass ich immer wieder daran denken musste, wie er mit Tesla Spooner bei den *World Races* herumgemacht und ihretwegen seine Schwester im Stich gelassen hatte.

Deshalb traute ich ihm nach wie vor nicht. Das war mir selbst in diesem Moment bewusst, als sein Mund über meinen glitt. Und gleichzeitig war es mir gerade völlig egal. Ich war entschlossen, den Moment zu genießen.

Er fasste mich bei den Hüften und zog mich eng an sich. Sofort dachte ich an nichts mehr außer an seine Berührung und meine Lust. Ich spürte seinen harten Penis an mir. Das erregte mich, und ich schob die Hand zwischen uns, um ihn zu reiben.

»Kandis«, stöhnte er in meinen Mund. »Willst du das wirklich, Baby? Es gibt kein Zurück, wenn wir das tun.«

Ich schmolz bei seinen Worten. Er nannte mich wieder Baby. Und er fragte mich, vergewisserte sich, ob ich das genauso sehr wollte wie er. Er wollte es. Den Beweis dafür spürte ich heiß an der Handfläche. Darum drückte und streichelte ich ihn. »Angst, ich könnte enttäuscht sein?«

Sein Mund verzog sich zu dem selbstbewussten Brodie-Lächeln. »Nein.«

Ich grinste. Sein Selbstvertrauen gefiel mir. »Du solltest es beweisen, finde ich.«

»Bin schon dabei.«

»Viele Worte, wenig Taten«, neckte ich.

»Du glaubst nur, was du siehst? Da kann ich dir weiterhelfen.« Er zog mir die Spaghettiträger von den Schultern. »Zuerst müssen wir einiges loswerden.«

Ich schauderte unter seinen Fingerspitzen. Brodies Berührung erschien mir so richtig und fühlte sich herrlich an. Ich hielt den Atem an, während er mir die Träger die Arme hinunterstreifte, dann küsste er mich auf die Schulter. Was für ein herrlicher Mann. Ich wölbte mich ihm entgegen, damit meine Brustwarzen gegen sein Shirt stießen. Sie zeichneten sich deutlich unter dem Stoff ab.

»Sieh dir nur die beiden Schönheiten an«, sagte er und nahm eine Brust in die Hand, um den Daumen über eine Brustwarze kreisen zu lassen. »Sie scheinen um Aufmerksamkeit zu betteln.«

Ich fühlte mich ertappt, wimmerte aber vor Erregung und kam seiner Hand entgegen. Sie fühlte sich so gut an. »Willst du sie weiter ignorieren?«

Sein Daumen rieb weiter und löste ein sehnsüchtiges Pochen zwischen meinen Beinen aus. »Ich weiß nicht. Macht dich das verrückt?« Er rieb weiter und näherte sich meinem Gesicht. Sein Blick war verschleiert vor Verlangen. »Denn ich mache dich gern verrückt, Kandis. Da bekommst du ein bisschen von dem zu spüren, was ich in den letzten Wochen durchgemacht habe.«

Mein Atem ging stoßweise. »Ich hab dich verrückt gemacht?«

»Da fragst du noch?« Er nahm meine Brustwarzen zwischen zwei Finger und spielte in einer Weise mit ihnen, dass köstliche Schockwellen durch meinen Körper jagten. »Jedes Mal, wenn ich im Fitnessraum war und du beim Zumba deinen Hintern bewegt hast. Jedes Mal, wenn ich aufgewacht bin und dich neben mir gespürt habe. Jedes Mal, wenn du nass aus dem Pool gestiegen bist und ich deinen Hintern im Bikinislip sah. In der Zeit habe ich mir verdammt oft einen runtergeholt.«

Ich umschlang seinen Nacken und zog ihn an mich. Ich hörte gern, was er da alles preisgab. Das erregte mich fast so sehr wie seine Hände. »Du hast mich auch verrückt gemacht.«

»Wirklich?« Er kicherte. »Sah mir nicht danach aus, als du im Pool mit Jendan herumstandst und mit ihm geflüstert hast.« Er begann die zarte Haut an meinem Hals zu lecken.

»Eifersüchtig?«

»Auf einen wohlhabenden, erfolgreichen Stuntman, der mit meiner Frau auf Kuschelkurs geht? Absolut.« Er saugte an meinem Hals, bis ich wimmerte. Das fühlte sich an, als hätte ich seine Zunge an meiner Klitoris. Gott, das war unglaublich. Morgen würde ich einen Knutschfleck haben. Egal. Sollten sie sehen, dass Brodie und ich zusammen waren. Das spielte keine Rolle mehr, jetzt da nur noch wir vier im Haus waren.

»Brauchst du nicht zu sein.« Ich zog am Halsausschnitt seines T-Shirts. »Er ist nur ein Freund, mehr nicht.«

»Das will ich ihm auch geraten haben«, knurrte Brodie an meiner Kehle, dann biss er sachte in die Halssehnen.

Ich keuchte auf, überrascht, welche Wirkung das auf mich hatte. Ich hatte dem Hals als erogener Zone bisher keine Aufmerksamkeit geschenkt, aber Brodie wusste offenbar genau, was er zu tun hatte.

Kichernd schob ich die Finger unter seine kurzen Ärmel, um seine Muskeln zu betasten. Sie waren fest, nichts wabbelte. Schön. Ich mochte Männer, die sich fit hielten. Ich drückte die Fingernägel hinein und schwelgte in der Festigkeit.

Währenddessen begann er an einer Brust zu saugen, genauso kräftig wie zuvor an meinem Hals.

Ich war verloren.

Ein Stöhnen stieg in meiner Kehle auf, und unwillkürlich griff ich fester zu. Sein Mund auf meiner empfindsamen Haut fühlte sich wahnsinnig gut an. Seine Zunge reizte kreisend die Brustwarze und schnellte dann dagegen. Seine Hand umfasste die andere Brust und drückte zu.

Ich legte den Kopf in den Nacken. Oh Gott. »Warum haben wir das nicht schon vor Wochen getan?«

»Keine Ahnung.« Brodie kniff meine Brustwarze mit den Zähnen, bis ich keuchte. »Verdammt, du hast so schöne Brüste, Kandis.«

Ich griff an seine Hose und rieb seinen Penis, der mir größer erschien als vorher. »Ich will dich nackt sehen.«

»Ich dich auch«, murmelte er an meiner Brust, dann ging er in die Hocke und zog dabei meine Hose herunter.

Ich musste an mich halten, um ihm nicht mit dem Becken entgegenzukommen, während er die Haut küsste, die er entblößte. Stattdessen drückte ich den Hintern gegen die Badezimmertür. Ich brauchte meine Kraft, um aufrecht stehen zu bleiben. Meine weichen Knie waren kaum noch imstande, mein Gewicht zu tragen, und jeder von Brodies Küssen schwächte sie weiter. Dann glitt der Hosenbund über meine Oberschenkel, und ich wartete mit angehaltenem Atem.

»Du riechst fantastisch.« Er streichelte meine Beine, während er mein Geschlecht betrachtete. »Lieblich und erregt und bereit für mich.«

Aus irgendeinem Grund wurde ich rot. Er konnte meine Erregung riechen? Verunsichert kniff ich die Oberschenkel zusammen.

Dann schmiegte er das Gesicht zwischen meine Beine.

Erschrocken schnappte ich nach Luft. Wir hatten schon Oralsex gehabt. Brodie liebte es, mich ausgiebig zu lecken, vor allem weil er wusste, wie sehr er mich damit erregte. Doch das hatte bisher im Dunkeln unter der Bettdecke stattgefunden.

Jetzt stand ich hier mit dem Rücken an der Tür, den Slip an den Fußknöcheln, er vor mir auf den Knien, im Begriff mich mit der Zunge zu verwöhnen, und der Anblick war so sinnlich, dass mein Verstand aussetzte.

Aber offenbar nicht nur meiner, denn Brodie stöhnte, als müsste er sterben, drückte die Zunge gegen mein Geschlecht und leckte spielerisch. »Du schmeckst so gut, Kandis. Soll ich dich zum Kommen bringen?«

Ich wand mich an der Tür, die Hüften gefangen zwischen seinen Händen und seinem Mund. »Ich will dich in mir haben«, keuchte ich. »Dann erst will ich kommen.«

Er drückte mir einen Kuss auf. »Du machst mich

scharf.« Als er lächelnd aufstand, glänzte sein Mund feucht.

Ich kam ihm für einen Kuss entgegen, aber er leckte mir nur über die Lippen. Ich schmeckte meine Erregung und schauderte. »Zieh dich aus.«

Er nickte. Als er sich das Shirt über den Kopf zog, brummte ich anerkennend angesichts des muskulösen Oberkörpers. Beim Anblick der sonnengebräunten Haut wurde mir wie immer der Mund wässrig. Ich presste leichte, genießerische Küsse darauf, während er sich die Jeans aufknöpfte. Einen Augenblick später fiel sie um seine Knöchel, und er trat sie sich von den Füßen. Dann zog er mich an sich.

Als ich seine nackte, warme Haut an meiner spürte, durchlief mich ein Schauder nach dem anderen. Er küsste mich, ich stöhnte auf. Sein Penis war an meinen Bauch gedrückt, die Eichel glänzte bereits feucht.

»Kondom«, mahnte ich.

Er fasste um meinen Hintern und knetete ihn, während er meinen Hals küsste. »Aber dann müsste ich dich loslassen. Und im Moment gefällt mir zu sehr, was ich in den Händen halte.«

So süße Worte von einem so verspielten Mann. Er wusste genau, wie er mich unter der Gürtellinie treffen konnte, hm? Ich rieb die Brustwarzen an ihm.

Stöhnend drückte er meinen Hintern fester. »Du bist umwerfend, Kandis. Ich schwöre, das denke ich jedes Mal aufs Neue, wenn ich dich sehe. Ich möchte den Rest meines Lebens beim Aufwachen in deine schönen blauen Augen blicken.«

Wer hätte gedacht, dass der großspurige Brodie Short beim Sex so gefühlvoll wurde? Ich kicherte. Er wurde gefühlvoll, ich wurde kühner. Ich griff um seine Hoden und rollte sie sanft in der Hand. »Bleiben wir im Hier und Jetzt, okay? Und jetzt brauchen wir ein Kondom.«

Er wollte mich mit seinem Penis anstupsen, was jedoch schwierig war, da mein Arm zwischen uns war. »Wirst du es mir überstreifen?«

»Ja.« Ich konnte es kaum erwarten, ihn in mir zu spüren, und wenn ich ihm das überließ, würde er das Vorspiel noch stundenlang ausdehnen und ich allmählich irre werden. Es sollte jetzt schnell gehen. Langsamen Sex konnten wir später noch genug haben, nach zwei Uhr, wenn die Kameras ausgeschaltet waren. Darum entzog ich mich seinen Händen und ging an den Spiegelschrank. Darin lagen allerhand Toilettenartikel und etwas weiter hinten eine Schachtel Kondome.

Als ich sie hervorholte, fasste Brodie mich bei den Hüften und stieß seinen Penis unter meinen Hintern, um anzudeuten, was er gleich mit mir vorhatte.

Und, oh Gott, die Vorstellung war fast so gut wie die Sache selbst. Wimmernd stützte ich mich auf das Waschbecken, während er den Stoß wiederholte.

»Du lenkst mich ab«, protestierte ich atemlos vor Verlangen. »Du bist schlimm, ganz ungezogen.«

»Genauso schlimm wie die ungezogene Kandis …«, er gab mir einen Klaps auf den Hintern, »die mir ihre ganze Köstlichkeit hinstreckt, um mich scharf zu machen.«

Ich beugte mich mit dem Oberkörper über das Waschbecken und reckte den Hintern in die Luft, während ich die Schachtel öffnete. Er stöhnte gequält und strich über meinen Hintern und die Oberschenkel, als könnte er unmöglich die Finger von mir lassen, und ich genoss es. In diesem Moment fühlte ich mich unglaublich sexy und begehrenswert, trotz Iro.

»Wenn du mich nicht bald loslässt, werde ich dir das Kondom nie überstreifen können.«

»Geduld, Schönste.« Seine großen Hände umfingen meine Hüften. »Zuerst will ich noch etwas mit dir spielen.«

»So?«

»Ja. Dieser Hintern ist geradezu magisch.« Er drückte mich ein wenig höher, bis ich flach über dem Waschbecken lag, spreizte meine Oberschenkel und schob seinen Penis dazwischen, um ihn mit ganzer Länge an meinem feuchten Geschlecht zu reiben. »Das muss sein, wenigstens kurz.«

Das war's erst mal mit dem Kondom. Ich reckte den Hintern noch ein bisschen mehr, damit er ungehinderten Zugang hatte, und ignorierte die unbequeme Haltung und den Wasserhahn an meiner Wange. Die Qual war einfach zu süß.

»Gefällt dir das, Süße?«, fragte er mit rauchiger Stimme. Ich fühlte seinen Penis an meiner Öffnung. Er drang nicht ein, sondern neckte nur.

Wimmernd krampfte ich die Finger um die Kondomschachtel.

»Du bist so feucht«, murmelte er hinter mir. Seine Hand glitt an meinem Oberschenkel hinauf und spreizte meine Beine etwas mehr. Ich gehorchte ungeduldig. »Du willst mich wirklich, oder?«

Ich wackelte mit den Hüften. »Was meinst du denn?«

»Ich meine, dass mein Schwanz ziemlich groß ist«, sagte er. Ich spürte einen Finger an meiner Öffnung und schrie auf. »Bist du bereit für mich, Kandis?«

Der Finger glitt tief in mich hinein und tastete. Stöhnend schloss ich die Augen. »Ja.«

Er ignorierte meine Bitte und stieß den Finger erneut hinein und dann einen zweiten. »Ich weiß nicht. Du bist ganz schön eng.«

Meine Knie wurden weich, Lust durchströmte mich. Es war wunderbar ... aber nicht genug. Frustriert ächzend ballte ich die Fäuste. »Du bist gemein.«

»Gut möglich.« Er schien meine Frustration zu genießen und zog die Finger heraus.

»Du willst, dass ich bettle? Ist es das?«

»Mmmm, die Vorstellung, wie du mich anflehst, macht mich hart, das gebe ich zu.«

Ich riss ein Kondom aus der Schachtel, klemmte es zwischen die Finger und streckte den Arm nach hinten. Mit der anderen Hand griff ich mir zwischen die Beine und spreizte meine Schamlippen. »Bitte, Brodie.«

Mit einem tiefen Stöhnen stieß er die Finger erneut hinein. »Verdammt, das ist nicht fair.«

»Ich brauche dich so dringend«, flehte ich.

»Oh Mann«, stöhnte Brodie. Er zog die Finger heraus und nahm mir das Kondom ab. »Ich würde dich ja bitten, es überzuziehen, wie du versprochen hast, aber ich kann nicht mehr warten.«

Keuchend stützte ich mich am hinteren Beckenrand ab und wackelte mit dem Hintern. »Dann warte nicht. Los, nimm mich endlich und bring mich um den Verstand.«

Erleichtert und entzückt hörte ich ihn das Kondom aufreißen. Wurde auch Zeit! Erwartungsvoll biss ich mir auf die Unterlippe, gespannt auf die kommende Berührung.

Einen Moment später spürte ich seine Eichel an meiner Öffnung. Doch er drang nicht ein, sondern hielt inne.

Ich stöhnte. »Das ist auch nicht fair, Brodie.«

»Ich will dich nur noch einmal betteln hören.«

»Bitte.«

»Wie könnte ich da widerstehen?«

Er drang ein wenig ein, nur mit der Eichel. Ich schrie auf und keuchte, denn es war wunderbar ... und noch immer nicht genug.

Es war Folter, eine wunderbare Folter. »Halt dich nicht mehr zurück«, bat ich. »Los, bitte.«

Brodie schob eine Hand meinen Rücken hinauf. »Ich genieße, Kandis, ich will mich nicht beeilen. Nicht mit diesem Wahnsinnsanblick vor mir.« Seine Stimme klang angestrengt vor Begierde. »So viel glatte Haut und weibliche Kurven ... Das will ich auskosten.«

Wenn er es noch weiter in die Länge zog, würde ich sterben. Darum drängte ich ihm den Po entgegen, um ihn endlich in mich aufzunehmen.

Stöhnend schob er sich tiefer. »Mit dem Auskosten hast du es nicht so, was?«

»Absolut nicht.« Erneut gab ich ihm einen auffordernden Stups. »Den Nachtisch zuerst, das ist mein Motto.«

»Tja dann vergessen wir's eben«, presste er hervor und stieß nun vollständig in mich hinein.

Ich schrie auf und versteifte mich. Meine Finger krümmten sich um den Rand des Waschbeckens, als mich Wogen der Lust durchströmten. Sein harter Stoß hatte mich überrascht – und das Gefühl war so intensiv, dass ich fast sofort gekommen wäre. »Oh Gott, ja.«

»Meine schöne Kandis«, murmelte Brodie. »Du fühlst dich so gut an. Hätte nie gedacht, dass du dich noch besser anfühlst, als du aussiehst, aber da habe ich mich getäuscht. Du bist der Himmel. Himmel mit Engelgesang. Dein heißer Körper allein kann einen Mann zum Weinen bringen.«

»Hör auf zu quatschen und mach endlich«, keuchte ich. Mensch, warum vögelte er mich nicht bis zur Besinnungslosigkeit? Stattdessen redete er in Sonetten zu meinem Hintern. Ich wollte kichern, so süß war das, aber ich biss mir auf die Lippe. Lachen war nicht angemessen, wenn ein Mann gerade sein bestes Stück in mir hatte, ganz egal, wie süß er war.

Er stieß zu, so hart, dass ich gegen das Becken prallte. »Jawohl, Ma'am.« Der neckische Ton war wieder da. »Zu Befehl.«

Und er zog sich zurück, um sich erneut tief hineinzutreiben.

»Genau so«, stöhnte ich und warf den Kopf in den Nacken.

»Schön, dass es dir gefällt.« Seine Hände glitten meinen Rücken hinunter zu meinen Hüften, dann verfiel er in einen langsamen, gleichmäßigen Takt, der mich regelrecht wahnsinnig machte. Bei jedem Stoß füllte er mich vollkommen aus, und der Sex entwickelte sich rasch von redselig zu himmlisch. Ich kam seinen Bewegungen entgegen, und mein ganzer Körper erbebte, wenn sein Bauch an meinen Hintern klatschte.

Sein unaufhörliches, gleichmäßiges Hin und Her war genau das, was ich brauchte. Ich vergaß den Wettkampf, das Fernsehen, alles, außer dem Mann hinter mir, der mich einem intensiven Orgasmus entgegentrieb.

Ich spürte, wie er sich bildete, vage zunächst, dann stärker mit jedem bedächtigen Stoß. Erstaunlich, wie schnell Brodie mich so weit gebracht hatte. Ich schnappte nach Luft, als mein Körper sich plötzlich zusammenzog. »Gleich«, rief ich, als er die Hüften kreisen ließ und mich an der richtigen Stelle traf.

Darauf stieß er fester zu.

Ich kam. Mein Körper erbebte, meine Inneres umklammerte seinen Penis. Keuchend ließ ich die Erlösung durch mich hindurchströmen. Das war intensiv gewesen.

Aber Brodie ließ nicht nach. Das hätte ich mir denken können. Der Mann war schon beim Oralsex beeindruckend ausdauernd. Warum sollte das nun anders sein? Wieder und wieder vergrub er sich in mir, kraftvoll und sicher.

Ich stöhnte überrascht, weil sich bereits ein neuer Höhepunkt ankündigte. »Ich glaube, ich komme gleich wieder.«

»Wirklich?« Er fasste mich fester an den Hüften, stieß härter zu und konzentrierte sich dabei auf meinen G-Punkt.

Ich schrie auf, als der Orgasmus mich überrollte. Ich kam noch heftiger als vorher. Und Brodie machte gnadenlos weiter, mit einer derartigen Sicherheit und Beherrschung, dass ich vermutete, er könnte noch stundenlang durchhalten.

»Brodie«, stöhnte ich. »Du bist so gut.«

Diesmal stöhnte er auch, und seine sicheren Hände an meinen Hüften glitten ab. »Nicht reden, Kandis. Sonst verliere ich die Kontrolle.«

Gut. Genau das wollte ich. »So schön war es noch mit keinem«, sagte ich wahrheitsgemäß. »Du weißt genau, was mir gefällt.«

»Kandis«, presste er hervor, und seine Stöße wurden ruckhaft. »Verdammt …«

»Ich wette, du siehst dabei hinreißend aus.« Ich streckte den Arm nach hinten und gab mir einen Klaps auf den Po.

Darauf verlor er stöhnend die Beherrschung, und ich fühlte, wie er erbebte. Seufzend genoss ich die letzten ruckartigen Stöße, dann ließ er sich keuchend auf mich sinken.

Für ein paar Augenblicke standen wir halb auf dem Waschbecken liegend da. Unter mir hatte ich das harte Porzellan, auf mir Brodies schweren Oberkörper. Was in Ordnung war, wirklich, nur dass ich einen wasserhahnförmigen Bluterguss an der Brust bekommen würde, wenn ich mich nicht bald befreite. Doch Brodie auf mir liegen zu haben war ein schönes Gefühl, und darum sagte ich nichts. Ein oder zwei blaue Flecke konnte ich in Kauf nehmen.

Schließlich richtete er sich auf und stöhnte, als wäre er es, der eingeklemmt gewesen war. Ich kam ebenfalls hoch, und beim Umdrehen sah ich ihn das Kondom abziehen und in den Abfalleimer werfen.

Die Hand ins Kreuz gestemmt, streckte ich mich und lächelte Brodie im Spiegel an, als er sich zu mir umwandte. »Ich hätte nicht gedacht, dass du beim Sex so romantisch und redselig wirst, Brodie Short.«

Er kam zu mir und schlang die Arme um mich, wobei er schon wieder an meinem Hals knabberte. »Das macht die Ladys heiß, was?«

Ich schnaubte.

»Hab ich mir als Teenager angewöhnt«, gab er zu und strich mir über den Rücken, als könnte er nicht aufhören, mich anzufassen. »Ich dachte, ich hätte mehr Chancen, wenn ich was Nettes sage anstelle von ›toller Arsch‹ oder dergleichen. Hoffe, es stört dich nicht.«

»Solange du mich dabei nicht mit dem falschen Namen ansprichst, kannst du reden, so viel du willst.«

Er sah mir ernst in die Augen. »Ich bitte dich. Du bist unvergleichlich. Dein Name ist hier eingebrannt.« Er drückte meine Hand an seine Brust.

Ich riss die Augen auf. Das war so … süß. Lachend zog ich meine Hand weg. »Das ist viel Honig für eine einzelne Fliege.«

Er lächelte schief, aber seine Augen blieben ernst. »Wenn du meinst.«

Auch nachher gab es keinerlei Verlegenheit zwischen uns. Was gut war, da wir uns ein Zimmer teilten. Man weiß ja nie, wie der andere sich nach dem Sex verhält. Manche fangen an zu klammern, und andere laufen sofort zur Tür und sagen: »Ich rufe dich an.«

Zum Glück war Brodie genau wie immer. Vielleicht ein bisschen verschmuster als sonst, aber auf angenehme Art. Er nannte mich jetzt auch vor Marla und Jendan Baby. Und auf dem Sofa kuschelten wir uns aneinander.

Die nächsten zwei Tage vergingen wie im Flug. Da wir nur noch zu viert waren, ging es im Haus recht ruhig zu, aber wir unternahmen auch nicht viel gemeinsam. Jendan und Marla blieben unter sich – vermutlich, um gegen uns zu intrigieren –, sodass Brodie und ich umso mehr Zeit im Bett hatten.

Oder im Badezimmer.

Wir verschwendeten keinen Gedanken an irgendwelche Intrigen. Unsere einzige taktische Überlegung lautete: Tun wir es an der Tür oder noch mal in der Badewanne?

So vergingen zwei Tage ungetrübten Glücks.

Und natürlich musste jemand kommen und es zerstören.

An dem Nachmittag vor der nächsten Liveshow machte Brodie nach dem Sex ein Nickerchen. Ich dagegen bekam kein Auge zu, weil ich nun doch darüber nachdenken musste, dass und vor allem wie alles bald zu Ende gehen würde. Daher ging ich hinunter in die Küche, um etwas zu trinken.

Dort traf ich Jendan an.

»Hey«, grüßte ich und ging zum Kühlschrank. Ich holte mir eine Dose des Sponsorengetränks heraus und riss sie auf. »Wo ist Marla?«

»Packt ihre Sachen. Wir packen beide für heute Abend.«

Ich schwieg peinlich berührt. Jendan war mein Freund, aber Brodie …

»Ihr nominiert uns beide, stimmt's?«, fragte er. »Ich habe mehrere Möglichkeiten durchgespielt und bin zu dem Schluss gekommen, dass es so für euch am günstigsten ist.«

Ich sah keinen Sinn darin, es zu leugnen. »Du hast recht.« Ich setzte mich auf die Arbeitsfläche und trank von meiner Dose. »Und Brodie will Marla nach Hause schicken.«

Er nickte. Jetzt wirkte er nicht mehr ganz so angespannt.

»Ich halte dir den Rücken frei«, versicherte ich ihm.

»Bis ins Finale wie abgemacht?«

Mist. Das rächte sich jetzt. Oh Mann. »Bis ins Finale«, bestätigte ich, obwohl ich mich eigentlich bereits für Brodie entschieden hatte. Das aber behielt ich lieber für mich, für den Fall, dass Jendan als Nächster die Macht gewann.

Er nickte. »Obwohl du mit Brodie schläfst?« Er musste mir den Schreck wohl angesehen haben, denn er grinste. »Ach komm. Ihr beide seid ziemlich laut.«

Das war … furchtbar. »Wirklich?«

Jendan zeigte mit Daumen und Zeigefinger eine geringe Menge an. »Die Wände sind auch reichlich dünn.«

Ich biss mir auf die Lippe. »Äh. Tut mir leid.«

»Hey, alles in Ordnung. Solange wir beide zusammen ins Finale gehen.«

Ich nickte. Ich fühlte mich in die Enge getrieben, nahm es ihm aber nicht übel, da er schließlich auch an sich denken musste. Ich an seiner Stelle hätte dasselbe getan.

»Aber ich warne dich. Marla ist ziemlich verbittert über die ganze Situation, und dass du mit Brodie schläfst, macht sie noch wütender. Sie denkt, dass ihr uns die ganze Zeit über belogen habt. Sie wird schwere Geschütze auffahren, um ihre Position zu sichern. Sei darauf gefasst.«

Ich rollte die Augen. »Du kannst mir vertrauen, okay? Du bist in Sicherheit. Brodie will Marla nicht hierbehalten, weil sie es auf mich abgesehen hat.«

Er nickte. »Das wird sich heute Abend zeigen, denke ich.«

»Mach dir keine Sorgen.«

Er lächelte mich schief an. »Die werde ich mir wohl machen, solange ich im Spiel bin.«

Tja, das verstand ich gut.

# 10

*»Also, ja, du da hinter der Scheibe. Hat Kandis irgendwas über mich gesagt? Wie sie mich findet und so? Ich weiß echt nicht, woran ich bei ihr bin, und vielleicht investiere ich auch zu viel in die Sache. Hallo?«* – Brodie Short am 59. Tag

Als die Livesendung begann, war ich nervös, denn nun, da ich die Macht hatte, stand ich das erste Mal im Mittelpunkt. Während der Werbepause betastete ich unruhig die Kette, bis Brodie meine Hand nahm. Ich warf ihm ein vorsichtiges Lächeln zu und schob die Finger zwischen seine.

Der Bildschirm leuchtete auf, und Becky Bradleys Gesicht erschien, weshalb wir uns rasch voneinander lösten.

»Hallo, Bewohner«, sagte Becky. »Es sind nur noch vier Kandidaten im Spiel. Wie ist die Stimmung im Haus? Marla?«

»Angespannt«, sagte Marla. »Ich glaube, wir sind alle ein bisschen unsicher, wo wir im Moment stehen. Mit Ausnahme einer Person.«

»Und wer ist diese Person?«, fragte Becky mit ihrer glatten Moderatorenstimme.

»Kandis«, antwortete Marla zuckersüß. »Sie hat so gut wie jeden genau da, wo sie ihn haben will.«

»Ach so? Erzähl mir mehr.«

Gespannt verschränkte ich die Arme vor der Brust. Ich konnte es kaum erwarten, das zu hören.

Marla würdigte mich keines Blickes. »Kandis hat in dieser Woche die Macht, also kann sie nicht rausgewählt werden. Und sie hat ihre beiden kleinen Lieblinge darauf eingeschworen, sie zu schützen …«

»Lieblinge?«, stieß ich hervor.

»Ja, deine Liebsten«, sagte Marla und sah mich giftig an. »Ihr habt euer Bündnis.« Sie zeigte auf Jendan. »Und ihr habt eure Bettgeschichte.« Sie zeigte auf Brodie. »Tut nicht so unschuldig. Wir wissen doch alle, wie die Dinge stehen.«

»Untersteh dich«, sagte ich.

Becky Bradley unterbrach uns. »Ist es wahr, dass du deinem früheren Partner nähergekommen bist, Kandis?«

Alle Blicke ruhten auf mir. Das machte mich beklommen, und ich wusste nicht, was ich antworten sollte.

»Anscheinend hat Kandis nichts zu sagen«, schloss Becky. »Was ist mit dir, Brodie?«

Er saß neben mir auf dem Sofa und zuckte die Achseln. »Kandis ist ein tolles Mädchen. Es ist ganz natürlich, dass ich auf sie abfahre.« Er legte mir die Hand aufs Knie.

»Ich verstehe. Ist es eine strategische Allianz oder körperliche Anziehung?«

»Kann es nicht beides sein?« Brodie schmunzelte.

Jendan biss die Zähne zusammen. Ich wusste, was er dachte. Der arme Kerl.

»Kandis, glaubst du, dass diese Beziehung mit Brodie außerhalb des Hauses weitergeht?«

Oh Gott! Wie peinlich war das denn? Ich zögerte wieder. Wenn ich Ja sagte, würde ich damit Brodie verschrecken? Würde ich wie eine Idiotin dastehen, sobald er mich hinterging wie damals Katy – was unausweichlich passieren würde? Ich starrte einen Augenblick ins Leere und platzte dann mit einer Antwort heraus. »Im Moment reichen unsere Pläne nicht weit in die Zukunft, wir leben von Tag zu Tag.«

Aus dem Augenwinkel sah ich Brodie die Stirn runzeln. Er drückte erneut mein Knie, und dieses Mal wirkte es fragend. Ich achtete nicht darauf. Wir würden später reden.

»Dagegen ist nichts einzuwenden«, sagte Becky. »Und damit wird es Zeit für deine Nominierung, Kandis. Bitte steh auf.«

Ich erhob mich von der Couch und trat vor. Ich faltete die Hände vor dem Bauch, um zu verhindern, dass ich nervös damit herumfuchtelte, und lächelte die drei Kandidaten an. »Diese Nominierung wird niemanden überraschen. Brodie war während des ganzen Spiels mein Partner, daher nominiere ich ihn nicht. Jendan, Marla, ich nominiere euch beide. Es ist natürlich nichts Persönliches. Ihr seid einfach die Einzigen, die noch übrig sind.«

Damit setzte ich mich wieder.

»Jendan und Marla, ihr seid beide für den Auszug aus dem Haus nominiert. Wie die Dinge stehen, stimmt Brodie heute Abend allein ab.« Sie machte eine lange, dramatische Pause, und es kam mir vor wie eine Ewigkeit, bis Becky weitersprach. »Ihr habt beide die Chance, vor dem Votum noch einmal für euch zu werben. Jendan, du zuerst.«

Jendan stand auf und lächelte mich und Brodie an. »Ich wollte nur sagen, dass ich niemandem etwas nachtrage, und wenn ich heute Abend nach Hause fahren muss, ist das keine große Sache. Ich habe das Spiel mit euch dreien genossen und bin froh, dass wir zusammen die letzten vier geworden sind.« Er setzte sich wieder.

»Marla?«

Sie stand auf und lächelte uns gezwungen an. »Ich könnte jetzt auch eine nette, freundliche Rede halten wie Jendan, aber ich nenne die Dinge lieber beim Namen. Wir wissen alle, dass ich heute Abend ausscheide.«

Ich spannte mich an und merkte, dass auch Brodies Hand mein Knie fester griff.

Marla wandte sich mir zu. »Kandis, ich weiß, du glaubst, du hättest alles schon in trockenen Tüchern, aber ich möchte dir sagen, dass du dich irrst. Du hast nicht so gut gespielt wie ich, aber du klimperst besser mit den Wimpern, deshalb bist du jetzt dort, und ich bin hier. Ich nehme an, die beiden Männer haben inzwischen kapiert, dass du ihnen beiden versprochen hast, sie mit ins Finale zu nehmen, richtig? Nein? Nun, dann wissen sie es jetzt.«

Sie lächelte boshaft und wandte sich an Brodie. »Hat sie dir den Platz im Finale versprochen? Geschworen, dass sie bis zum Ende mit dir zusammenbleibt? Denn das Gleiche hat sie zu Jendan gesagt. Deshalb springt er ihr immer so schnell zur Seite. Sie manipuliert ihn, wie sie dich manipuliert. Jendan spielt gern den Helden, deshalb lässt sie sich von ihm beschützen. Und wir wissen alle, dass du mit dem Schwanz denkst, Brodie. Deshalb hat sie auch dich in der Tasche.«

Ich schnappte nach Luft.

Marla hob die Hände, als wollte sie sich entschuldigen. »Harsche Worte, tut mir leid, aber es ist wahr. Kandis, ich will dir nur sagen, wenn du im Finale stehst, dann stimme ich für jeden, bloß nicht für dich. Das wollte ich nur einmal klarstellen. Wir waren im Frühstadium des Spiels alle eifrig dabei, deinen Arsch zu retten, aber jetzt sieht es ganz danach aus, als wäre das für einige von uns die falsche Entscheidung gewesen. Nächstes Mal vertraue ich auf mein Bauchgefühl.«

Und damit setzte sie ein falsches Lächeln auf und warf sich wieder in ihren Sessel.

Ich starrte sie mit offenem Mund an. Was für eine fiese Ansprache. Nicht nur das, sie hatte mir auch unterstellt, dass ich sowohl Jendan als auch Brodie benutzte. Was ich … nicht tat.

Oder?

Jendan dachte immer rein strategisch. Brodie … Brodie gab sich emotional, sobald es mich betraf. Ich benutzte ihn nicht. Wenn überhaupt, dann machte ich mir Sorgen, dass er mich benutzte.

»Zeit für die Abstimmung, Brodie.«

Ich blickte zu ihm hoch, als er aufstand, aber er sah mir nicht in die Augen. Mir wurde mit einem Mal kalt, und ich tauschte einen Blick mit Jendan. Was, wenn Marlas Worte Brodie verärgert hatten und er alles umwarf und Jendan heimschickte? Danach wären noch Marla und Brodie übrig … und dann wurden sie mich los.

Möglich war es. Mir wurde flau. Ich konnte nicht darüber nachdenken. Ich musste Brodie vertrauen. Ich musste es. Mir gefiel der Gedanke nicht, dass ich meine Chance auf den Sieg jemandem in die Hände gelegt hatte, der aus einer Laune heraus zum Verräter wurde.

Lange Sekunden verstrichen. Brodie kehrte in den Livebereich zurück und warf sich neben mir auf die Couch. Er sagte nichts, und diesmal legte er die Hand nicht auf mein Knie.

Etwas beschäftigte ihn.

Mit Bauchschmerzen wartete ich darauf, dass Beckys Gesicht wieder auf dem Bildschirm erschien. »Wir haben das Ergebnis«, verkündete sie.

Eine lange, bedeutungsschwangere Pause folgte.

»Marla, du musst gehen.«

Ich stieß einen tiefen Seufzer der Erleichterung aus.

Marla nickte und stand auf. Verlegen umarmten wir sie zum Abschied. Ich sah, wie sie Brodie etwas ins Ohr flüsterte, als sie ihn drückte, und er ihr antwortete.

Dann waren wir nur noch zu dritt.

»Liebe Bewohner, wir haben einige Änderungen vorgenommen«, sagte Becky. »Heute Abend gibt es keinen Wettkampf mehr. Der Kampf um die Macht wird morgen früh stattfinden, und die nächste Abstimmung morgen Abend. Am Tag danach findet das Finale statt. Seid bereit, aufs Ganze zu gehen.« Damit schaltete sie sich weg, und der Bildschirm wurde dunkel.

Ich sah Brodie und Jendan an. »Also eine Abstimmung morgen Abend und das Finale in zwei Tagen? Das kommt mir so schnell vor.«

Jendan zuckte die Achseln. »Wahrscheinlich ist es ziemlich langweilig, uns zuzusehen, jetzt wo wir nur noch zu dritt sind.«

Da mochte er recht haben. Ich warf Brodie einen Blick zu, aber er schwieg.

»Alles okay mit dir?«, fragte ich.

»Nicht so wirklich.« Er sah Jendan an, dann mich. »Kann ich dich unter vier Augen sprechen?«

Oh, oh. »Klar. Wollen wir hinaufgehen?«

Er nickte knapp, und ich sah Jendan entschuldigend an. Wir ließen ihn allein. Es gab jetzt niemanden mehr im Haus, mit dem er sich unterhalten konnte. Er winkte mich fort, und ich folgte Brodie hinauf in das Zimmer, das mir noch eine Nacht gehörte.

Er war wütend, das spürte ich. Kaum hatte ich die Tür hinter mir geschlossen, sah er mich finster an.

»Was ist los?«

Brodie schritt ans andere Ende des Zimmers und kam gleich wieder zurück, die Arme fest vor der Brust verschränkt. Offenbar richtete sich seine Wut gegen mich.

»Rede mit mir.«

»Wann gedachtest du mir zu sagen, was du mit Jendan verabredet hast?«

Ich seufzte. Früher oder später hatte es rauskommen müssen. Ich ging zum Bett und setzte mich. »Ich dachte, am ersten Tag verbündet sich jeder so gut, wie er kann. Warum ist das jetzt so eine große Sache?«

»Es ist eine große Sache, weil ich dachte, wir beide sind zusammen. Dein Plan war, ihn zu schützen, damit du in jedem Fall fein raus bist, oder? Deshalb hast du darauf bestanden, Marla loszuwerden.« Brodies Miene war kalt, seine Augen hart.

»Na ja, schon«, sagte ich. »Und Jendan ist die stärkere Konkurrenz. Wenn er mit der Million davonspaziert, würde ich mich nicht ärgern.«

»Aber *wir* versuchen, die Sache zu gewinnen, Kandis.« Er stieß sich wütend mit dem Finger gegen die Brust. »Ich. Du. Oder bin ich dir egal, solange du nur gewinnst?«

Ich öffnete den Mund und suchte nach Worten. Was konnte ich darauf sagen? »Natürlich will ich gewinnen, Brodie. Meine Mom verliert ihr Haus, wenn ich nicht sehr schnell viel Geld ranschaffe. Warum sollte ich nicht versuchen, mich in die bestmögliche Position zu manövrieren?«

Er fuhr sich mit der Hand übers Gesicht. »Das meine ich gar nicht. Das ist mir bewusst. Ich meine, ich … Scheiße!« Er begann wieder hin und her zu tigern.

Ich fühlte mich schrecklich. »Ich habe dich nicht verraten, Brodie. Du musst mir vertrauen.«

Er sagte nichts und blieb auch nicht stehen.

Ich rang die Hände auf dem Schoß. Entweder das, oder ich wäre neben ihm hergelaufen. »Na schön. Du möchtest die ganze schmutzige Wahrheit wissen? Jendan und ich haben am ersten Tag beschlossen, zusammenzuarbeiten. An Tag *eins*. Ich kannte niemanden im Haus, und er auch nicht. Dass wir beide das hier ernst nahmen, bedeutete, dass wir einander trauen konnten.«

Ich zuckte die Achseln und fühlte mich irgendwie schuldig, weil ich strategisch vorgegangen war. »Es war einfach nur ein kluger Spielzug. Dann bekamen wir Partner und entschieden, trotzdem zusammenzuhalten, denn vier ist eine bessere Zahl als zwei, richtig? Und Jendan hat meine Haut gerettet, als ich nominiert war. Und ja, er ließ mich das Geld gewinnen.«

Ich verzog das Gesicht. Je mehr ich redete, desto mehr klang es, als wäre da etwas zwischen mir und Jendan. Ich schüttelte den Kopf und schob den Gedanken beiseite. Ich wünschte, Brodie würde mich ansehen, aber er vermied es, in meine Richtung zu blicken.

Verzweifelt redete ich weiter. »Natürlich kommt es mir gelegen, dass ihr beide mich mit ins Finale nehmen wollt. Das will ich gar nicht leugnen. Ich tue alles, um zu gewinnen, weil ich das Geld brauche, Brodie. Ich brauche es. Es geht mir nur darum, dass meine Mutter ihr Haus nicht verliert, und ein dickes, vom Sender gefülltes Bankkonto stellt das sicher. Deshalb werde ich mich nicht dafür entschuldigen, dass ich sowohl dir als auch ihm den Platz im Finale versprochen habe. Das kann ich nicht. Ich muss gewinnen.«

Brodie sagte immer noch nichts, aber er fuhr sich mit der Hand durch die Haare, was seinen Iro aufrichtete.

Sein Herumgerenne machte mich wahnsinnig. Ich stand auf, trat zu ihm und umfasste seine Oberarme. »Redest du mal mit mir?«

Brodie blieb stehen, aber sein Mund war stur zusammengekniffen.

Tatsächlich überraschte mich seine Reaktion. »Bist du

deswegen wirklich sauer auf mich? Weil ich ein paar kluge Schachzüge gemacht habe?«

»Du willst, dass ich aufrichtig mit dir bin, Kandis?«

»Na ja, das wäre echt nett.«

»Gut.« Er biss die Zähne zusammen, sah mich einen Moment lang stirnrunzelnd an und begann zu sprechen. »Ich denke, wenn ich es rein vernünftig betrachte, sollte es mir egal sein, dass du dich voll auf den Sieg eingeschossen hast. Dann würde ich denken, dass du verdammt clever bist und uns alle brillant an die Wand gespielt hast. Rein vernünftig betrachtet wäre ich stolz auf dich. Aber ich betrachte es nicht rein vernünftig. Ich bin stinksauer, weil ...« Er verstummte und fuhr sich wieder durch die Haare. »Weil ich sehe, wie du mit Jendan umgehst. Wie vertraut ihr beide miteinander seid. Und ich frage mich die ganze Zeit, ob du ihn auch küsst. Ob du auch mit ihm schläfst.«

Ich blickte ihn fassungslos an. »Hast du mich gerade eine Hure genannt?«

»Nein, ich ...«

Aber jetzt war ich wütend. »Du glaubst, ich gehe mit jemandem ins Bett, nur um ihn als Verbündeten zu gewinnen? Das glaubst du wirklich von mir?«

Er atmete langsam aus und hatte wenigstens den Anstand, beschämt auszusehen. »Nein, das glaube ich nicht. Die ganze Sache bringt mich ziemlich durcheinander.«

»Dann wirf mir gefälligst so was nicht vor!«

»Ich bin eifersüchtig, verstehst du?«, explodierte Brodie. »Ich bin verdammt noch mal verrückt nach dir und weiß nicht, was du empfindest. Ich bin eifersüchtig auf ihn, klar? Wolltest du das hören?«

Seine Worte erstaunten mich. Darauf wäre ich nicht gekommen. Aber jetzt, da ich es hörte, konnte ich nicht anders, ich freute mich. Und, ja, es machte mich ein bisschen an, dass er meinetwegen den Höhlenmenschen hervorkehrte.

Ich trat zu ihm, strich ihm sanft über die Schultern und dann über die Brust. »Brodie«, murmelte ich, »es ist okay.«

Seine Nasenflügel blähten sich, das einzige Zeichen, dass er mir überhaupt zuhörte.

»Ich habe vielleicht eine Abmachung mit Jendan.« Ich streichelte ihn beruhigend. »Aber falls ich den nächsten Wettkampf gewinne, dann wähle ich dich, ganz egal, wie schlecht mich das aussehen lässt. Jendan und ich sind vielleicht befreundet, aber zwischen dir und mir ist viel mehr. Verstehst du mich?«

»Tatsächlich?« Er sah mich durchdringend an. »Mir scheint, ich empfange widersprüchliche Signale von dir.«

»Muss ich noch eindeutiger werden?« Ich trat dicht an ihn heran, fasste ihm in den Schritt und rieb ihn. »Innerhalb oder außerhalb dieses Hauses bist du der einzige Mann, für den ich mich interessiere. Zufrieden?«

Er stöhnte und schlang die Arme um meine Taille. »Nach der kleinen Berührung? Gott, nein. Das war überhaupt nicht befriedigend.«

Trotz der Spannung zwischen uns lachte ich. Das klang schon mehr nach dem Brodie, den ich kannte und liebte.

Im nächsten Moment begriff ich, was ich gedacht hatte. Liebte?

War ich verrückt geworden?

Ich durfte mich nicht in Brodie, den Verräter, verlieben.

Ehe ich darüber nachdenken konnte, gab Brodie mir einen harten, schnellen Kuss, der mir den Atem raubte. Es war ein Kuss voll Sehnsucht und Bestätigung, und ich schmolz dahin. Er schien mich zu brauchen, und ich brauchte ihn ebenso.

Ich schlang ihm die Arme um den Hals und erwiderte den Kuss.

Brodie stöhnte und zog mich an sich. »Wollen wir ins Bad gehen?«

Mein Puls flatterte. Und ob. Ich hob ein Bein und legte es von hinten um seinen Oberschenkel. »Und wenn ich dich nicht loslasse?«

»Das wäre das Letzte, was ich will.« Statt zu lächeln, wie ich es erwartet hatte, unterstrich er das mit einem Kuss.

Ich gebe zu, die zärtliche Geste überraschte mich. Mir wurden die Knie weich, ein bisschen wenigstens, und ich hielt mich an ihm fest, als er uns eng umschlungen die paar Schritte ins Bad schob.

Als wir drin waren, drückte er mich gegen die Tür und küsste mich. »Süße Kandis. Ich fürchte, ich habe mich in dich verliebt.«

Ich seufzte, denn ich empfand genauso. Ich überlegte, was ich tun würde, sobald ich das Haus verließ, und ein Leben ohne Brodie erschien mir in diesem Moment unerträglich trostlos. Ich wollte gar nicht darüber nachdenken. Nicht solange er mich umarmte und küsste, als gäbe es nichts anderes auf der Welt.

Er nestelte am Knopf meiner Jeans, und ich half ihm, sie bis zu den Oberschenkeln herunterzuziehen. Er schob die Hand in meinen Slip, sein Finger suchte meine Klitoris. So kühn und direkt, kein Zögern, nicht jetzt. Nicht wenn wir einander so sehr brauchten. Ich schrie auf, als er genau die richtige Stelle traf und Wellen der Erregung mich durchströmten.

»Du bist schon feucht«, stöhnte er in meinen Mund, während seine Finger kreisten. »Allein von meinem Kuss?«

Ich nickte atemlos.

Seine Lippen strichen über meinen Mund, seine Zunge leckte spielerisch über meine Unterlippe. »Du bist so schön. Als wärst du nur für mich gemacht.« Zwei Finger glitten in mich.

Wimmernd klammerte ich mich an ihn. »Brodie, ich will dich, jetzt.«

Doch er schob die Fingern tiefer und presste den Handballen an meine pochende Klitoris. »Geduld. Ich möchte dein Gesicht sehen, wenn du kommst.«

Stöhnend grub ich die Finger in sein Shirt. Durch das angehobene Bein war ich für seine Liebkosungen weit geöffnet, und ich wollte auch das andere Bein um ihn schlingen, um mich ihm völlig zu überlassen. »Brodie«, keuchte ich. »Ich will dich so sehr. Ich will deinen Mund an mir spüren.«

»Wo genau?«

»Überall.«

Er küsste mich am Hals, ohne mit der Hand zwischen meinen Beinen innezuhalten. Mein Keuchen hallte durchs Bad, und ich knallte mit dem Hintern gegen die Tür. Mit jeder Bewegung seines Arms drückte sich sein Handballen gegen meine Klitoris, ein köstliches Gefühl, das mir aber nicht reichte, weil es nie lange genug dauerte, um mich zum Kommen zu bringen. Doch als er mir dann noch über den Hals leckte und an der empfindlichen Haut dort saugte, spürte ich, wie sich mein Orgasmus näherte. Ich zog mich um seine Finger zusammen, während er in mich stieß, und erhöhte so die Reibung. Zugleich drängte ich mich gegen seine Hand, begierig auf die Erlösung.

Sie kam im nächsten Augenblick. Ein intensiver Schauder jagte durch meinen Körper. Ich schrie auf und klammerte mich an ihn, während er meinen Orgasmus steigerte, die Finger immer heftiger in mich stieß, um mir noch länger Lust zu verschaffen.

»Genau so«, hauchte er und beobachtete mich. »Ganz genau so, Kandis.«

Glückseligkeit durchrieselte mich in Kaskaden, und ich ergab mich dem Gefühl, bis es langsam verklang und ich wieder klar denken konnte. Ich hielt mich immer noch an ihm fest, und als er den Kopf hob und mir in die Augen sah, gab ich ihm einen zarten Kuss auf den Mund. »Kondom?«

Er erwiderte meinen Kuss leidenschaftlich und löste sich von mir, um das Kondom zu holen. Ich gab einen protestierenden Laut von mir, aber er war sofort wieder da. »Zieh den Slip aus«, sagte er.

Ich lachte. »Wo ist denn mein poetischer Brodie?«

»Der kann es schon seit gestern kaum erwarten.« Er riss die Hülle auf und zog sich das Latex über.

Ich streifte mir die Kleidung ab und schlang die Arme um seinen Hals, um ihn an mich zu ziehen. Er strich über meine nackten Hüften, ich seufzte glücklich.

»Bereit?« Brodie küsste mich mit einem feuchten Zungenschlag. Als ich zur Antwort mein Bein hob, griff er mir in die Kniekehle und drückte mich gegen die Badezimmertür.

»Mmm, immer.« Ich streichelte seine Brustwarzen durch den Stoff des T-Shirts. Keiner von uns hatte den Oberkörper frei, aber das war mir egal. Der Sex mit Brodie war immer fantastisch, auch wenn wir es zu eilig hatten, um uns ganz auszuziehen.

Mit einem harten Stoß drang er in mich ein, und ich verwarf jeden Gedanken, ihm noch ein wenig seinen Orgasmus vorzuenthalten, wie er es bei mir getan hatte. Ihn so tief in mir zu spüren ließ meine Lust sprunghaft anschwellen. Der Winkel war genau richtig.

»Fühlt es sich gut an?«, fragte er keuchend.

Ich nickte. Ein weiteres Wimmern entkam mir, als er erneut in mich eindrang. Oh Gott, das war so wunderbar.

»Ich … glaube, ich komme noch mal. Mach so weiter.«

»Genau hier?« Er veränderte seine Haltung ein wenig und stieß wieder hart zu.

»Oooh.« Ein Schauder durchlief mich. »Gott, ja.«

Er griff in meine Haare und zog daran. Sein Mund wanderte zu meiner Kehle, und ich schrie auf, als er die

Vertiefung an meinem Schlüsselbein leckte. »Du gehörst mir, stimmt's, Kandis?«

»Ja!«

»Gut.« Er hob mein Bein höher, presste mich fester gegen die Tür und erhöhte das Tempo seiner flachen Stöße, bis ich jedes Mal aufschrie. »Weil du mir gehörst und ich dich nicht gehen lasse!«

Ich schüttelte den Kopf und stöhnte, als er den Druck erhöhte. Ein neuer Orgasmus baute sich auf und ließ mich erbeben, und ich verkrampfte mich am ganzen Körper.

Brodie holte Luft und hämmerte in mich hinein, immer härter und ruckhafter. »Gott, ich liebe dich, Kandis«, stieß er hervor und kam.

Ich strich ihm über den Rücken, während er sich zuckend ergoss, und meine Gedanken überschlugen sich.

Er hatte mir gerade seine Liebe gestanden.

Lag es daran, dass er einen heftigen Orgasmus hatte? Oder hatte er es bloß gesagt, damit ich ihn nicht kurz vor dem Finale fallenließ?

Oder … liebte er mich wirklich?

Einen Augenblick lang hasste ich dieses Spiel. Ich hasste es, dass ich nicht wusste, was die anderen wirklich dachten, und niemand mir die Wahrheit sagte. Ich hasste es, jedes Wort, jede Geste, jeden Gedanken hinterfragen zu müssen. Ich konnte niemandem trauen, solange ich hier war, und ich wollte von Brodie die Wahrheit hören. Ich wollte wissen, ob er das Gleiche noch einmal sagen würde, wenn wir nicht mehr im Haus waren und es kein Preisgeld mehr zu gewinnen gab.

Aber ich behielt meine Gedanken für mich und hielt ihn in den Armen.

Noch zwei Tage.

»Kandis, wie ist die Stimmung im Haus?«

Ich lachte, weil man eine Reaktion von mir erwartete, klang aber nicht besonders amüsiert. Ich schlug die Beine unter, lehnte mich zur Seite und starrte auf den Bildschirm. »Das hängt davon ab, wer mit wem zu tun hat. Jendan und ich? Wir reden nur über Strategie. Brodie und ich? Nur sexuelle Spannung und Emotion. Brodie und Jendan? Sie umkreisen einander wie zwei Hunde, die sich um einen Knochen zanken.«

Ich verzog das Gesicht wegen meines Vergleichs. Der Knochen war ich. Wunderbar.

»Hast du dich schon entschieden, was du tun willst, wenn du den letzten Kampf um die Macht gewinnst?«

Die Frage störte mich. Ich zog die Beine enger an den Körper. »Ob ich entschieden habe, was ich tun will? Ja und nein. Wie ich mich auch entscheide, ich muss jemanden verraten. Wenn ich mich auf Brodies Seite stelle, verderbe ich es mir mit Jendan, und er hat seit dem ersten Tag zu mir gehalten. Aber … ich kann mich nicht gegen Brodie stellen. Nicht beim Stand der Dinge zwischen uns.«

*Gott, ich liebe dich, Kandis.*

Ich schauderte, und hoffentlich merkte man es mir nicht an. Sein Geständnis hatte mich kalt erwischt. Ich wusste nicht, ob er die Wahrheit sagte, aber ich wollte es so gern glauben. Ich musste glauben, dass er mich wirklich liebte und dass es für ihn nicht nur ein geschickter Spielzug war.

»So sieht es aus«, fuhr ich lahm fort. »Wenn ich zu meinem Wort stehe und mich auf Jendans Seite stelle, bringe ich Brodie um einen möglichen Sieg. Und ich glaube, das bringe ich nicht über mich. Jetzt nicht. Ich fühle mich in jedem Fall mies – noch vor ein paar Tagen habe ich mich gefreut, dass sich alles so entwickelt hat und ich auf jeden Fall einen Platz im Finale habe, aber jetzt bereitet es mir Magenschmerzen. Ständig spiele ich die Möglichkeiten im Kopf durch. Wenn ich Jendan mit ins Finale nehme, kann ich ihn wahrscheinlich schlagen, weil ich härter gespielt habe. Ich bin nur eine Frau, und sie sind zwei große, starke Jungs, und wenn ich die letzten beiden Machtkämpfe gewinne, sehe ich aus, als hätte ich hart gekämpft. Aber Brodie? Alle Frauen mögen Brodie, und wenn ich am Ende gegen ihn antrete, weiß ich nicht, ob ich ihn schlagen kann. Ich bin also aufgeschmissen, wenn ich es tue, und aufgeschmissen, wenn ich es lasse. Wenn ich vorsichtig spiele und strategisch vorgehe, verderbe ich etwas, was sich zu einer echten Beziehung entwickeln könnte.«

Sofern Brodie mir nichts vormachte.

Und ich wusste nicht, ob er das tat oder nicht. Wenn ich mich für Brodie entschied und er nur mit mir spielte und das Geld gewann? Dann hatte ich nichts.

»Du wirst beim Wettkampf also alles geben?«, fragte der Interviewer.

Ich lächelte bitter. »Das würde die Sache einfacher machen, oder? Ich habe darüber nachgedacht: Wenn ich nicht gewinne, brauche ich mich auch nicht zu entscheiden, richtig? Die Entscheidung wird dann für mich getroffen. Aber … ich kann nicht einfach verlieren. Ich muss mein Bestes geben, damit ich sicher sein kann, die Situation in der Hand zu haben. Selbst wenn ich nicht gewinne, will ich mir sicher sein, dass ich mein Bestes gegeben habe. Also, ja, auch wenn es mir das Leben einfacher machen würde, ich kann nicht einfach die letzte Challenge vermasseln. Was, wenn Jendan sie gewinnt und wütend ist, dass ich einfach aufgegeben habe? Ich könnte es ihm nicht verdenken – er hat mich so oft rausgehauen, und dann gebe ich beim letzten Kampf einfach auf? Ich an seiner Stelle wäre dann mit Sicherheit sauer.«

Ich zuckte die Achseln. »Deshalb gehe ich da raus, kämpfe so gut ich kann, um die letzte Runde zu gewinnen, und dann nehme ich Brodie mit, weil ich naiv bin und an ein Happyend glaube.«

Und weil ich mir ziemlich sicher war, dass ich mich in den Kerl verliebt hatte.

Der Interviewer stellte mir noch ein paar Fragen, dann durfte ich gehen. Ich nahm die Beine vom Sessel und stand auf. Gähnend tappte ich aus dem Raum. Es war noch früh, und als ich zum Frühstück nach unten gegangen war, hatte Brodie noch geschlafen. Ich fragte mich, ob er jetzt wach war. Seltsam, wie sehr ich ihn vermisste, wenn er nicht bei mir war, aber ich nutzte es aus, wenn wir zusammen waren. Ich verließ den Interviewraum und ging ins Wohnzimmer.

Fast war es, als könnte der Mann meine Gedanken lesen. Brodie hatte es sich auf einem der alten Sofas bequem gemacht und starrte stirnrunzelnd in die Ferne. Als er mich sah, kehrte sein Lächeln zurück. Er setzte sich auf und klopfte neben sich, damit ich mich zu ihm setzte.

Ich sah mich um. Kein Jendan. Da konnte ich Brodie meine Zuneigung etwas unbeschwerter zeigen. Statt auf die Couch setzte ich mich auf Brodies Schoß und begrüßte ihn mit einem Kuss.

Er zog mich eng an sich. »Na, hallo, meine Hübsche.«

Ich lachte und fuhr mir durch meinen unordentlichen Iro. Heute Morgen hatten meine Haare in alle Richtungen abgestanden, und ich hatte sie nur angefeuchtet und es dabei belassen. Hübsch war ich nicht gerade. Aber Brodie war immer süß zu mir, und wenn er mich anerkennend betrachtete, erweckte er durchaus den Eindruck, dass er mich schön fand.

Entweder das, oder ich war doch total naiv.

Er richtete den Blick über meine Schulter hinweg auf etwas hinter mir.

»Was?«, fragte ich.

Er runzelte die Stirn und schüttelte den Kopf. »Ich dachte … Ich dachte nur, ich hätte etwas gesehen. Einen Schatten.«

Ich schnaubte. »Ich habe dir gesagt, dass ich die seit Wochen sehe, und du hast mich immer wieder für verrückt erklärt.«

»Du meinst, hier spukt es?«

Ich schlang die Arme um seinen Hals und blickte ins halbdunkle Zimmer. Ich war so sehr mit dem Spiel beschäftigt gewesen, dass ich an die Geister, die hier umgehen sollten, gar nicht mehr gedacht hatte. »Soll das heißen, du machst dir zwei Tage, bevor wir gehen, doch endlich Gedanken wegen der Geister?«

Er zuckte die Achseln. »Ich kuschle mich mit dir unter die Bettdecke, wenn ich Angst bekomme.«

Das hatte Potenzial. Ich grinste. »Wenn es denn sein muss.«

»Du warst beichten?«, fragte er und versuchte, an meinem Ohr zu knabbern.

»Mmm, so ähnlich«, sagte ich. »Es gab alle möglichen Fragen wegen des letzten Wettkampfs. Damit hatte ich zwar gerechnet, aber es war trotzdem merkwürdig.«

Brodie wurde ernst und sah mich für einen langen Moment an. »Darf ich dich was fragen?«

Seine Haare fielen ihm auf einer Seite in die Stirn, und ich strich sie zurück. »Na klar.«

»Was bedeutet es für dich, wenn du gewinnst?«

Das ... mit dieser Frage hatte ich nicht gerechnet. Ich zog die Stirn ein wenig kraus. »Du weißt, was es für mich bedeutet. Es ist eine Chance, meine Mom zu retten ...«

»Nein, das ist, was es für sie bedeutet. Ich möchte wissen, was es für dich bedeutet.« Er sah mich ernst an. So ernst hatte ich ihn noch nicht erlebt.

Ich dachte einen Augenblick lang nach. Da ihm die Frage offenbar so wichtig war, verdiente sie meine ganze Aufmerksamkeit. Schließlich antwortete ich. »Erleichterung. Es würde bedeuten, dass ich mir nicht die ganze Zeit den Kopf zerbrechen muss, ob ich mehr für meine Mutter tun sollte. Ob ich einen zweiten Job annehmen sollte, oder einen dritten, um sie zu unterstützen, obwohl ich weiß, dass sie es nicht schätzen oder etwas tun würde, um sich selbst zu helfen. Ich könnte mich entspannen und einfach, wie soll ich sagen, ich selbst sein. Es wäre das Ende einer Belastung.«

Er beugte sich zu mir und küsste mich am Hals. »Es belastet dich, dass du dich um sie kümmern musst, stimmt's?«

»So ist es.« Sofort empfand ich den vertrauten dumpfen Druck im Magen. »An manchen Tagen kann ich nicht schlafen, weil ich nicht weiß, was sie tun wird oder wie ich sie davon abhalten soll. Sie hat niemanden außer mir.« Tränen brannten mir in den Augen. »Und wenn ich sie nicht retten kann, was für eine Tochter bin ich dann?«

»Eine, die sich sehr große Mühe gibt«, sagte er leise. »Ganz egal, was passiert, sie sollte stolz auf dich sein.«

Ich nickte. Was es bedeuten würde, wenn ich nicht gewann, daran wollte ich gar nicht denken. Ich schob das Problem beiseite. Ich wollte nicht grübeln. Lieber strich ich mit dem Finger an Brodies Kiefer entlang und spürte die blonden Bartstoppeln, die über Nacht gewachsen waren. »Was ist mit dir? Was bedeutet es für dich zu gewinnen?«

»Für mich wäre es ein Neuanfang«, gab er zu. »Ich bin gern in solchen Shows, aber ich weiß jetzt, dass man sie nicht zu seinem Lebensinhalt machen kann. Ich brauche einen anderen Plan.« Er verzog einen Mundwinkel. »Ich habe überlegt, ein Geschäft aufzumachen. Allen zu zeigen, dass ich nicht nur im Flirten gut bin.«

Ich strich mit dem Daumen über seine Lippen. »Du bist ausgezeichnet im Flirten«, sagte ich schelmisch.

»Aber darüber hinaus kannst du einfach gut mit Menschen umgehen. Niemand ist dir lange böse. Stell dein Licht nicht unter den Scheffel.«

»So sehr glaubst du an mich?«

»Aber sicher.« Ich lächelte. »Du bist klug, du bist lustig, du bist begeisterungsfähig, und du weißt immer, was du sagen musst. Das kann nicht jeder. Irgendetwas mit Public Relations wäre ideal für dich, denke ich.«

»Vielleicht.« Sein Blick war nachdenklich. »Ich habe ein paar Ideen, aber wir werden sehen. Zuerst muss ich das Geld gewinnen.«

Ich lächelte leicht. »Und ich tue mein Bestes, um das zu verhindern.«

»Ich weiß, Baby.« Er zeigte mir sein typisches Brodie-Grinsen. »Du vertraust mir, oder?«

Das war die Eine-Million-Dollar-Frage. Ich dachte kurz nach und entschied mich, auf meinen Bauch zu hören. »Das tue ich.«

Er nickte. »Wir holen dir das Geld. Irgendwie machen wir es so, dass es für uns beide gut ausgeht.« Er verschränkte die Finger mit meinen und küsste mich auf den Handrücken. »Das verspreche ich dir.«

Jendan kam ins Wohnzimmer, als der Lautsprecher über uns summte. »Liebe Kandidaten«, plärrte es dann. »Bitte begebt euch auf das Spielgelände für den letzten Kampf um die Macht.«

Mein Magen krampfte sich zusammen. Ich rutschte von Brodies Schoß. »Jetzt geht es los.«

»Ich muss meine Schuhe suchen.« Brodie eilte hoch zu unserem Zimmer.

Ich ging zur Hintertür, aber Jendan hielt mich am Arm fest. Ich blieb stehen und sah ihn überrascht an.

»Können wir reden?«, fragte er ruhig.

Ich sah die Treppe hoch, wo Brodie verschwunden war. »Wenn's schnell geht.«

»Ich wollte dir nur sagen, trau Brodie nicht.« Jendans hübsches Gesicht war ernst. »Ich weiß, er sagt dir lauter schöne Dinge, aber das Gleiche hat er zu allen Frauen gesagt, seit wir hier sind. Ich dachte, du bist zu schlau, um darauf reinzufallen, aber wie es aussieht, hat er dich doch umgarnt.«

Ich verkniff mir ein Stirnrunzeln. »Mach dir um mich keine Gedanken, okay?«

Er zuckte die Achseln. »Ich wollte dich nur warnen. Er spielt mit härteren Bandagen als wir alle. Seine Taktik mag Flirten und Lächeln sein, aber ich sage dir, es ist ein Spiel. Wenn er ins Finale kommt, verlieren du und ich. Wir beide.«

Ich sagte nichts.

»Du nimmst ihn, oder?« Jendan klang sehr ruhig. »Es ist ja kaum zu übersehen, wie nahe ihr euch gekommen seid. Wenn du gewinnst, nimmst du ihn mit ins Finale.«

»Jendan«, sagte ich leise, »ich habe mich noch nicht entschieden.«

»Doch, das hast du.« Er durchschaute meine Lüge. »Und bevor wir da rausgehen, möchte ich dich daran erinnern, dass man es dir hoch anrechnen wird, wenn du dein Versprechen an mich hältst. Aber wenn du es brichst und ihn nimmst? Dann frisst dich die Jury bei lebendigem Leib.«

Meine Verärgerung wuchs. »Natürlich musst du das sagen«, fuhr ich ihn an. »Du willst ins Finale kommen.«

»Ich warne dich als Freund, Kandis.« Jendan sah mich noch einmal ernst an, dann ging er an mir vorbei.

Stinkwütend folgte ich ihm in den Garten und zum Spielgelände. Brodie erschien kurz darauf und trat neben mich.

Das Spielgelände war vollständig verhängt, aber ich hörte ein leises Geräusch, ohne sagen zu können, was es war. Es klang, als ... raschelte dort jemand. Es war unmöglich zu beschreiben. An einem goldenen Seil hing die Karte mit der Spielanweisung.

Ich las sie laut vor. »Bewohner, ihr steht vor eurer letzten Herausforderung. Es wird die größte Prüfung sein, der ihr euch bislang stellen musstet – eine Prüfung der Ausdauer. Ihr müsst eure Ängste besiegen und den Geist über den Körper siegen lassen, um in die letzte Runde zu kommen. Dieser Wettkampf hat nur eine Regel – setzt euch in euer Fass, und seid der Letzte, der es wieder verlässt. Euch dreien viel Glück.«

»Viel Glück, Leute«, sagte Jendan. Er streckte die Faust vor.

Brodie boxte dagegen, und ich gab ihnen beiden einen halbherzigen Faustst0ß. »Viel Glück. Wir können das schaffen.« Aber das flaue Gefühl in meinem Magen blieb. Ich stand so dicht davor, die Million zu gewinnen. So dicht. Ich musste nur diesen letzten Wettkampf hinter mich bringen. Ich streckte die Hand aus und zog an dem Seil, das die Vorhänge zusammenhielt.

Auf einer Plattform standen in gleichen Abständen

drei Fässer. An jedem war eine Trittleiter befestigt, damit wir mühelos hineinsteigen konnten. Die Fässer waren durchsichtig.

Und deshalb sahen wir, dass sie mit Tausenden von Krabbeltieren gefüllt waren. Käfer und Maden krochen übereinander, und Kakerlaken und Gott weiß was noch alles wimmelten darin. Die Masse aus Insekten erzeugte das Rascheln, das ich nicht hatte einordnen können.

Es war kein Rascheln. Es war das Geräusch von Tausenden von Insektenflügeln und Käferbeinen, die aneinanderrieben.

Oh mein *Gott*.

Ich schlug mir die Hand vor den Mund.

Das war mein schlimmster Albtraum. Ich hielt es zwei Monate in einem Spukhaus aus. Ich konnte die besten meiner Gegner überwinden und überlisten. Ich konnte mir die Haare zu einem Iro schneiden und mich im nationalen Fernsehen mit einer hässlichen Frisur zeigen.

Aber ich konnte nicht in ein Fass voller Käfer steigen.

Ich bekam Gänsehaut an den Armen und fing an zu schwitzen. »Ähm …«

»Alles okay?« Brodie kam zu mir und legte beruhigend den Arm um mich.

»Nein«, flüsterte ich. »Ich glaube nicht.« Ich konnte den Blick nicht von den Fässern und ihrem wimmelnden, wuselnden Inhalt nehmen.

»Hey«, sagte Brodie leise und drehte mich zu sich herum. »Sieh mich an.«

Ich riss mich von dem Anblick der Fässer los und richtete meine schreckgeweiteten Augen auf ihn.

»Du brauchst das nicht zu tun, wenn du nicht willst«, sagte er ruhig. »Das ist okay.«

Ich schüttelte den Kopf. »Das ist nicht okay. Ich muss es tun. Ich muss.« Ich machte den Fehler, erneut zu den Fässern zu sehen. Nun wurde mir schlecht vor Angst. »Ich muss.«

»Dann fangen wir an«, sagte Jendan und trat auf die Plattform zu.

Ich nickte. Brodie sah mich besorgt an, aber wir trennten uns und gingen zu unseren Plätzen.

Jede Stufe zu der Plattform war für mich wie der Gang zu meiner Hinrichtung. Ich konnte das schaffen. Ich konnte es. Schließlich ging es um eine Million Dollar. Also konnten mich ruhig ein paar Käfer berühren. Keine große Sache, oder?

Ich beging den Fehler, über den Rand meines Fasses zu blicken, und stöhnte. Oh Gott! So viele Insekten. Dicke, fette mit kleinen klauenbewehrten Beinchen und andere mit segmentiertem Körper. Ich war mir ziemlich sicher, dass da auch Kakerlaken drin waren, die lange Sorte, und ich sah die Wellenbewegungen von etwas Langem mit einer Million Beinen, das in der Masse wimmelnder Leiber verschwand. Sobald ich hineinstieg, würde ich etliche unter meinen Füßen zerquetschen, und dann würde ich in toten Käfern und lebendigen Käfern stehen …

Mein Magen schlingerte, und ich hielt mir angestrengt die Hand vor den Mund. Ich trat zurück, weg von dem Fass. Ich kniff die Augen zu und kauerte mich am Boden zusammen, verzweifelt bemüht, mein Frühstück bei mir zu behalten.

Warme Arme umfingen mich. »Hey«, sagte Brodie weich. »Atme, Schatz. Ich bin ja da.« Er drückte mich an sich, zog mich von dem Fass weg, und ich ließ es zu. Wir setzten uns nebeneinander auf den Rand der Plattform, wo ich keuchend gegen ihn sank. Ich rieb mir die Arme und konnte nicht aufhören zu zittern.

»Schon okay, Kandis.« Er strich mir über die Wange. »Wenn du es nicht kannst, kannst du es nicht.«

»Das ist dämlich.« Tränen quollen mir aus den Augen. »Das sind bloß Insekten, oder? Ich sollte doch in ein Fass mit Insekten steigen können.«

»Wenn du Angst hast, ist das nicht dämlich. Ich will nicht, dass du so etwas durchmachst.« Er hob mein Kinn an und flüsterte: »Ich habe das im Griff, Schatz. Ich gewinne für uns, okay? Du hast gesagt, du vertraust mir. Lass es mich für uns beide gewinnen.«

Reiß dich zusammen, sagte ich mir. Ertrag es einfach. Für eine Million Dollar. Aber ich konnte mich nicht überwinden. »Du gewinnst für uns beide?«

»Das werde ich.« Er drückte mir einen Kuss auf den Mund. »Ab jetzt mache ich mir die Gedanken, okay?«

Ich nickte, strich mir die Haare aus dem Gesicht und atmete schwer aus. »Okay. Okay. Okay.« Ich wusste nicht, ob ich ihn oder mich überzeugen wollte. Ich sah Jendan an. »Ich geh da nicht rein.«

Er nickte knapp. Sein Gesicht zeigte keine Regung. »Tu, was du tun musst.«

Brodie küsste mich noch einmal auf die Stirn, und dann sprang er auf. »Dann legen wir mal los, was?«

Ich sprang von der Plattform. Ich wollte so weit von

den Insekten weg wie möglich. Ich konnte nicht aufhören zu zittern, und dabei war ich von Kopf bis Fuß mit Schweiß bedeckt. Es war aber mehr als Angst. Es war Wut. Ich war auf mich selbst wütend, weil ich über meine Insektenphobie nicht hinwegkam, weil ich vor einem Wettkampf gekniffen hatte, bei dem es um eine Million ging. Ich wusste, dass es nur Panik war, aber ich hielt an Brodies Worten fest. *Ich gewinne für uns beide, okay?*

Ich hatte mein Vertrauen in ihn gesetzt.

Am anderen Ende des Spielgeländes stand eine Bank. Offenbar hatte man damit gerechnet, dass nicht alle von uns zu dieser Challenge antreten würden. Ich setzte mich, während die beiden Männer die Leitern zu den Fässern hochstiegen.

»Fertig?«, fragte Jendan und sah Brodie an.

»Auf drei«, sagte Brodie.

Ich zog die Beine an und schlang die Arme um die Knie, kniff die Augen zu und drückte die Hände auf die Ohren. Ich konnte mir nicht einmal anhören, wie sie hineinstiegen. Also krümmte ich mich zusammen und zählte im Kopf von hundert herunter. Als ich fertig war, warf ich rasch einen Blick auf die Bühne.

Beide saßen in den Fässern, aus denen nur der Kopf herausragte. Jendan zeigte einen unbeteiligten Gesichtsausdruck, als versuchte er sich von dem Geschehen zu lösen und nicht darüber nachzudenken, was vorging. Brodie hingegen rümpfte die Nase und zog Gesichter. Er ekelte sich offenkundig. Als er bemerkte, dass ich hinsah, hob er die Hand, um mich wissen zu lassen, dass alles okay war. Ein riesiger Käfer kroch ihm dabei über den Arm.

Ich wandte mich ab und erbrach mich.

Lange Minuten verstrichen. Niemand redete. Niemand sprach auch nur einen Ton, und das einzige Geräusch war das ständige Rascheln und Zischen der Insekten. Ich konnte nicht zur Plattform sehen. Ich stand von der Bank auf, ging weg und zog mich ans andere Ende des Gartens zurück. Die Rauchersofas, die in einer Ecke der Veranda standen, waren weit genug entfernt. Dort ging ich hin und legte mich zusammengerollt auf die Seite, um zu warten. Die Polster rochen schwach nach Zigarettenrauch, aber das störte mich nicht. Ich nahm nicht am Wettkampf teil, aber ich durfte den Garten auch nicht verlassen – nicht, bis der Wettkampf entschieden war.

Brodie hatte gesagt, er würde gewinnen. Er musste gewinnen.

Stunden vergingen. Aus der Ferne sah ich, dass beide Männer noch immer still und reglos in den Fässern saßen. Hin und wieder hob jemand eine Hand und scheuchte einen verirrten Käfer weg, der seinem Gesicht zu nahe gekommen war (und brachte damit meinen Magen wieder in Wallung), aber meist bewegten sie sich nicht. Die Anspannung war zum Greifen. Ich beobachtete sie, soweit ich konnte, und kaute unruhig auf den Fingernägeln.

Gott, warum musste ausgerechnet das die letzte Herausforderung sein? Warum war ich so ein Feigling? Jendan und Brodie verabscheuten es sichtlich, in diesen Fässern zu sitzen, aber sie hatten die Herausforderung angenommen. Sie waren stärker als ich. Ich fürchtete mich vor blöden Insekten. Meine Haare abschneiden? Na klar. Für eine Million Dollar einen Käfer berühren? Da war ich raus. Ich hasste mich, weil ich so schwach war.

Noch mehr Zeit verstrich, und die Nachmittagshitze lastete auf uns. Die Stille im Garten war bedrückend, und allmählich nickte ich erschöpft ein.

Beim Schrei einer Männerstimme fuhr ich hoch. Ich sprang auf und rieb mir die Augen. Wer hatte geschrien?

In der Ferne sah ich Jendan, wie er aus dem Fass stieg und sich hektisch die Insekten abwischte. Er rannte vom Spielgelände zum Swimmingpool und riss sich unterwegs die Kleider vom Leib. »Scheiße!«, rief er gedehnt und sprang ins Wasser.

Ich … wusste nicht, ob ich lachen oder jubeln sollte.

Im nächsten Moment brach er aus der Wasseroberfläche und rieb sich angewidert über die Haut. »Bäh! Das war das Allerschlimmste.«

Brodie stieg gleich darauf aus seinem Fass, und ein Summer ertönte. »Brodie siegt im letzten Wettkampf«, verkündete eine Stimme über Lautsprecher. »Gratuliere, Brodie. Mach dich bereit für die letzte Nominierungszeremonie heute Abend.«

»Danke, Haus«, sagte Brodie fröhlich und ohne Hast. Er pflückte sich Insekten von den Kleidern, während er gelassen die Plattform verließ.

Ich starrte ihn wie betäubt an. Er hatte gewonnen. Wirklich? Ich sah Jendan an, der im Schwimmbecken noch immer an seiner Haut rieb, und versuchte, den Ring aus Käfern und Insektenteilen auf dem Wasser zu übersehen, der ihn umgab. »Was ist passiert?«

»Ich bin eingeschlafen«, sagte Jendan wütend. »Einer ist mir in die Haare gekrabbelt und näherte sich meinem Ohr. Da bin ich ausgeflippt.«

Ich stand auf und trat vorsichtig auf Brodie zu, als er an den Rand des Pools kam. »Du hast gewonnen?«

»Ich habe gewonnen, Baby!«, rief er und breitete die Arme aus. »Komm und gib deinem Mann einen Kuss.«

Obwohl er voller Käfer war? Ich stieß ihn in den Pool.

Jendan lachte, und Brodie fiel ein, als er wieder an die Oberfläche kam. »Ich glaube, das hatte ich verdient.«

# 11

*»Habt ihr gesehen, wie Marla über meine Partnerin hergefallen ist? Noch nie hätte ich so gerne einer Frau eine gescheuert. Aber meinem Eindruck nach ist sie leider nicht die Einzige, die es auf Kandis abgesehen hat. Wieso eigentlich? Nur weil sie schlauer ist als sie? Ich finde, sie ist die Beste, und ich liebe ihre Schläue. Das ist verflucht sexy.«* – Brodie Short am 61. Tag

Ich zog die Bluse straff und bewunderte mich im Spiegel. Heute Abend würde der vorletzte Kandidat nach Hause geschickt werden. Wie immer hatte ich mir für die Zeremonie etwas Hübsches angezogen. Meine Sachen hatte ich noch nicht gepackt. Ich musste noch waschen, und für diese Dinge war morgen genügend Zeit, wenn nur noch Brodie und ich im Haus waren.

Morgen Abend würde einer von uns eine Million Dollar in der Tasche haben. Wir mussten nur das Voting heute Abend hinter uns bringen.

Nach einem letzten prüfenden Blick auf meinen Lidschatten und meine geschminkten Lippen ging ich nach unten.

»Zwei Minuten bis zur Sendung«, verkündete die Lautsprecherstimme. »Bitte begebt euch auf eure Plätze.«

Ich eilte durch das große, leere Haus ins Wohnzimmer. Jendan saß schon auf einem Nominierungssessel. Der andere war leer und wartete auf mich. Brodie saß einsam auf einem der Sofas und lächelte, aber nicht mit den Augen.

Das beunruhigte mich. Statt zu meinem Sessel ging ich zu Brodie und schmiegte mich an ihn. Immerhin hatten wir noch zwei Minuten. »Alles okay?«

Er nickte und gab mir einen Kuss auf den Mund. »Tut mir nur leid wegen Jendan, das ist alles. Er ist ein netter Kerl.«

»Ja, aber wir haben's fast geschafft«, entgegnete ich. »Es geht nicht mehr lange.« Ich drückte ihm liebevoll den Oberschenkel und begab mich zu meinem Sessel.

Dann waren wir auf Sendung. Becky Bradleys Gesicht erschien auf dem Bildschirm. »Hallo, Bewohner!«

»Hi, Becky!«, riefen wir.

»Willkommen zu der vorletzten Sendung dieser Staffel von *House Guests!* Eine aufregende Zeit liegt hinter uns, nicht wahr?« Unsere Antwort wartete sie gar nicht ab, sondern wandte sich ans Studiopublikum und redete über den heutigen Wettkampf. Schließlich wurde es still, was bedeutete, dass ein Videoclip gezeigt wurde. Als er vorbei war, fing Becky an, uns zu interviewen.

»Brodie, wie fühlt es sich an, gewonnen zu haben?«

Er strich sich über die Brust und richtete sich gerade auf. »Ganz toll, Becky. Es bedeutet, ich kann mich entspannen.«

Sie kicherte. »Und deine Teampartnerin Kandis, sie hat sich entschieden, zu kneifen. Wie geht es dir damit?«

»Ehrlich gesagt nehme ich ihr das kein bisschen übel.« Er sah zu mir und zwinkerte, dann wandte er sich wieder Becky auf dem Bildschirm zu. »Ich zum Beispiel habe Angst vor Geschlechtskrankheiten, und wäre es ein Fass voller Syphiliserreger gewesen, wäre ich nicht für alles Geld der Welt da reingesprungen.«

Ich schnaubte und schlug die Hand vor den Mund, um mein Gelächter zu unterdrücken. Was für eine alberne Antwort. Aber ich wusste, wie Brodie tickte. Er versuchte Beckys Aufmerksamkeit von mir weg und auf sich zu lenken. Man konnte fast sagen, er beschützte mich, indem er haarsträubendes Zeug redete. Das war so süß von ihm.

»Jendan, was hältst du davon, dass Kandis bei dem Wettkampf nicht mitgemacht hat?«

Der zögerte kurz und warf die Hände in die Luft. »Es ist, wie es ist. Ich kann es ihr nicht verdenken, weil sie sowieso sicher im Finale ist. Ich an ihrer Stelle hätte es wahrscheinlich auch nicht gemacht.«

Aus irgendeinem Grund ärgerte mich seine Antwort. Glaubte er, ich hätte nicht mitgemacht, weil ich wusste, dass mir nichts passieren konnte? So fühlte ich mich ganz und gar nicht. Ich sah Jendan stirnrunzelnd an, aber Becky redete schon weiter.

»Wie geht es dir heute Abend, Kandis?«, fragte sie mit seidenweicher Stimme.

Hm, das war eine ziemlich vielschichtige Frage. Ich zog meine grüne Bluse glatt und strich über meine Jeans, dann gab ich mir Mühe, nicht mehr herumzuzappeln. »Na ja, ich bin natürlich enttäuscht, weil ich den Wettkampf nicht mitgemacht habe. Jetzt denke ich, vielleicht hätte ich es doch tun sollen, aber ich konnte mich einfach nicht überwinden.«

»Glaubst du, du könntest deswegen ausscheiden?«

Ich blickte in Brodies lächelndes Gesicht. »Nein«, sagte ich ehrlich. »Brodie hat immer zu mir gehalten, und ich vertraue ihm. Also werde ich das auch weiterhin tun.«

Brodies Lächeln änderte sich kein bisschen.

»Also gut«, sagte Becky. »Nach der Werbepause kann jeder Nominierte noch einen letzten Kommentar abgeben, dann nehmen wir die einzige Stimme entgegen – Brodies Stimme. Bleiben Sie dran!«

Das *House-Guests*-Logo erschien, und es wurde still.

»Viel Glück, ihr beiden«, sagte Jendan nach ein paar Augenblicken. »Wir tragen einander nichts nach, oder?«

Ich sah ihn an und lächelte. »Absolut nichts.«

»Das ist alles rein geschäftlich«, sagte Brodie locker. »Wenn alles vorbei ist, gehen wir zusammen einen trinken. Der Sieger zahlt.«

Jendan lachte leise. »Bin dabei.«

Danach verfielen wir wieder in Schweigen.

»Und da sind wir wieder«, sagte Becky eine Weile später. Ihr lächelndes Gesicht nahm erneut den Bildschirm ein, und einen Moment lang hatte ich den grusligen Eindruck, als grinste sie uns anzüglich an. »Da wir nur noch drei Bewohner haben, sind Jendan und Kandis automatisch nominiert. Brodie hat diese Woche die Macht und ist auch der Einzige, der eine Stimme abgeben kann. Jendan und Kandis haben nun die Gelegenheit, an Brodie zu appellieren, sie nicht aus dem Haus zu werfen. Jendan, fangen wir doch mit dir an.«

Jendan stand auf, verschränkte die Arme vor der Brust und lächelte schief. »Es gibt jetzt eigentlich nichts mehr, was ich sagen könnte, um jemanden umzustimmen. Ich wollte euch nur wissen lassen, dass wir dieses Haus als Freunde verlassen, egal, was passiert, und möge der beste Mann – oder die beste Frau – gewinnen.« Damit setzte er sich wieder.

Ich lächelte ihm zu und fühlte mich erleichtert. Jendan war mein Freund gewesen, seit ich den Fuß in dieses Haus gesetzt hatte, und wenn ich eins nicht wollte, dann dass er mit einem Groll auf mich aus dem Rennen schied.

»Kandis?«, fragte Becky.

Ich stand auf und strich mir wieder über die Jeans. »Ich habe auch nicht viel zu sagen. Ich bin froh, dass wir alle das Haus als Freunde verlassen.« Ich sah Brodie an und lächelte, dann setzte ich mich wieder.

»Also gut. Es ist Zeit für das letzte Votum.«

Brodie holte tief Luft, als müsste er sich stählen, und stand auf. Er trat in die Mitte des Zimmers und wandte sich uns zu. Und schwieg. Nach einem Augenblick ergriff er das Wort. »Das ist für mich eine schwierige Wahl. Schwieriger, als ich gedacht hätte. Ich habe mir gesagt, ich komme ohne Verpflichtungen hierher, und was geschieht, das geschieht eben. Aber ich stelle fest, dass auch das beste Versprechen mitunter nicht zu halten ist.«

Er sah mich an.

Plötzlich bekam ich ein komisches Gefühl im Magen.

»Kandis«, sagte er. »Schöne, wunderbare, kluge, lustige Kandis.«

Wie in Zeitlupe hob er die Schultern und seufzte mit gequälter Miene.

»Es tut mir leid, aber ich wähle dich raus.«

Die Welt zerbarst in Scherben.

Mir rauschte es in den Ohren, ich hörte nichts mehr. Ich starrte Brodie an und wartete auf ein Anzeichen, dass er es nicht ernst meinte. Dass er einen dummen Witz machte.

Irgendetwas.

Aber er sah mich nur mit großen Augen an, die mich inständig baten, ihm zu verzeihen.

»Was zum Teufel …«, hörte ich Jendan sagen. Ich sah ihn an, um herauszufinden, ob er das Ganze mit Brodie geplant hatte, aber er wirkte genauso geschockt wie ich.

Nein, wurde mir gerade klar, ich war nicht geschockt. Ich war wie betäubt. Völlig betäubt.

Ich hatte Brodie Short vertraut. Brodie dem Verräter, der in seiner letzten Spielshow seine Schwester im Stich gelassen hatte, nur damit er mit einer heißen Rocksängerin herumknutschen konnte. Und ich war auf diesen Kerl reingefallen. Er hatte mir gesagt, dass er mich liebte und ich ihm vertrauen sollte, und das hatte ich getan. Er hatte mir versprochen, für uns beide zu gewinnen, und ich hatte ihm geglaubt.

Und jetzt hatte er mich einfach rausgewählt.

Als ich aufstand, erhob sich auch Jendan. Ich umarmte ihn steif zum Abschied und klopfte ihm auf den Rücken. »Viel Glück, Jendan«, sagte ich leise.

»Ich schwöre, Kandis, ich habe nichts gewusst«, sagte er.

Ich nickte. »Schon okay.« Ich löste mich von ihm und wandte mich meinem sogenannten Partner zu.

Brodie stand da, die Hände in den Taschen, und machte ein gequältes Gesicht. Als ich von Jendan wegtrat, kam er einen Schritt auf mich zu.

Ich hob abwehrend die Hand. »Fass mich jetzt bloß nicht an.« Meine Stimme zitterte. Ich konnte es nicht fassen. Brodie hatte mich gerade im nationalen Fernsehen gedemütigt. Nachdem ich mir fest vorgenommen hatte, immer vernünftig und cool zu bleiben und rein strategische Entscheidungen zu treffen, hatte ich am Ende doch mit dem Herzen gespielt und war damit reingefallen.

»Kandis«, fing er an.

Ich schüttelte den Kopf und wandte mich ab. »Ich will nicht mit dir reden.« Eilig ging ich zu der Tür, die in den Flur und nach draußen führte. »Lass mich einfach in Ruhe.«

»Baby, bitte …«

»Nenn mich nicht so!« Blind vor Tränen drückte ich mit beiden Händen gegen die Tür. Sie war immer verriegelt, außer wenn man in den Interviewraum gerufen wurde oder nach einer Abstimmung, wenn jemand ausziehen musste. Das grüne Licht leuchtete. Es zeigte, dass die Tür offen war, dass es für mich Zeit war zu gehen.

Für *mich* war es Zeit zu gehen.

Das Spiel war vorbei.

Mit zitternder Hand griff ich nach der Klinke. Ich hatte noch Gelegenheit, mich umzudrehen und Brodie ins Gesicht zu sagen, was gerade in mir vorging. Wie verletzt ich war. Wie verraten ich mich fühlte. Wie vollkommen töricht und verraten und dämlich und verraten und wütend und *verraten* ich mir vorkam. Aber ich brachte es nicht über mich. Mit einem Kopfschütteln ging ich in den Flur und verließ das *House-Guests*-Haus.

Ich lief durch einen Tunnel, der vom Hauseingang zur Bühne führte. Als ich ins Freie trat, strahlte mir grelles Licht entgegen, und ich wischte mir hastig die Augen, dankbar, dass meine Wimperntusche wasserfest war. Auf den Tribünen jubelte das Livepublikum, und Becky Bradley trat mir lächelnd entgegen und streckte beide Hände nach mir aus.

»Kandis Thornton«, rief sie. »Du hast toll gespielt, aber am Ende hat es nicht gereicht.« Sie umarmte mich flüchtig und deutete auf den Sessel neben ihrem. »Setz dich und erzähl was zu deinem Ausscheiden.«

Benommen nahm ich Platz.

Und genauso benommen antwortete ich auf die Fragen, die Becky munter an mich richtete, und wusste nie so richtig, was ich eigentlich sagte. Ich war noch immer fassungslos und geistig abwesend. Ich hatte meine Sachen nicht gepackt. Keine große Rede vorbereitet. Ich hatte gedacht, mir könnte nichts passieren, weil der Mann, mit dem ich schlief, der von Anfang an mein Partner gewesen war, der Mann, der mir seine *Liebe erklärt* hatte, auf meiner Seite war.

Doch es war alles nur eine Lüge gewesen.

Ich verließ das Haus als Verliererin, in jeder Hinsicht. Ich hatte kein Geld, um meine Mutter zu retten, keine Möglichkeit, die Dinge in Ordnung zu bringen, und vor allem war ich auf ganzer Linie verraten worden, von einem

Mann, von dem ich eigentlich gewusst hatte, dass ich ihm nicht trauen durfte. Ich hatte nur die fünfundzwanzig Riesen, ein Tropfen auf dem heißen Stein.

»Also, Kandis.« Becky berührte mich am Bein, um meine Aufmerksamkeit zu erregen. »Morgen Abend ist das Finale. Für wen gibst du deine Stimme ab?«

Ich sah sie ausdruckslos an. »Ehrlich, ich habe nicht die leiseste Ahnung.«

Nach der Livesendung fuhr Cassie, eine Assistentin, mich zum Juryhaus, wo der Rest der Teilnehmer bis morgen Abend wohnte. Unterwegs schnatterte sie ohne Unterlass, redete übers Wetter und die Show und wie sehr sie sich freute, von North Carolina, das sie nicht besonders mochte, wieder nach Hollywood zu kommen.

Ich schwieg, in Gedanken immer noch bei den letzten Minuten im Haus. Wie dumm war ich gewesen.

*Vertrau mir, Kandis. Ich sorge dafür, dass wir beide gewinnen.*

Ich schnaubte. Was für ein Lügner.

»Hmm?« Cassie sah mich fragend an.

»Nichts. Ich denke nur nach.« In Redelaune war ich wahrhaftig nicht.

Cassie parkte vor einem Hotel und reichte einem Angestellten ihre Autoschlüssel. »Komm mit, Kandis. Ich bringe dich zu deinem Zimmer.« Ich folgte ihr, aber sie blieb stehen und sah mich stirnrunzelnd an. »Hast du deine Tasche vergessen?«

»Ich hatte noch nicht gepackt«, antwortete ich lustlos. Dass Brodie mich rauswählen könnte, hatte ich nicht in Betracht gezogen. Ich hatte ihm hundertprozentig vertraut.

Was rückblickend betrachtet ziemlich blöd war.

»Oh.« Cassie wirkte einen Augenblick lang verblüfft. »Welche Größe hast du? Ich kann dir für das Finale ein paar Sachen aus einem Geschäft in der Nähe besorgen.«

Ich nannte sie ihr, und als wir hineingingen, plapperte sie weiter. Der Sender habe den ganzen achtzehnten Stock des Hotels gemietet, und es sei schön, eine eigene Etage zu haben, aber der achtzehnte Stock sei trotzdem unpraktisch, und es dauere eine Weile, sich daran zu gewöhnen, und ob ich mit den anderen Jurymitgliedern vor den Aufnahmen am Abend ein bisschen Zeit verbringen wolle.

»Aufnahmen?«, murmelte ich und verschränkte die Arme vor der Brust.

»Ja. Die Jury muss zusammenkommen, und es soll aussehen, als würde sie die Abstimmung genau besprechen. Wir schneiden es dann ins Finale. Weil wir einen engen Terminplan haben, komme ich Sie in etwa sechs Stunden holen.«

»Oh.« Das war das Letzte, was ich im Moment wollte. »Kann ich bitte einfach in mein Zimmer?«

»Ja, klar«, sagte Cassie, und wir stiegen in den Aufzug. »Aber nur zur Erinnerung: keine Anrufe und kein Fernsehen. Wir haben beides aus deinem Zimmer entfernt, aber wir müssen dich bitten, auch niemanden sonst anzusprechen und sich bei keinem ein Handy zu borgen.«

Kein Problem. Was sollte ich meiner Mutter auch sagen, wenn ich sie anriefe? *Hi, Mom, ich habe versucht, eine Million Dollar zu gewinnen, damit du deine Schulden loswirst, aber ich bin auf einen Kerl reingefallen, der mich im letzten Augenblick fallengelassen hat. Tut mir leid, dass unsere Zukunft jetzt im Eimer ist.*

Ich verdöste die Zeit. Ich befand mich in einem merkwürdigen Schwebezustand. Erst nach dem Finale würde sich die Welt für mich weiterdrehen, und bis dahin hatte ich nichts zu tun. Ich wollte mit niemandem reden. Ich wollte kein Buch lesen, und zum ersten Mal in meinem Leben wollte ich auch nicht trainieren.

Ich wollte wirklich nur den Kopf hängen lassen.

Brodies Verrat hatte mich tief verletzt. *Ich sorge dafür, dass wir beide gewinnen.* Wie sollten wir beide gewinnen, wenn er mich rauswählte? Ich verstand es einfach nicht und hasste mich, weil ich mich so davon runterziehen ließ. Ich war ausgetrickst worden. Darüber musste ich hinwegkommen. Und dennoch dachte ich die ganze Zeit an Brodie.

Er hatte gesagt, er liebe mich. Wie konnte er mir derart etwas vormachen?

Um zwei Uhr morgens kam Cassie mich abholen. »Wir fahren an einen See«, erklärte sie, während ich mir den Schlaf aus den Augen rieb und mein Make-up in Ordnung brachte. »Es gibt ein Lagerfeuer mit Baumstämmen zum Sitzen und alles, was dazugehört. Es sieht sehr gemütlich aus. Jedenfalls sind die anderen vor dir da. Du kommst als Letzte rein. Davon werden sie sehr überrascht sein.«

»Wissen sie nicht, dass ich komme? Haben sie die Sendung nicht gesehen?«

»Sie durften vor der Abstimmung nichts darüber erfahren.«

»Dann werden die ja ihren Spaß haben, was?« Mit mir rechneten sie bestimmt nicht. Sie würden sich bei meinem Anblick kaputtlachen.

Wir fuhren in den Wald, und Cassie konsultierte immer wieder das Navi. Ich schmollte auf dem Beifahrersitz. Das bevorstehende Wiedersehen würde alles andere als angenehm werden.

Wir hielten in der Nähe des Sees. Nicht weit entfernt sah ich das Lagerfeuer, um das sich ein paar Leute versammelt hatten. Ich sah auch drei Kameras und eine emsige Crew. Ein Tontechniker hielt den Leuten am Feuer ein Hängemikrofon über die Köpfe.

Gemütlich? Von wegen.

»Da kommt wer«, flüsterte jemand, aber so, dass es jeder hörte.

Wegen der Melodramatik hätte ich am liebsten die Augen gerollt, aber damit wäre ich nur kleinlich erschienen. Deshalb setzte ich ein strahlendes Lächeln auf und ging zum Lagerfeuer. Ich winkte allen knapp zu. »Hallo, Leute.«

Sie waren geschockt. Okay, geschockt war noch untertrieben. Sunnie und Jayme tauschten sprachlos einen Blick, und Fido sah mich entgeistert an. Nur Marla stand auf und klatschte in die Hände, offenbar hocherfreut.

»Ja! Jendan ist im Finale!«, jubelte sie.

»Oh mein Gott. Was ist passiert?«, fragte Jayme. »Hat Jendan die Macht gewonnen und Brodie gewählt?«

Sie hatten tatsächlich keine Ahnung, was passiert war, und das war niederschmetternd. Ein Mikro schwebte plötzlich an meinem Ohr, und ich hätte es am liebsten beiseitegeschlagen. »Nein, Brodie hat sie gewonnen. Er hat sich für Jendan entschieden.«

Die Frauen keuchten.

»Aber … ich dachte …«

»Ihr zwei wart euch doch so nahe!«, rief Sunnie aus.

Das hatte ich auch geglaubt. Ich verbarg meine verletzten Gefühle hinter einem Achselzucken. »Er hat mich wohl ausgetrickst.« Ich warf heimlich einen Blick auf Marla. Der Triumph leuchtete ihr aus den Augen.

»Geschieht dir recht. Du hast beide Seiten übers Ohr gehauen«, sagte sie gehässig. »Du hättest wissen müssen, dass sich das am Ende rächt.«

»Ja, also, danke für die wahnsinnig erhellende Bemerkung, Marla«, entgegnete ich. »Ich habe doch gerade gesagt, dass ich ausgetrickst wurde, okay? Können wir es dabei belassen? Oder wollt ihr hier rumsitzen und noch ein bisschen auf mir herumtrampeln?«

Zu meiner Überraschung setzte sich Sunnie neben mich auf den Baumstamm und legte mitfühlend die Arme um mich. »Es tut mir so leid, Kandis.«

Gerührt erwiderte ich ihre Umarmung. »Ist schon gut.«

»Tja«, sagte Fido. »Wir sind hier, um darüber zu reden, wie wir morgen abstimmen wollen. Lasst uns besprechen, wer am besten gespielt hat.«

»Brodie hat auf jeden Fall brutal gespielt«, sagte Jayme und warf mir einen entschuldigenden Blick zu. »Ich hätte wirklich nicht gedacht, dass er zu so was imstande ist.«

Ich allerdings schon. Ich hatte mit eigenen Augen gesehen, was er sich bei den *World Races* geleistet hatte. Deshalb sagte ich nichts.

»Ja, aber welchen Sinn hat es, Kandis rauszuwählen, wenn er doch weiß, dass sie in der Jury sein wird?«, fragte Sunnie perplex.

*Vertrau mir, Kandis. Ich sorge dafür, dass wir beide gewinnen.*

»Na, für mich ist völlig klar, für wen ich stimme«, sagte Marla. »Jendan hat gut und sauber gespielt.«

»Sauber?« Fido schnaubte. »Er hat sich von Anfang an mit der da verbündet.« Er zeigte auf mich.

»Das war rein strategisch«, erwiderte Marla.

»Genau wie bei Brodie«, sagte Sunnie. »Er hat einfach beschlossen, sich mit allen von uns anzufreunden, um bei jeder Abstimmung weiterzukommen.« Sie drückte mir die Hand. »Mit einigen von uns mehr als mit anderen.«

Himmel, ich muss in dem Moment wirklich wie ein trauriger Panda ausgesehen haben. »Ist schon gut«, sagte ich. »Wirklich. Ich bin ein bisschen gekränkt, weil er mich belogen hat, aber insgesamt hat Brodie gut gespielt.« Als ich ihre skeptischen Blicke sah, zuckte ich die Achseln. »Überlegt doch mal. Er kam mit einer großen Zielscheibe auf dem Rücken ins Haus und hat es irgendwie trotzdem geschafft, sich jeden zum Freund zu machen und gleichzeitig bis zum Finale dabeizubleiben. Und er hat mehr

Spiele um die Macht gewonnen als jeder andere. Das sollte doch auch irgendwo zählen, oder?«

»Setzt du dich etwa für ihn ein?« Marla war entsetzt.

»Es ist nichts Persönliches, oder? Es ist nur ein Spiel«, sagte ich, obwohl ich mich innerlich matt und leblos fühlte. »Gutes Taktieren sollte belohnt werden, finde ich.«

»Dann hast du mehr Großmut als ich«, sagte Marla.

Cassie brachte mir einen Haufen glamouröser Designerklamotten zur Auswahl, die aussahen, als stammten sie aus Sunnies Garderobe. Ich entschied mich für das normalste Kleidungsstück – ein helles trägerloses Kleid mit enger Büste, Zipfelsaum und einem duftigen Rock mit grauem Farbverlauf. Schön, ohne übertrieben zu wirken. Mir gefiel es. Und allem zum Trotz lieh ich mir von Sunnie zwei riesige Ohrringe und frisierte mir den ehemaligen Iro zu einer modischen Tolle. Dazu rauchgrauer Lidschatten und falsche Wimpern: Ich sah aus, als gehörte ich auf den Laufsteg. Die Frau im Spiegel war nicht mehr die unscheinbare Zumba-Trainerin Kandis Thornton, aber die wollte ich heute Abend auch gar nicht sein.

Die war nämlich gerade schwer geknickt.

Ich stieg mit den anderen Jurymitgliedern, die sich ähnlich wie ich aufgedonnert hatten, in den Shuttlebus, der uns zurück zum Drehort fuhr. Der Parkplatz war bereits voll, und die Publikumstribüne füllte sich mit Zuschauern.

Hinter der Bühne erhielten wir unsere Anweisungen.

Becky würde uns nacheinander nach vorn rufen und uns fragen, wie wir uns nach unserem Ausscheiden gefühlt hatten (haha), dann sollten wir uns in der Reihenfolge, in der wir aus dem Haus ausgezogen waren, auf die fünf Juryplätze setzen. Wenn es an die Abstimmung ging, bekämen wir jeder einen Wahlzettel und hätten Gelegenheit, etwas zu Jendan oder Brodie zu sagen, bevor wir unsere Stimme abgaben. Danach würde das Ergebnis bekanntgegeben, und das Finale wäre vorbei.

Ganz einfach also.

Ich fühlte mich benommen. Sunnie stand neben mir und schwatzte, und die anderen schienen in großartiger Stimmung zu sein. Ich konnte mich nicht konzentrieren. Wenigstens war der Schrecken bald vorbei, und ich konnte ins wirkliche Leben zurückkehren.

Nacheinander traten die anderen auf die Bühne und plauderten mit Becky. Ihre Stimmen dröhnten aus den Headsets, die wir trugen, und übertönten den Jubel und den Applaus des Publikums. Alle schienen sich prächtig zu amüsieren. Jeder war unglaublich glücklich, nur ich nicht.

Ich war noch immer wie betäubt. Mir kam es ein bisschen unfair vor.

»Kandis, du bist dran«, zischte es aus meinem Headset. Ich ging zur Bühne und stolperte. Diesmal war ich so schlau gewesen, keine hohen Absätze zu tragen, sondern flache Ballerinas, deshalb fing ich mich rasch und ging erhobenen Hauptes hinaus. »Wink dem Publikum zu«, befahl mir die Stimme, als ich auf die Bühne trat, und ich gehorchte.

Ich war überrascht von dem ohrenbetäubenden Applaus, den ich bekam. Waren die Zuschauer gestern Abend auch so froh gewesen, mich zu sehen? Ich hatte keine Ahnung. Ich winkte verlegen und stellte mich an meinen Platz neben Becky.

Die Hausmutter trug rosaroten Chiffon, und das üppige blonde Haar war toupiert und hochgekämmt. »Also, Kandis«, übertönte sie den begeisterten Jubel der Zuschauer. »Dein Rauswurf war nur einer von vielen Schockmomenten in dieser Staffel. Jetzt, nachdem du eine Nacht darüber schlafen konntest, wie fühlst du dich damit?«

Ich starrte in die Menge, ohne die Gesichter ausmachen zu können, dazu waren die Bühnenscheinwerfer zu grell. Aber da saßen Hunderte von Menschen, die offenbar begeistert waren, mich zu sehen. Wieso? War ich nicht oft ein richtiges Miststück gewesen? »Das ist schon okay«, antwortete ich. »Letzten Endes war es nur eine strategische Entscheidung, und ich trage niemandem etwas nach.«

»Was zwischen dir und Brodie vorging, war aber mehr als eine strategische Entscheidung«, entgegnete Becky kokett. »Möchtest du uns darüber ein bisschen mehr erzählen?«

»Nein«, sagte ich rundheraus.

Die Menge jubelte wieder, und es wurde gelacht, als hätte ich etwas Urkomisches von mir gegeben.

»Tja, Kameras lügen nicht. Ich glaube, wir wissen, was da vor sich ging, auch wenn du nicht laut darüber reden möchtest.« Becky bedeutete mir, mich zu den anderen zu setzen.

Dann wandte sie uns den Rücken zu und zog sich das Bügelmikrofon näher an den Mund. »Jetzt, da unsere Jury vollständig ist, wird es Zeit abzustimmen. Wir geben unseren beiden Herren im Haus Gelegenheit, noch etwas zu sagen, bevor die Jury ihr Votum abgibt.«

Der riesige Fernsehschirm der Bühne leuchtete auf, und Brodie und Jendan saßen in den Nominierungssesseln. Beide trugen sie schicke Anzüge – Jendan einen schwarzen und Brodie einen dunkelgrauen. Es schmerzte mich ein wenig, zu sehen, wie umwerfend Brodie aussah. Vierundzwanzig Stunden waren längst nicht ausreichend gewesen, um mir die Wunden zu lecken.

»Wir lassen Brodie zuerst sprechen«, sagte Becky.

Brodie stand auf und strich seinen Anzug glatt. Er zeigte der Kamera sein großspuriges Lächeln, sein Markenzeichen. »Ich kann niemanden außer Becky erkennen, aber ich bin sicher, ihr seht alle wunderbar aus. Ich kann es kaum abwarten, wieder mit euch abzuhängen, und will nur sagen, dass ich eine Superzeit hatte. Marla, Sunnie, Fido, Jayme – wir waren Freunde im Haus, und wir werden außerhalb Freunde bleiben. Kandis, dir möchte ich nur sagen … Es tut mir leid, und vertrau mir.«

Er setzte sich wieder.

Und noch einmal bat er mich um Vertrauen. War das sein letztes Mittel, um mich zu bewegen, doch noch für ihn zu stimmen? Ich verzog den Mund zu einem schiefen Lächeln. Wie ich stimmen würde, stand seit gestern Abend fest.

Jendan erhob sich und hielt eine wunderschöne Rede über die Freundschaften, die er geschlossen hatte, und über Strategie. Er führte genau aus, weshalb er der Ansicht war, er hätte gut gespielt, und brachte seine Hoffnung zum Ausdruck, dass wir für ihn stimmen würden.

Ich hörte nur mit halbem Ohr hin, denn ich beobachtete Brodie, der sich mit den Fingerspitzen über die Mundwinkel strich und lächelte, nur nicht mit den Augen. Wegen irgendetwas war er nervös.

Wegen der Abstimmung? Oder graute ihm, mir zu begegnen, nachdem er meine Chancen ruiniert hatte – weil er wusste, dass er eine ziemlich miese Nummer mit mir abgezogen hatte?

»Und nun …«, Becky hielt inne und wandte sich uns strahlend zu, »schreiten wir zur Abstimmung!«

Zwei Assistenten rollten ein Schreibpult auf die Bühne, und die Scheinwerfer richteten sich darauf. Aus einem Tintenfass ragte eine große Schreibfeder, ein Stapel Stimmzettel lag daneben, und rechts wartete eine Wahlurne in Form eines Hauses. Das Studio wurde dunkel, das einzige Licht kam von dem Schreibpult.

»Also gut«, sagte Becky. »Unsere Jurymitglieder gehen nacheinander an das Pult und stimmen ab. Während sie abstimmen, bekommen sie Gelegenheit, noch etwas zu den beiden Kandidaten zu sagen. Sunnie, du bist als Erste an der Reihe.«

Das Publikum verstummte, als das It-Girl ans Pult ging. Sunnie nahm die Feder in die Hand und wandte sich der Kamera zu. »Gut gespielt, ihr beiden. Ich wollte nur sagen, Glückwunsch an den, der gewinnt.« Sie kritzelte etwas auf ihren Stimmzettel, faltete ihn säuberlich zusammen und steckte ihn in die Urne.

Nacheinander wählten auch die Übrigen. Jeder sagte etwas Ermutigendes, und ich beobachtete dabei Brodies und Jendans Gesichter. Beide lächelten und wirkten ruhig. Ich hingegen war ein Nervenbündel. Meine Hände schwitzten, und ich hätte sie am liebsten an meinem hauchdünnen Kleid abgewischt, aber ich befürchtete, feuchte Streifen zu hinterlassen. Also zappelte ich stattdessen herum.

Ich war die Letzte, die an die Urne gerufen wurde. Ich stand auf, strich mein Kleid glatt und war fast geblendet vom Scheinwerferlicht. Blinzelnd sah ich zum Bildschirm, aber es war einfach zu hell, als dass ich etwas darauf erkennen konnte. Ich hatte mir lange den Kopf zerbrochen, was ich den beiden dort sagen wollte. Sollte ich eine bittere Ansprache halten? Sie herunterputzen? Oder die Großmütige spielen?

Am Ende hielt ich es simpel. »Jendan, viel Glück. Ich bin froh, dass wir Freunde geworden sind. Und du, Brodie …« Ich schwieg und dachte nach. »Du hast mich ausgetrickst, und jetzt willst du, dass ich dir vertraue. Das werden wir dann wohl sehen, was?«

Ich nahm den Stimmzettel, auf dem in der Ecke »Kandis« stand, und schrieb einen Namen darauf, bevor ich es mir anders überlegen konnte. Ich faltete ihn sorgsam zusammen, hielt inne und steckte ihn in die hausförmige Wahlurne, bevor ich mich wieder setzte.

»Nach der Werbung«, rief Becky, »geben wir das Ergebnis der Abstimmung bekannt!«

Die Luft kam mir kühler vor, als ich aus dem hellen Licht trat. Ich presste den Handrücken gegen die Stirn und schwitzte vor Anspannung. Ich war ultranervös und wollte am liebsten aus dem Stuhl springen. Hatte ich mich richtig entschieden?

Die Minuten vergingen mit lähmender Langsamkeit. Wie immer wippte ich mit dem Fuß und zappelte in einem fort, ich kam nicht dagegen an. Es muss ziemlich schlimm gewesen sein. Fido sah mich genervt an und rückte ein Stückchen von mir ab. Trotzdem hörte ich nicht auf. Es wurde nur noch schlimmer, und dann begann ich an den Nägeln zu kauen.

Die Studiobeleuchtung wechselte, und ich holte zischend Luft.

»Wir sind wieder da«, sagte Becky. Sie trat ans Pult und klappte das Dach der Wahlurne hoch. »Ich lese die Stimmen vor.«

Ich warf einen Blick auf den Bildschirm, der das Innere des Hauses zeigte. Jendan und Brodie lächelten nicht mehr, sondern blickten angespannt in die Kamera, und ich sah beiden an, dass sie innerlich vibrierten.

»Die erste Stimme kommt von Sunnie.« Becky entfaltete den Zettel, las ihn und zeigte ihn uns. BRODIE stand in kringeliger Schrift darauf. »Eine Stimme für Brodie.«

Das Publikum jubelte lauthals.

»Die nächste Stimme kommt von Fido.« Kurzes Innehalten, dann Drehen des Zettels. JENDAN. »Das ist eine Stimme für Jendan und eine für Brodie.« Noch mehr Applaus untermalte die Auszählung.

»Die nächste Stimme stammt von Jayme. Jayme stimmt für … Brodie. Das sind zwei Stimmen für Brodie und eine für Jendan.«

Becky holte Luft. »Die nächste Stimme ist von Marla. Marla hat gestimmt für …« Eine dramatische Pause, dann drehte sie langsam den Stimmzettel. »Jendan. Wir haben Gleichstand. Zwei Stimmen für Brodie, zwei für Jendan.«

Mir war schlecht. Meine Stimme entschied über alles. Ich zupfte an meinem Rock und hoffte, dass er später nicht an mir kleben würde, denn mir lief der Schweiß aus allen Poren.

»Die letzte Stimme, und sie ist von Kandis«, sagte Becky. Wie konnte sie dabei so kühl und monoton klingen? Ich rutschte vor Nervosität fast vom Stuhl. Die Zeit lief noch langsamer, als sie den Zettel entfaltete.

»Brodie.« Becky lächelte und hielt meine Stimme in die Höhe. »Du bist unser Gewinner!«

Das Publikum tobte vor Begeisterung.

Ich brach in Tränen aus, aber das ging unter, weil alle anderen aufsprangen. Ich sah kaum, wie Brodie einen Luftsprung machte und jubelnd die Faust reckte. Die Leute johlten und applaudierten und stürmten nach vorn. Es war irre und chaotisch, und dazu fielen Luftballons und Konfetti herab.

Ich saß bloß auf meinem Sessel und wischte mir die Augen. Wieso weinte ich? Das war doch wirklich dämlich. Ich weinte nicht aus Traurigkeit oder Verlegenheit, sondern aus purer Erleichterung. Wenigstens war das Spiel vorbei. Ich hatte meinen Teil der Abmachung eingehalten. Brodie hatte mir gesagt, dass er mich liebte, und mich gebeten, ihm zu vertrauen.

Und obwohl mir mein Instinkt sagte, dass ich ausgetrickst worden war, hielt ich an dem Vertrauen fest. Ich wollte einfach glauben, dass er ein besserer Mensch war, als er zu sein schien.

Deshalb wartete ich jetzt, ob er mir zeigte, dass mein Vertrauen in ihn gerechtfertigt war.

Kurz darauf kam Brodie auf die Bühne, und sämtliche Scheinwerfer richteten sich auf ihn. Er hob die Hände in die Höhe und grinste breit. Sofort stürzten sich mehrere Leute auf ihn – darunter seine Schwester Katy, die vor Begeisterung auf der Stelle hüpfte.

Und ich saß noch immer auf meinem Sessel, hoffte und wartete, dass er sich mir zuwandte.

Er schaute sich um, kniff die Augen vor dem grellen Licht und dem funkelnden Konfetti zusammen. Mir hämmerte das Herz in der Brust, während meine Hoffnung stieg. Suchte er nach mir?

Im nächsten Moment stand Becky Bradley an seiner Seite und grinste über das ganze Gesicht. »Nehmen wir uns einen Augenblick und sprechen mit unserem Gewinner«, sagte sie. »Oder möchtest du dich gern vorher noch mehr umarmen lassen, Brodie?«

Er lachte ein wenig verwirrt. »Nein, ich habe genug.«

*Ich habe genug.*

Im Nu fiel meine Hoffnung in sich zusammen. Ich fühlte mich schlaff wie ein Luftballon, der zu lange in der Sonne gelegen hatte. Ich hatte ihm vertraut und war nach Strich und Faden betrogen worden.

Brodie hatte am Ende doch nur mit mir gespielt.

# 12

*»Ob ich mich als Sieger fühle? Erst wenn Kandis mir verzeiht.«* – Brodie Short beim Finale

Die Siegesparty ging stundenlang, und ich tat mein Bestes, um den Anschein zu erwecken, ich wäre von Herzen glücklich. Ich plauderte mit den anderen ehemaligen Kandidaten, gab Interviews und gab mich unbeschwert. Immer wieder wurde ich gefragt: »Warum hast du für Brodie gestimmt? Warum hast du ihm das Geld verschafft, nachdem er dich ausgetrickst hat?«

Und immer wieder antwortete ich nur: »Er hat am besten gespielt.«

Das hatte er immerhin. Er hatte mich bis zur letzten Sekunde getäuscht. Er hatte genau gewusst, was er sagen musste, damit ich ihm meine Stimme gab. Ich konnte nicht einmal wütend auf ihn sein. Zutiefst enttäuscht? Das schon. Aber wütend? Eigentlich nicht.

Es war sehr, *sehr* dumm, aber ich war in Brodie Short verliebt. Es spielte keine Rolle, dass er mich benutzt und ausgebootet hatte. Ich war in ihn verliebt, und deshalb wollte ich, dass er gewinnt.

Stundenlang beherrschte ich mich und wartete, immer in der Hoffnung, dass ich mich umdrehen und Brodie vorfinden würde, der mit mir reden wollte. Aber jedes Mal, wenn ich mich nach ihm umsah, saß er irgendwo, gab Interviews oder redete mit jemandem. Er war immer beschäftigt, immer von Menschen umgeben, lachte und ließ es sich gutgehen.

Warum auch nicht? Er hatte gerade eine Million gewonnen.

Aber als Cassie zu mir kam, um mit mir die Planung des nächsten Tages zu besprechen, ließ ich sie erst gar nicht zu Wort kommen. »Kann ich jetzt gehen?«

Sie wirkte überrascht, sah zu der glamourösen After-Show-Party, zu den vielen fröhlichen Leuten mit einem Drink in der Hand. »Du willst gehen?«

*Mehr als alles andere.* »Ja, ich habe Kopfschmerzen. Können wir zurück zum Hotel fahren?«

»Äh ... okay.« Sie wirkte nach wie vor überrascht, aber sie nickte. »Ich fahre dich hin.«

Eine Stunde später lag ich in meinem Hotelbett. Ich hatte mir das Gesicht gereinigt und war in meinen Schlafanzug geschlüpft. Jetzt gab es in meinem Zimmer auch ein Telefon. Ich nahm den Hörer ab und rief augenblicklich meine Mutter an, obwohl es so spät war.

»Hallo?« Es war wunderbar, ihre vertraute Stimme zu hören.

»Mama, ich bin's.«

»Oh, Kandis!« Sie schluchzte. »Schatz, es tut mir so leid.«

Mir kamen auch die Tränen. »Ich habe versucht zu gewinnen, Mama. Wirklich. Ich ...«

»Das ist mir völlig egal«, sagte sie unter Tränen. Ich

hörte sie schniefen. »Ich wusste nicht, wie sehr es dich getroffen hat, bis ich im Fernsehen gesehen habe, wie du mit diesem furchtbaren Mann sprachst. Glaubst du wirklich, ich habe ein Problem? Ich spiele einfach gern an den Automaten.«

Das fragte sie mich ernsthaft? Es war ihr nicht selbst aufgefallen? Echt? »Ja, du *hast* ein Problem, Mama. Du gibst dein ganzes Geld an den Dingern aus, und das ist nicht gut.« Ich wischte mir über die Augen. »Und ich möchte dir helfen.«

»Ich werde mich ändern«, versprach sie mir. »Wir schaffen das schon. Brauchst dir um deine Mama keine Sorgen zu machen.«

Ich lächelte durch meine Tränen. »Das freut mich zu hören.«

Wir redeten noch ein wenig, aber dann fing ich an zu gähnen, und wir legten auf.

Ich rollte mich im Bett zusammen und umklammerte mein Kopfkissen. Wie seltsam es sich anfühlte, ein Bett ganz für mich allein zu haben, nachdem ich zwei Monate lang mit Brodie unter einer Decke geschlafen hatte. An Brodie zu denken trieb mir natürlich neue Tränen in die Augen.

Er hatte heute Abend nicht einmal versucht, auch nur ein Wort mit mir zu sprechen. War ich ihm wirklich völlig gleichgültig?

Ich schniefte. Aus dem Schniefen wurden Schluchzer, und ich weinte mich in den Schlaf.

BUMM. BUMM. BUMM.

In der Dunkelheit fuhr ich auf und rieb mir die Augen. Ich zitterte vor Müdigkeit und Anspannung. Hatte einer der Geister entschieden, sich bemerkbar zu machen?

Erst dann begriff ich, dass ich nicht mehr in *The Magnolias* war. Die Spielshow war vorbei. Ich lag in meinem Hotelzimmer. Ich sah auf die Uhr.

3.37 Uhr.

BUMM. BUMM. BUMM. »Kandis! Ich weiß, dass du da drin bist!«

Das war Brodies Stimme. Ich fuhr mir durchs Gesicht, glitt aus dem Bett und ging zur Zimmertür. Ich blinzelte durch den Spion. Tatsächlich, da stand Brodie in seinem dunkelgrauen Anzug und offenem Hemdkragen. Er war allein auf dem Korridor. Er hob gerade die Hand, um wieder an der Tür zu pochen.

Hastig entriegelte ich die Vorhängekette und öffnete einen Spaltbreit. »Brodie? Was soll denn das, verdammt noch mal? Es ist drei Uhr morgens!«

Zu meiner Überraschung drängte er sich in den Raum. Bevor ich etwas einwenden konnte, nahm er mein Gesicht zwischen die Hände und küsste mich, schob sogar die Zunge in meinen Mund.

Mich packte die Wut. Ich drückte und schubste ihn von mir weg. »Was soll das, Brodie? Nicht mal ein Hallo?«

Er lehnte sich an die Wand, umwerfend wie immer, und schenkte mir ein träges, entzückendes Lächeln. »Hallo, Kandis. Können wir uns jetzt küssen?«

»Nein, können wir nicht.« Ich verschränkte die Arme

vor meinem Schlafhemd und zeigte auf die Tür. »Raus hier.«

Er richtete sich auf und sah mich überrascht an. »Bist du sauer auf mich? Bist du mir deshalb den ganzen Abend aus dem Weg gegangen?«

»Ich soll dir aus dem Weg gegangen sein? Ha! Du warst zu beschäftigt, dich im Rampenlicht zu sonnen, um nur einmal stehen zu bleiben und auch nur ein Wort zu mir zu sagen.« Ich klang bitter und wütend. »Ich spiele wohl keine Rolle mehr, schließlich hast du meine Stimme ja bekommen.«

»Was redest du denn da?« Brodie wirkte aufrichtig verwirrt. Als ich zur Tür wies, damit er ging, schloss er sie stattdessen und lehnte sich mit dem Rücken dagegen. »Als du mich gewählt hast, dachte ich, wir wären auf einer Linie. Dass du begriffen hättest, wieso ich es getan habe.«

»Wieso du mich rausgewählt hast? Nein, Mann, das begreife ich nicht.«

»Baby«, sagte er und streckte die Hand nach mir aus.

Ich schlug sie beiseite. »Von wegen Baby. Fass mich nicht an!«

Sein Gesicht wurde ernst, und er lehnte sich ganz an die Tür. Leise schlug er mit dem Hinterkopf gegen das Holz. »Kandis. Überleg doch mal einen Augenblick lang. Halte einfach mal inne und denk nach.«

»Worüber, Brodie? Darüber, wie du mich verarscht hast?«

Er schüttelte den Kopf und sah mir ruhig in die Augen. »Du hättest niemals gewonnen. Du hattest null Chancen.

Hast du nicht begriffen, dass Marla dich nicht ausstehen konnte?«

Ich lachte. »Marla konnte mich nicht leiden, weil ich weitergekommen bin.«

Er betrachtete mich lange, und aus seinen Augen sprach sein Herz. Mein eigenes Herz zog sich schmerzhaft in meiner Brust zusammen. »Du bist sauer auf mich, weil du denkst, ich hätte dich rausgewählt, damit ich gewinne.«

»Was denkst du denn, was du getan hast?«

Er schüttelte den Kopf. »Du bist vom Zorn geblendet. Reiß dich zusammen und denk mal nach.«

»Worüber?«

»Zählen wir mal die Stimmen. Wenn du und Jendan im Finale gewesen wärt, wer hätte für dich gestimmt?«

»Sunnie …

»Von wegen.« Er zählte es an den Fingern ab. »Du hast ihren Partner ausgebootet. Sie hätte für Jendan gestimmt.«

»Jayme und Fido …«

Er hob noch zwei Finger. »Fido hat heute Abend für Jendan gestimmt. Ich bezweifle, dass es anders gewesen wäre. Und da sie Partner waren, hätte Jayme für Jendan gestimmt. Sie war aus den gleichen Gründen sauer auf dich wie Marla.«

War sie das? Ich runzelte die Stirn. »Marla hätte nicht für mich gestimmt.«

»Niemals.« Er wackelte mit seinen Fingern. »Also vier Stimmen für Jendan und eine Stimme für dich – meine Stimme. Du hättest verloren. Jetzt andersherum. Sagen wir, ich hätte dich bis ans Ende mitgenommen. Sunnie hätte für mich gestimmt. Jayme und Fido hätten für mich gestimmt. Marla hätte dir ihre Stimme ganz bestimmt nicht gegeben. Du stehst also wieder mit einer Stimme da – Jendans. Und das nur, wenn er sein Wort gehalten hätte, nachdem du ihn belogen und rausgekickt hattest.«

Ich sah Brodie geschockt an.

Er hatte recht.

Auf keinen Fall hätte ich gewonnen. Ich hatte hart gespielt und manchmal hässlich, und mir war alles egal gewesen, ich wollte einfach nur das Finale erreichen. Ich hatte aber nie darüber nachgedacht, was ich tun sollte, wenn ich ins Finale kam und alle sich an mir rächen wollten. »Mist.«

»Ganz genau. Mist.« Er wirkte ein bisschen erleichtert.

Ich machte ein finsteres Gesicht und schlug ihm auf den Arm. »Du hättest mich trotzdem nicht rauswählen müssen, du Mistkerl!«

Er packte mein Handgelenk und zog mich dichter an sich heran. »Nein? Wo ich doch genau wusste, dass du verlierst? Wieso sollte ich dich in die Position bringen, in der eine verbitterte Jury dich auseinandernehmen kann?«

»Sie waren dir längst nicht so böse …«

»Weil sie mich mochten. Und Jendan mochten sie auch. Aber dich hassten sie, weil du mit härteren Bandagen gespielt hast als wir beide.« Er beugte sich vor und schmiegte sich an meine Wange. »Und ich wollte auf keinen Fall, dass sie dich im Fernsehen vor allen Leuten fertigmachen, ohne dass dich jemand verteidigen kann.«

»Also hast du mich rausgewählt und es wie einen brillanten Spielzug von dir aussehen lassen und damit deinen Sieg sichergestellt.« Ich lachte bitter auf. »Soll ich jetzt applaudieren?«

»Du kannst meinetwegen sauer auf mich sein«, sagte er, immer noch an meiner Wange. Mit der Nase strich er mir über die Haut, und trotz meiner Wut lief mir ein Schauder über den Rücken. Mein verflixter Körper reagierte auf ihn, obwohl ich nach wie vor stinksauer war. »Aber ich wollte dich beschützen. Wenn ich dabei bin, vergreift sich niemand an dir. Ich habe das Geld für uns beide gewonnen. Du hast doch gesagt, dass du mir vertraust, oder?«

»Ich habe dir vertraut!« Ich hatte in meinem Sessel gehockt und auf ein Zeichen gehofft, nur ein Zeichen, mit dem er mir zeigte, dass das Ganze für ihn nicht bloß eine Show-Romanze war. Aber er hatte mir keins gegeben. »Beim Finale hast du mich völlig ignoriert.«

Seine Zunge strich an meinem Kiefer entlang, und seine Stimme wurde rauchig. »Weil ich nicht von den Kameras und Becky und den beschissenen Interviews wegkam. Ich bin immer noch halbblind von den verfluchten Scheinwerfern.«

Ich wurde ein wenig weich, als ich das hörte. Ich war auch geblendet gewesen.

Brodie biss mir leicht ins Ohrläppchen. »Ich habe dich vermisst, Kandis.«

War das wieder Brodie, der dick auftrug? »Es war nur ein Tag, Brodie.«

»Ja, aber dieser Tag hat mir klargemacht, dass es ohne

dich nicht das Gleiche ist. Glaubst du, es hätte mich nicht zerrissen, dich rauszuwählen, obwohl ich wusste, wie sehr es dich verletzen würde? Ich konnte letzte Nacht nicht schlafen, ich habe mir immer nur vorgestellt, wie du dich fühlst. Ich wollte etwas sagen, aber ich ... konnte es einfach nicht. Ich war mir bis zum letzten Moment nicht sicher, ob ich es tun würde, aber es war die einzige Möglichkeit, die mir einfiel, wie wir gewinnen können und du trotzdem nicht von allen fertiggemacht wirst. Du hast die ganze Zeit hardcore gespielt, ganz strategisch. Ich hatte gehofft, du würdest erkennen, dass ich, wenn ich dich rauswähle, die Sache in trockene Tücher bringe und das Geld für dich und mich gewinne.«

»Schöne Worte.« Ich lehnte mich zurück und löste mich aus seinem Griff. »Aber nutzlos. Hast du deinen Vertrag nicht gelesen? Selbst wenn du wolltest, du darfst dein Preisgeld mit keinem Kandidaten teilen.«

»Sie könnten nichts dagegen tun, wenn wir verheiratet wären.« Brodie blickte mich mit traurigen, gefühlvollen Augen an.

Ich erstarrte. Die Zeit stand still. »Verheiratet?«

Das Herz pochte mir laut in den Ohren, als er in seine Tasche griff und eine kleine Samtschatulle herausnahm. Er ging auf ein Knie und sah tief bewegt zu mir hoch. »Nach den Interviews habe ich mich von einem Assistenten in der Stadt herumfahren lassen, damit ich den hier besorgen konnte. Toll ist er nicht, aber bis wir dir einen richtigen kaufen, muss er reichen. Und die Größe stimmt vermutlich auch nicht, aber ich wollte es richtig machen, und zwar heute Nacht noch.«

Er öffnete den Deckel und hielt mir die Schatulle hin. »Kandis Thornton, ich weiß, dass ich manchmal ein totaler Mistkerl sein kann, aber ich liebe dich, und ich finde, wir sind das geborene Team – im Spiel und im richtigen Leben. Du bist die schönste, klügste, intelligenteste, cleverste und hinterlistigste Frau, der ich je begegnet bin. Außerdem hast du einen Wahnsinnshintern. Ich liebe dich, und ich will, dass du mich heiratest, damit wir die Million teilen können, die wir zusammen gewonnen haben.«

Ich hatte einen Kloß im Hals und ein Brennen in der Brust. Sein Angebot war so unglaublich süß. »Du brauchst mich nicht zu heiraten, nur weil du dich verpflichtet fühlst, mit mir zu teilen.«

Er sah mich verzweifelt an und wedelte mit dem Ring. »Ich will dich heiraten, weil ich es liebe, mit dir schlafen zu gehen und mit dir aufzuwachen. Ich liebe es, mit dir Pläne zu schmieden. Ich liebe es, mit dir Sex zu haben. Ich liebe es, wie du immer zappelst, wenn du nervös wirst. Ich liebe …«

»Okay, okay.« Ich legte ihm eine Fingerspitze an den Mund, damit er schwieg, aber ich lächelte. Ich sah mir den Ring in der Schachtel an. Es war ein großer, quadratisch geschliffener Diamant, umgeben von vielen kleineren auf einem Platinreif. Ich keuchte, als ich die Größe sah. »Ich dachte, du hättest gesagt, er wäre Mist.«

»Ja, sicher. Meinen Scheck bekomme ich erst morgen früh.« Er lächelte verlegen. »Dann kaufe ich dir einen richtigen, wenn du willst. J-Lo-tauglich. So groß, dass du damit jemanden niederschlagen kannst.«

»Ich will den hier«, sagte ich leise und nahm ihn aus der Schachtel. Ja, er war wirklich zu groß, aber ich schob ihn auf meinen Finger, und es war mir völlig egal.

»Ist das ein Ja?«

Ich nickte. Er grinste und stand auf, fasste mich bei den Hüften und hob mich in die Luft, dann warf er uns beide ins nahe stehende Bett, und ich lachte.

»Gott sei Dank«, sagte Brodie. »Ich dachte, du bist mir wirklich richtig böse.«

»Das war ich.« Ich packte ihn bei seinem gestärkten Kragen und zog ihn zu einem Kuss heran. »Mensch, warum hast du nicht früher etwas gesagt?«

»Ich wollte erst den Ring besorgen«, sagte er zwischen Küssen. »Und ich wollte, dass es echt ist. Ich wollte es nicht im Fernsehen tun, weil es dann immer so aussieht, als wäre es Teil der Show. Ich wollte, dass nur du und ich dabei sind.«

Was er sagte, war … genau das Richtige. Ich küsste ihn leidenschaftlich und rollte ihn herum, sodass ich rittlings auf seinen Hüften saß. »Du bist echt clever, Brodie Short.«

»Gut, dass ich eine Frau gefunden habe, die noch cleverer ist.« Er grinste zu mir hoch, hob die Hüften und drückte seine Erektion an mich.

»Hm, bei dir klingt es, als wären wir das perfekte Team.«

Er strich mir mit den Fingerspitzen über die Wange. »Machst du Witze? Ich *weiß*, dass wir das perfekte Team sind.«

Und deshalb war ich so verrückt nach ihm. Er war

clever, und gleichzeitig so unglaublich optimistisch. »Du weißt, dass ich dich liebe, oder?«

Ein gewaltiges Grinsen breitete sich auf seinem Gesicht aus. »Tja, ich bin davon ausgegangen, aber es ist schön, es von dir zu hören.«

»Ich war mir nicht sicher, ob du es ehrlich meinst, als du mir gesagt hast, du liebst mich«, gestand ich. »Ich hatte Angst, es könnte nur Manipulation sein, damit ich für dich stimme.«

»Meine Güte, Kandis. Glaubst du wirklich, ich spiele *derart* schmutzig?«

»In deiner letzten Spielshow hast du immerhin deine eigene Schwester ausgetrickst.«

Er grinste. »Ja, aber Katy hat immer wieder betont, dass sie überhaupt nicht mitspielen will. Ich habe wirklich geglaubt, es wäre ihr egal. Und am Ende war es perfekt, weil sie Liam gekriegt hat. Und die Million, die mir hätte gehören sollen, nur dass ich mich verzockt hatte, weil meine Partnerin nichts taugte.«

»Ich fasse zusammen: Im letzten Spiel hast du erst deine Schwester übers Ohr gehauen und dann dich selbst, in diesem Spiel mich. Völlig unverständlich, weshalb ich deiner Liebeserklärung nicht glauben wollte.«

»Du hast recht«, sagte er sarkastisch, »ich hätte dich einfach bis zum Ende weitermachen lassen sollen. Das Preisgeld hätte ich so und so bekommen, und du wärst im nationalen Fernsehen zerrissen worden. Mein Gott, Kandis, das wäre so ein Spaß gewesen. Hätte ich es doch nur getan, dann hätte ich dich weinen sehen und hätte mich in eine Wahnsinnswut reingesteigert und alles zertrümmert wie der Hulk. Das wäre echt toll angekommen.«

Verflixt, ich konnte dem Kerl einfach nicht lange böse sein. Ich ließ die Hüften über seiner Erektion kreisen. »Also wärst du wütend geworden, wenn sie sich auf mich gestürzt hätten?«

»Ich hätte alles vermasselt. Mit Stühlen geworfen, Zähne ausgeschlagen, das ganze Programm.«

»Das ist so sexy.«

Er wackelte mit den Augenbrauen. »Ist mir verziehen?«

»Noch nicht ganz.« Ich ließ den Ring vor seinen Augen aufblitzen. »Aber das hier ist ein guter Anfang.«

»Ich liebe dich«, sagte er sehr ernst. »Ich liebe dich wirklich. Und mit dem Geld helfen wir deiner Mutter. Das weißt du doch, oder?«

Wieder brannten mir Tränen in den Augen. Meine Güte, in letzter Zeit hatte ich aber wirklich nah am Wasser gebaut. »Ich liebe dich auch, du mieser Intrigant.«

Im Morgengrauen, nach mehreren Runden Versöhnungssex, lagen wir zusammen im Bett. Brodie zeichnete mit dem Finger kunstvolle Muster auf mein Schulterblatt.

Ich kuschelte mich an ihn. Ich fühlte mich befriedigt und unglaublich glücklich. »Du lebst in Oklahoma, stimmt's? Ich in Kentucky. Wohin fliegen wir von hier?«

»Tja.« Er küsste meine Schulter, wo er sie berührt hatte. »Ich gehe überallhin, wo du hingehst, solange du mit mir vor den Altar trittst und in eine gemeinsame Wohnung ziehst, in der Platz für einen kleinen Hund ist.«

Ich lachte. »Einen Hund?«

»Ja, wir müssen uns einen Hund anschaffen. Übung für die Kinder, die irgendwann kommen sollen.«

Ich schnaubte. »Irgendwann in ferner Zukunft, okay?«

»Aber klar, Baby.« Er strich mir eine Locke aus dem Gesicht. »Haben die Produzenten dich schon angerufen?«

Ich rollte mich herum, damit ich ihn ansehen konnte. »Weswegen?«

*»Endurance Island.«* Er wackelte mit den Augenbrauen. »Sie planen eine Staffel nur mit Paaren aus anderen Shows. Sie haben mich gefragt, ob wir interessiert wären. Ich habe ihnen natürlich gesagt, dass ich es vorher mit meiner Frau besprechen muss.«

»Du hast Ihnen gesagt, ich wäre deine Frau?«

»Na ja, ich war optimistisch.« Er grinste ohne Reue. »Pessimismus ist sinnlos.«

Ich kitzelte ihn zur Strafe an den Seiten und genoss es, wie er sich wand. »*Deine* Frau will jetzt wissen, wie hoch das Preisgeld ist.«

Er überlegte kurz. »Ich glaube, *Endurance Island* bringt zwei Millionen ein.«

»Hmm. Das wäre eine Million für dich und eine Million für mich, wenn wir gewinnen.«

»Dann bist du interessiert?«

»Versprichst du, mich nicht wieder rauszuwählen?«

Sein Grinsen wirkte verschlagen. »Keine Versprechungen.«

Ich kitzelte ihn heftiger. »Dann gibt's keine Abmachung!«

Brodie lachte und wehrte sich, und schließlich gewann er die Oberhand und hielt meine Hände fest. »Komm schon, willst du nicht deinen scharfen Verstand einsetzen, um an das Geld zu kommen?«

Das wollte ich allerdings. »Nur wenn du die ganze Zeit bei mir bist.«

»Sie müssten mich mit einer Brechstange von dir lösen.« Er küsste mich wieder. »Es bleibt dabei: du und ich, oder es gibt keine Abmachung.«

»Du und ich«, hauchte ich. »Immer. Das klingt ziemlich gut.«

»Das klingt absolut super.«

Das tat es wirklich.

## *Wenn aus Spiel Ernst wird*

Jessica Clare
WILD GAMES - MIT EINEM EINZIGEN KUSS
Roman
Aus dem amerikanischen Englisch von Angela Koonen
272 Seiten
ISBN 978-3-404-17701-1

Wie konnte das nur passieren? Statt die nächste Köstlichkeit zu backen, findet sich Konditorin Katy plötzlich in der Reality-Show *World Races*, einem Rennen um die Welt, wieder! Das Preisgeld kann sie zwar für ihre frisch eröffnete Bäckerei gut gebrauchen, aber dass sie ausgerechnet mit dem Rockstar Liam ein Team bilden muss, ist wirklich eine harte Nuss. Vor allem, seitdem sie eine heiße Romanze vortäuschen, um nicht aus der Show zu fliegen. Denn Katy weiß schon bald nicht mehr, was gespielt ist - und was echt ...